西蒙

SIMON SIMON SIMON

SIMON SIMON

SIMON

［俄罗斯］奈琳·阿布加良 著

崔舒琪 译

民主与建设出版社

·北京·

U0723420

图书在版编目（CIP）数据

西蒙 /（俄罗斯）奈琳·阿布加良著；崔舒琪译
. -- 北京：民主与建设出版社，2024.12
ISBN 978-7-5139-4284-3

Ⅰ.①西… Ⅱ.①奈… ②崔… Ⅲ.①长篇小说 - 俄
罗斯 - 现代 Ⅳ.① I512.45

中国国家版本馆 CIP 数据核字（2023）第 125547 号

© Narine Abgaryan，2020
The simplified Chinese translation rights arranged through Rightol Media
（本书中文简体版权经由锐拓传媒取得 Email:copyright@rightol.com）and
Banke, Goumen & Smirnova Literary Agency (www.bgs-agency.com)

著作权登记号：01-2023-4693

西蒙
XIMENG

著　　者	[俄罗斯]奈琳·阿布加良
译　　者	崔舒琪
责任编辑	王　倩
策划编辑	周舰宇　宋晓雯　刘　可
封面设计	曾冯璇
出版发行	民主与建设出版社有限责任公司
电　　话	（010）59417749　59419778
社　　址	北京市朝阳区宏泰东街远洋万和南区伍号公馆 4 层
邮　　编	100102
印　　刷	文畅阁印刷有限公司
版　　次	2024 年 12 月第 1 版
印　　次	2025 年 1 月第 1 次印刷
开　　本	880 毫米 × 1230 毫米　1/32
印　　张	10.75
字　　数	208 千字
书　　号	ISBN 978-7-5139-4284-3
定　　价	58.00 元

注：如有印、装质量问题，请与出版社联系。

中文版序言

　　《西蒙》这本书的诞生是个彻彻底底的意外。有一次我回家看望父母，妈妈对我讲了一个葬礼上的见闻——死者是中风而亡的，而那群前来送葬的人不仅没有哀哀痛哭，还聚在一起争论如何才能让死者那两只发青的耳朵看起来更体面一些。人们争论得太过活跃，甚至减弱了葬礼的悲哀气氛。有人提出给死者系围巾，有人说可以给他在耳朵上涂粉底，还有人建议用加热过的鸭油涂他的耳朵，说可以迅速消肿化瘀。

　　听这个故事的人没有多少选择：听完以后，要么表示害怕，要么开怀大笑。我是格鲁吉亚电影导演格奥尔基·达涅利亚①作品的忠实拥趸，总觉得大笑会让人更轻松些，于是我也就笑了。随后，我虚构了一些人物丰满了这个故事，写了一篇小短文，发表在自己的社交网页上，但这个故事一直紧紧抓住我不放。几个月后，我又回过头写这个故事，将它当成了新书的楔子。在写作的过程

---

① 译者注：格奥尔基·达涅利亚，世界著名电影导演，1930 年出生于格鲁吉亚的第比利斯，多次获得国际奖项，代表作有《我漫步在莫斯科》《米米诺》等，擅长拍摄喜剧。

当中，我惊讶地发现，西蒙从一个昙花一现的小人物，变成了书里的主要人物之一。

我写作这本书的意图是什么呢？也许，我想要阐释"怨恨"有时候是毫无来由、毫无根据的。每一次的相遇都不是偶然，它能够教会我们一些东西，让我们更强大、更明智；每一次的分离都不是怪罪他人和自己的借口，它只是一扇门，一扇通往新生活的门。我们可以选择站在这扇敞开的门前，像数念珠那样细数自己心中的怨恨，也可以跨过门槛继续前行。我的奶奶很喜欢翻来覆去地说一句话："如果有一扇门关上了，那么一定有另一扇门为你打开。你要做的只是找到那扇打开的门。"

在《西蒙》这本书中，那扇新打开的门是"爱情"。书中讲述四个女人生活在彻头彻尾的孤独之中，她们的内心和灵魂一直没有被唤醒，直到有一天，她们遇到了一个人，一个教会她们相信自己的人……

目录

送
行

艾伊南茨·梅拉尼娅的丈夫西蒙去世了。对于他的死亡，人们并不觉得有多么意外，毕竟他早已过了古稀之年——如果说得更精确一点，那就是差一年满 80 岁。尽管如此，他的死亡仍然让所有人都感到了无比的怅惘，毕竟他曾是小集体中的灵魂人物，深受大家的喜爱。他曾经过着富裕阔绰、放荡不羁的生活，从不限制自己的开销。吃起东西来，永远像是在吃此生的最后一餐；喝起酒来，就好像明天会颁布一项干巴巴、冷冰冰的法令——从今往后所有喝酒的人都要被拉去砍头。于是，西蒙早上要喝葡萄酒（为了提振精神），中午喝桑葚酒（治胃酸），晚饭佐以山茱萸酒（这样就能睡得香）。

别看贝尔德镇^①里的人都尊崇清教徒式的生活方式，西蒙本人在男女私情方面倒是一点儿都不检点。他爱女人们，爱得忘情，爱得炽热，爱到精疲力竭才停歇。他常常突然迷恋上一个女人，为她争风吃醋，将她奉若神明，最后当两人关系终结时，他一定会

———————

① 作者注：坐落于亚美尼亚塔武什省的一座城镇。

送上一件不算昂贵但十分美丽的珠宝。他向朋友们传授经验说："分手一定要体面，这样等那个婆娘再在街上看到你时，就不会用唾沫星子喷死你！"对此，朋友们会说一两句笑话搪塞他，暗指他太多情，还给他起了个外号叫"深（绅）士"，意为"深情之士"。

梅拉尼娅年轻时为丈夫上演过一出出吃醋吵闹的大戏，但随着年龄的增长，她学会了对丈夫的外遇睁一只眼闭一只眼。不过无论如何，有时为了不让丈夫太沉浸于搞外遇，她会狠狠地摔几个盘子杯盏（这些杯子和盘子上都带有豁口和裂纹，是她提前挑选出来准备扔掉的）大闹一场。西蒙带着毫不掩饰的钦佩，观赏妻子在家里东奔西突、将餐具摔得啪嚓作响的场景。

过后，西蒙一边清扫碎瓷片，一边评价道："哟嗬，真是的！"此时梅拉尼娅则会站在阳台上抽烟，把烟灰抖进丈夫的礼服鞋子里。总之，他们二人过得心心相印、同心同德。

西蒙在过 79 岁生日的前夕去世，死前身体健康、精力充沛。他吃了一顿结结实实的晚饭，喝下一小杯治失眠的山茱萸酒，入睡的时间和往常相比也没有什么变化，可到了第二天早上，他却起不来了。随救护车而来的医护人员诊断他得了中风，但是没能把他送到医院——当救护车开出院子的时候，西蒙去世了。隔天一早，西蒙的遗体被送回到家人身边，他身着羊毛西装和雪白的衬衫，脸上的胡子被精心刮过，还有人给他梳了个非常平整的分头。本来，这样衣冠楚楚的逝者是可以被堂堂正正地放进棺材里，向来往众人展示的，然而西蒙的两只耳朵赤红里泛着青紫，破坏了他体面的仪表。年轻的病理解剖医生还没等家属开口询问，就解释说中风死亡的患者一般都会变成这个样子。

"那我们该怎么办呢？"梅拉尼娅泪流满面。

"下葬吧！"病理解剖医生硬生生地丢下这么一句。他显然没有心思去多愁善感。

梅拉尼娅思考了很久，如何才能给死者一个体面的仪容。大儿媳提议给西蒙的耳朵涂粉底，被梅拉尼娅生气地赶走了："我才不要让自己的丈夫变成一只灭蒙①！"骂完大儿媳没良心以后，她又拉出小儿媳来。小儿媳的建议是给西蒙围上三角头巾。梅拉尼娅甚至没有让二儿媳开口说话，反正她也一样讲不出什么道理。最终，梅拉尼娅什么主意也没想出来，只能寄希望于乡亲们知道轻重分寸、懂得人情世故。遗体还是照原样摆进了棺材里。她把打理祭桌的琐事都交给儿媳们，自己则换上一身黑色的朴素衣裳，往棺材前头那么一坐，打算在悲哀的沉默中度过这两天。

然而，事实证明，把希望寄托在乡亲们身上是不明智的。一看到死者的遗体，他们就将那些表达同情的话忘在了脑后，做的第一件事就是打听为何西蒙有一副稀奇古怪的蓝色耳朵。梅拉尼娅被迫停止默哀，详细地回答了乡亲们的问话。男人们不知所措地咂着舌头，女人们则立刻提议做些什么来弥补。

"还能做什么呢！"梅拉尼娅叹着气说。

"什么都行啊，至少要做点儿什么吧！"女人们很固执，竞相提出一些愚蠢的建议，例如：把车前草的叶子贴在耳朵上；用碘

①　作者注：波斯语，指猴子。

5

伏在耳朵上画网格线①；糊上发酵过的面团，面团最好是凉的——这样比较准当。男人们对此的回应是，把食指戳在自己的太阳穴上来回转动②，揶揄地表达自己的好奇：怎么才能帮助到一个根本帮不了的人呢？文学老师奥菲利娅·安巴楚莫夫娜冒失地引用了《白痴》中"美能拯救世界"的名言，引得男性阵营中发出一阵放肆哄笑。男人们提出了一个非常合理的论点：美丽并不能让死者复生。"但是这样一来，人们看到他的时候心里会舒服些！"女性阵营毫不相让。

　　局势越来越紧张，遗体告别仪式变成了互相对骂。最后，还是新寡妇为丧仪找回了悲哀的基调，只见她从自己的位子上站了起来，迈着庄严的步子走向餐柜。"吱呀"一声，餐柜打开了，她从中取出一只沉甸甸的带盖汤碗，煞有介事、意味深长地将它摔在了地板上。刹那间，女人们想起了她们来这里的目的，一齐号啕大哭，男人们则走进院子里抽起烟来。对于自己制造出来的效果，梅拉尼娅感到十分满意，复又在棺材头上坐定了。

　　慢慢地，西蒙从前的情人们聚到了一起。她们都打扮得花枝招展，不知道的人还以为她们来参加复活节仪式③呢。索菲亚·谢夫·穆舍甘茨是最先露面的，她身上那件开襟绒线衫的颜色就像

---

① 译者注：俄语国家的人在涂碘伏时习惯涂成网格状。

② 译者注：这个手势有"在思考"和"某人疯了"的意思。

③ 译者注：亚美尼亚人信仰东正教，而复活节在东正教里是最大、最古老的节日，在这一天人们会打扮得非常漂亮，参加复活节仪式时会穿隆重而喜庆的衣服。

融化了的黄油，皮肉松弛的脖子上挂着一串假的珍珠项链。

紧跟着来的是伊莉莎·杰沃桑茨，她的儿子们早早就搬去了弗雷斯诺①，所以她来的时候从头到脚都是美国货：身上的裙子，脚上的凉鞋，连手上拿的包和灰尘玫瑰色②的口红都是外国产的。她一逮到机会就炫耀这些东西，就连在新寡妇梅拉尼娅的右手边坐下的时候也不例外。梅拉尼娅闻了闻气味，皱起了眉头——伊莉莎的身上散发着馛甜的香水味，熏得让人受不了。伊莉莎露出一副歉疚的样子，低声说道："香水喷多了，啊哈。"然后又保证说大家不必忍受太长时间，因为这种香水和她的其他东西不一样，不是美国产的，所以气味很快就会挥散掉。

苏珊娜·波奇坎茨千里迢迢地从埃奇米阿津③赶来，说着文绉绉的话，眉毛修得细细的、挑得高高的，两片薄薄的嘴唇紧紧地抿在一起，显出一副高傲的神气，不出一会儿就把在场的众人惹恼了。于是大家立刻幸灾乐祸地替她回忆起一些东西——她的妈妈是一个跛脚的文盲，爸爸整天穿着破衣烂衫。苏珊娜让自己的眉毛降回了"法定位置"，两片嘴唇也不再拧成一个结了，还说起了当地的方言，这一改变很快就帮她博得了大家的好感。

最后一个到的是寡妇西尔维娅，她成功地把自己的女儿嫁到了俄罗斯。尽管10月的天气还很暖和，她现身时却穿着一件玄狐

---

① 译者注：一个美国城市。

② 译者注：是一种灰粉色，又叫温柔豆沙色。

③ 译者注：亚美尼亚的一座城市。

皮做的短大衣，戴着镶有绿松石的细毛毡帽。她背朝窗户站在那里（这样日光就不会照在她"青春不再"的脸上，但是可以很好地凸显出她那包罗万象的衣柜），念着一些讲述别离的忧伤诗歌，时不时地停顿一下，以表深情。

这些诗歌成了压垮骆驼的最后一根稻草。梅拉尼娅毫不客气地一把推开那位"玄狐皮大衣"，回到自己的房间里换上了一件薄纱上衣，搭配一条能巧妙地勾勒出她那瘦削身材的长裙，又用奶奶的玳瑁发梳别住了头发。她很想把那些用象骨制成的古董钩针当作簪子插进发髻里，但还是遗憾地拒绝了这种诱惑。不过她扑了粉，描了唇——她可是要坐在一群花花蝴蝶中间呢，怎么能摆出一副又丑又枯瘦的卖相？

等她回来的时候，人已经散得差不多了，留下来的是最顽固的那批：亲戚们，丈夫从前的同事们，（所有的）情妇，还有一位半瞎的老太婆卡廷卡，她似乎是被自己的孩子们故意忘在这里的。

卡廷卡就是那个提议在死者的耳朵上涂抹鸭油的人。她说，反正涂鸭油不会有什么坏处，万一真管用了呢？那个女巫医皮露兹，不光能用鸭油治跌打损伤，还能治骨折呢。

"闺女啊，可别让他就这样蓝着耳朵下葬啊！"卡廷卡一边用围裙边儿擦着眼泪，一边含混不清地咕噜着。梅拉尼娅本想反驳的——反正死者也不在乎自己的耳朵是啥颜色，不是吗？但是她用余光瞟到苏珊娜的眉毛又在跃跃欲试地动弹着，立刻改了主意。她才不会让这个女人有机会冷嘲热讽呢！

"拿鸭油来！"新寡妇梅拉尼娅发话了。

"一定要把浸了樟脑油的纱布贴在上面。那个女巫医就是这么干的！"卡廷卡一边像竹筒倒豆子似的指挥着，一边监督着樟脑油的量，免得放多了。据她说，若是放多了樟脑油，"患者"可能会突然开始抽搐。

"哎呀，他已经不会抽搐了啦！"梅拉尼娅的某个儿媳不耐烦地说。

"这你可说不准！"卡廷卡犟了起来，"而且，有在这里耍嘴皮子的工夫，你不如先去把鸭油冷一下，冷到室温就行。"

"为什么一定要冷到室温呢？"寡妇西尔维娅好奇地问，用手里的杂志扇着风——虽然皮大衣和帽子让她热得不行，但在别人建议她宽衣时，她还是断然拒绝了。

"还能是为什么？"卡廷卡双手一拍，"为了不烫到死者的皮肤呗！"

在卡廷卡的孩子们终于良心发现，前来接母亲回家之前，西蒙已经戴上了一个大大的无线耳机——这是人们从西蒙的孙子手里硬抢过来的，为此还闹了一通——耳机很牢靠地固定着樟脑油纱布。尽管场景尴尬，死者看起来却非常平和安详，甚至可以说，他的样子很幸福。

西蒙的寡妇和从前的情人们围着棺材坐了一圈，几人时不时地啜饮两口家酿红酒。或许是因为酒精的作用，又或许是因为西蒙的样子看起来实在太无助，她们渐渐变得激动，掏心掏肺地聊起了人生。寡妇西尔维娅把细毛毡帽拽到后脑勺上，把几乎全秃了的脑袋展示在众目睽睽之下，抱怨自己日渐稀疏的头发；索菲亚摘掉了假珍珠项链，把毛衣的高领拉下来，给大家看自己做完甲状腺手术后留下的丑陋伤疤；伊莉莎苦涩地坦白说，她的儿子们打算做生意，贷了款以后只能苦苦支撑维持家计，所以她的所有衣服都不是在体面的服装店里买的，而是在二手店里买的，那里的衣服几乎都是论斤卖；苏珊娜忘乎所以地抱怨着那位高傲的城里人婆婆："那老唠叨鬼总是翻来覆去地奚落我，说我是农村里出来的，结果她自己还不是把'背包'叫成'飞包'！"

"你在她的耳朵上涂点鸭油，说不定她就变和善了呢。"梅拉尼娅在众人的笑声中提议说。时不时地，她们中间会有人掀开耳机看一看，然后告诉其他人说鸭油还没见效。

"你们难道还真指望它能起什么效果吗？"索菲亚每次都这么问，在听到否定的回答以后，她便心满意足地在所有人的杯子里倒上红酒。

宝石吊坠

大海的气味固执地流连不散，因此寡妇西尔维娅醒来的时候，感觉海浪似乎就在她的窗户底下拍拍打打。她翻了个身，蜷起腿，仔细地盖好被子，又这样躺了几分钟，闭着眼睛深呼吸。冬日的风像玻璃一样锋利，小小的窗户承受不住这样的攻势，打开了一条小缝，于是咸湿的海峡味道就这样闯进了房子。这空气像一只大笨狗似的在房子里乱窜，一会儿脑袋撞在门框上，一会儿身子又卡在沙发床和圈椅里；一会儿被沉重的窗帘缠住，一会儿又跟沙发靠垫上的穗子作战。西尔维娅静静地听着它胡闹，幸福地微笑着——这样挺好的。然而没过多久，她还是起了床，赤着脚踩在木地板上，一边跑一边冻得瑟瑟发抖。她紧紧地掩好了窗户，很小心地不让风把窗户"砰"的一声关上，以免发出噪声。穿好衣服后，她又凝神静听了一会儿，蹑手蹑脚地走到女儿的房门前，凑过耳朵去，然后满意地点了点头——她们还睡着呢！

快到早上七点了，夜色拖着长袍的黑色下摆，依依不舍地退了下去。但白昼来得并不十分匆忙，它只是懒洋洋地把已经暗淡下去的星光熄灭，又让苍白的残月消失在地平线的边缘。此前因

13

为寒冷和不安，到处都是麻雀在不情愿地叽叽喳喳，而现在它们立刻安静了下来；院子里的狗也不叫唤了。公鸡们已经完成了第三轮打鸣，自觉已经尽到了"每日清晨问候"的职责，便拍拍翅膀去休息了。

寡妇西尔维娅想起了自己小时候的那只公鸡，不由自主地哼了一声。那只鸡太闹腾了，把这附近的所有人都吵了个半死。有时候，为了让这只鸡安静一点，她的祖父就在鸡尾巴下面涂润滑脂。对此毫无所觉的公鸡飞到栅栏上，打算又一次用欢腾的叫声震撼四方，肺里攒了满满一包空气，结果却遭遇了鸡生中的滑铁卢：因为没有遇到任何阻力，空气畅通无阻地从"后门"里溜了出来，把那声"咯咯咯"扼杀在了萌芽之中。在几次尝试都宣告失败以后，公鸡从栅栏上滑了下来，在庭院里蹒跚着，挓挲着后脑勺上的羽毛，花花绿绿的翅膀也忧郁地耷拉着。它那整副样子——歪斜的尖嘴、悲痛的眼神、摇晃而迟疑的步伐——都表现出它心中深刻的困惑和实实在在的震惊。"怎么回事，以后会一直这样下去吗？"它似乎在抱怨，用几乎听不到的声音嘟囔着。这只公鸡随后怎么样了？西尔维娅已经不记得了——要么是宰了，要么就是卖了。但它那空洞而得意的鸣叫，至今仍然在她耳边咯咯作响。

寡妇西尔维娅对着洗脸水念了一小段祷告文，感谢上帝赐予她新的一天，然后开始仔仔细细地洗漱。这个仪式是奶奶教给她的，奶奶是个非常尊重民间传统，并且无条件遵守各种习俗的人，当年她居然能根据民间习俗建立起一整套生活规矩。比如，她只要看到大狗扬起脑袋不安地嗅着空气，就立刻坚信老天爷会下雨，赶紧跑去收外面晾着的床单被套；如果大狗的眼睛漫无目的地盯着某个物体，她会抓紧给餐桌换上新桌布，检查糖果的量是否还足够，然后坐下来磨咖啡。毕竟众所周知，这种冷淡的眼神一般是给不速之客准备的；只要家里有人要出远门，她总会雷打不动地在旅人的行李中塞上一抔菜园里的土，保佑旅人们顺利出行，安全回家；她从来不把手里的蒜拿给别人，因为如果这样做了，向她伸手要蒜的那个人有可能会生病；她从不在晚上搞卫生，怕惊动家中的鬼神。她是真的信这些，平常会在茶碟上留一些点心（比如硬糖），还会提前把点心的包装纸撕个小口，但又不完全展开，这样不仅能减少自己的工作量，还充分尊重了鬼神的意愿——要是鬼神们愿意享用的话，包装纸什么的他们自己就能搞定了。

西尔维娅年轻的时候对老一辈的习惯嗤之以鼻，但随着年龄的增长，她也开始相信这些了。有时候她发觉，和奶奶一样，她也尽量把所有的家务活都赶在周六中午之前做完，空出周六下半天和周日一整天的时间。还有，她记得人们认为周一这个日子不好，如果要做某件事情，千万不能从周一开始做，所以她尽量不在这一天做计划。周二是她种菜的日子，因为这是一周中最适合播种的一天。

寡妇西尔维娅的女儿安娜早就对妈妈的这些习惯见怪不怪了，但是女婿看不过眼，有时候会对丈母娘开点儿玩笑。不过，他的玩笑开得很幽默，又是善意的，所以西尔维娅从不生气。她想："他还年轻呢，够幼稚的，不怎么懂人生。"女婿有理有据地说，他已经快 35 岁了，已经能看透人生中的一些东西了。对此，她居高临下地"啧"了一声:"是看透了一些,但还差得远呢!"

她早早地白了头发,从前的美貌也不复存在了。论起年龄,她才刚满 52 岁,明明还不老,却坚持把自己归进老太婆的行列里。很多亲近的人都劝她不要这么做,她一一拒绝了——拒绝得很温柔,也很果断。当她盼了很久的外孙终于出生的时候,她更加认定,自己最好的年华都已经留在过去了,于是立刻向单位申请无限期休假。她本来是做会计工作的,却欣然地接受了含饴弄孙的快乐,从外孙出生的第一天起,就忘我地投身于照顾婴儿的事业中。只有那些一辈子都在梦想拥有无私之爱,并且最终心想事成的人,才能有这样的奉献精神。

尽管沃罗涅日①的医生苦苦劝告,安娜还是没听他的,决定回贝尔德镇生孩子。"只有在妈妈身边我才安心。"她只用这一句话就驳回了医生提出的所有理由。她丈夫很支持这个决定,但是他的工作单位要求他按时上班,所以直到妻子快生了的时候,他才刚到家。妻儿出院后,他确认母子平安,一切都好,就又飞回了俄罗斯。安娜则打算等到夏初的时候再回。一想到要与女儿和外孙一起待好几个月,寡妇的心中就满是美梦成真的感觉。每当她独自一人的时候,就会将双手举向天空,怯怯地低语:"上帝啊,你千万不要觉得我的幸福是多余的。"然后急切地在自己身上画十字。她总是像这样面对面地和上帝交谈,觉得这样就不会惹怒他。

外孙的出生改变了寡妇西尔维娅的性格,她原先寡言少语,

---

① 译者注:俄罗斯的城市。

内向自闭，现在变得都让人认不出来了：突然非常渴望交流，可以花很长时间煲电话粥，而且一定要把话题引到孩子身上去。她原先并不怎么热爱逛街，需要买东西时，只需带上一张精心写好的购物清单，花上几分钟挑好需要的东西，就可以轻轻松松地离开商店。现在可不一样了，她要在商店里泡上几个小时，反复挑选印着小兔子和小河马的连脚裤、小帽子和婴儿服。挑了一堆衣服以后，她还要再花一段时间沿着货架转一转，把一件小衣服换成另一件样式差不多的——唯一的区别就是新的这件没有背缝。随后，她怀着"职责已尽"的心情付完钱，把买好的东西拿回家。

在各种情感的冲击下，就连寡妇西尔维娅对传统习俗的态度都发生了改变。如果说从前她还会比较灵活地遵守那些习俗，那么现在，但凡是跟外孙有关的习俗，她都会无条件地照办，疯狂到怪诞离奇的地步。比方说，有条规矩说要在孩子的小床垫下面藏一把刀子或者剪子，这样就可以吓跑邪灵。寡妇西尔维娅认为"多多益善"，就把刀子和剪子都用上了，放在床垫最底下的位置，两个对角一边一个。紧接着，她又想了想，在第三个床角上放了一把她爷爷留下的直剃刀，她预先把剃刀在水磨石片上磨了一通，然后用绷带把锋利的刀片缠了起来。这还没完，她又在放针织用品的盒子里翻寻了一阵，把编织针也放进武器库里。她在唯一空着的床角上把两根编织针摆成十字交叉的形状，然后用折了四折的毛毯盖住这些辟邪之物，又在毛毯上放了一个儿童床垫，盖上床单，并把床单的边角结结实实地掖在床垫底下。做完这些以后，她终于松了一口气。

还有条规矩说，在婴儿出生后的前四十天里，要护着孩子，不能让他见生人。据说这样做的原因是这么小的孩子容易被人用"毒眼"看坏①。于是，所有客人都被下了严格的"暂不准入"令。特尔②·马特奥斯神父前来祝贺这家人添丁进口，顺便提醒她们在婴儿出生第八日的时候要办洗礼，但就连他也被挡在了院子里。寡妇西尔维娅跟神父说了几句场面话，对他的拜访表示了感谢，然后毅然决然地把他送了出去。神父的脚甚至连门廊的边儿都没踩到。

"那么，洗礼该怎么办呢？"特尔·马特奥斯神父在临别的时候好奇地问道。他一边问，一边用长满金色雀斑的手掸着沾满灰尘的神父长袍。这些雀斑是夏天长出来的，直到现在还没消掉。

"等过了四十天再看吧！"寡妇西尔维娅回答得很详细。

大门就在特尔·马特奥斯神父的眼皮子底下关上了，他甚至没来得及对这个大不敬的行为表示些什么，比如动动眉毛之类的。他张开五指，失望地捋了捋拳曲的大胡子，朝连接露台和庭院的台阶走去。走到台阶最上方的时候，他顿住了，咒骂自己是个健忘的蠢货，又转过身往回走。他从斗篷口袋里掏出一只毛绒玩具——一头穿着长礼服、样子滑稽可笑的突眼睛毛驴。他本想把毛驴塞进屋里，但又摆了摆手，改了主意。扭头看看四周，找了

---

① 译者注：俄语国家的一种民间迷信说法，认为被人用"毒眼"看了以后，会发生不幸。

② 译者注：特尔（ter）是亚美尼亚对人的尊称，从前亚美尼亚人会在贵族姓氏前加"特尔"以表尊敬，现在则一般用"特尔"加姓氏来称呼神职人员。

一圈也没找到更合适的地方，只好把玩具留在旧沙发椅的扶手上。确定驴子已经稳稳地坐在扶手上以后，神父用手指尖扶着冰冷的栏杆，沿着结了一层冰的台阶向下走，一边走一边哼着自己最爱的小调。走到最下面一级台阶的时候，他用一声精神饱满的"哦啦！"打断了自己的歌声，又半蹲下来，重重地跳进院子里，吓坏了一群站在栅栏边上的麻雀。那群鸟儿安静下来，盯着他一路走向栅栏门——他的手指还在胸前挂着的十字架上弹了一下，发出"叮"的一声。"Like last summer's rose, I'm in love... love, love, love" [1]……浑厚如天鹅绒的男低音静静流淌，那群终于从震惊中恢复过来的鸟儿，用叽喳的争吵声为他伴唱。

那只毛驴并没有在露台上待多长时间，出来给鸡喂食的西尔维娅一眼就看到了它。她感动地叹了一口气，但并没有伸手去拿，而是走进了鸡舍。不一会儿，她又走了出来，手里端着一只空的鸡食碗，腋下还夹着一只母鸡，鸡冠上鲜血淋漓。前两天，为了不让公鸡抓破母鸡的腰背，人们闹着把公鸡的脚指甲剪掉了。这鸡可真卑鄙，居然用这种方式复仇。西尔维娅用绿药水处理了鸡冠上的伤口，然后把受害鸡抱回原处。那只英俊的公鸡正懒洋洋地站在栖架的最上层。西尔维娅在鸡旁边站定了，居高临下地哼了一声，然后负气地从鸡尾巴上拔下一根又长又傲气的金色尾羽——这是为了给它一个教训。她在公鸡愤愤不平的尖叫中回了家，嘴里还嘟囔着："丑东西，你该跟我说声谢谢的，我还没有拿医用

---

① 译者注：歌词，意为"就像去年夏天的玫瑰，我陷入了恋爱……爱，爱，爱"。

胶布缠住你的嘴呢！"

　　她仔仔细细地洗干净了手，回到露台上接那只毛驴。她把驴子从包装袋里拿出来，左右翻看，扣上了那件绒毛背心的纽扣。西尔维娅伸出手按了按它的肚子，听到玩具发出了微弱的"哦咿、哦咿"的声音。她赞同地点了点头：倒霉的驴子啊，既然创造你的人连歌剧演员都分不清，那你除了发出"哦咿"的声音以外还能做什么呢？

　　原来，整个贝尔德镇里只有特尔·马特奥斯神父敢冒险前来看望寡妇西尔维娅。其他的邻居们不敢打破那个根据传统习俗设立的四十天"隔离禁令"，只敢打打电话，发发贺卡。在电话里，西尔维娅会事无巨细地汇报婴儿吃喝、长高和成功增重的情况；至于贺卡，她只迅速地扫了几眼，就把它们放进了那个装糖饼干的白铁盒子里，想等有空的时候再仔仔细细地读一遍。

　　罐头厂（她在这家厂子里做了 25 年的会计）的厂长托快递员给她送来了一个粘好的信封。寡妇西尔维娅在信封里找到了一张贺卡和三张崭新的 100 美元钞票，上面有透明的蓝色条带，还有本杰明·富兰克林忧虑地抿着嘴的画像。这位美国总统让她遽然想起了一百多年以前就已去世的曾祖母。曾祖母的死亡被大家议论了一遍又一遍——在某个复活节，曾祖母全家人（包括她的好多个孙子、孙女和曾孙子、曾孙女）聚在一起过节，坐在餐桌旁边。她是一个非常相信神，也很有教养的女人，在这之前，从来没有人听她说过哪怕一句重话。突然，她打翻了盐瓶，那个小瓶子掉到了她的膝盖上，于是她清晰而响亮地咒骂了一句，然后尴尬地笑了笑，请求大家装作什么都没听到的样子。但就在亲人们遮掩了笑容，一齐证明确实什么都没发生的时候，可怜的曾祖母却悄悄地跑去见了上帝。死后，她不仅在贝尔德镇获得了"最有良心的居民"的殊荣，在别的城镇也是如此。毕竟，除了她以外，人们不记得还有谁是因羞耻而死的。

寡妇西尔维娅没见过曾祖母活着的样子，只见过她的一张老照片。在那张照片上，她的样子和富兰克林总统仿佛是一个模子里刻出来的，都是一张饱满的圆脸，半转过头，抿着嘴，又大又圆的眼睛瞪着镜头，眼球微微突出。曾祖母的手搭在一个5岁男孩的肩上。那个男孩紧张地微笑着，穿着一件小小的礼服和短裤，脚上的靴子尖儿都磕坏了。一撮好笑的卷发从他的左耳上方翘了出来，让人很想把它好好抚平，免得破坏了精心打理得服服帖帖的整体面貌。男孩名叫奥瓦涅斯，是曾祖母的七个孙子孙女里年纪最小的一个，也是寡妇西尔维娅的父亲。

对了，家人给她取名叫西尔维娅，就是为了纪念她的这位曾祖母。曾祖母的妈妈在女儿刚出生的时候，从薄荷糖罐上一个音节、一个音节地读出了这个名字。她提议给女儿起名叫"西尔维娅"，尽管在这里，这个名字并不怎么常见。在施洗的时候，教堂的人另外给她起了一个合适的亚美尼亚名字，但是"西尔维娅"这个听起来不同寻常的名字——带有山泉的叮咚声和春天树叶的沙沙声——已经叫开了。再后来，她的曾孙女继承了这个名字，中间夹了两代人。

这份慷慨的礼物让寡妇西尔维娅感动不已。她给罐头厂打了个电话，尽量不表现出激动的心情，很克制地道了谢。她对领导说，只要女儿一走，她立马回到厂子里去上班。领导得到了她的承诺，满意地挂上了电话。西尔维娅把 200 美元存了起来留待他用，去银行把另外 100 美元换成了亚美尼亚的德拉姆①，拿这些钱去买了一堆生活必需品：奶瓶、奶嘴、尿布和药粉，还有一些给哺乳期妈妈吃的食物。看到妈妈拿她自己的私房钱买这些东西，安娜感到非常生气，但是西尔维娅态度坚决地制止了她："我的女儿啊，妈妈这样做可高兴了。"

西尔维娅拿着剩下的两百美元，在房子里走来走去，想找一个安全的角落（货币改革以后，那些银行吞掉了西尔维娅的所有积蓄，所以她再也不相信银行了）放钱。最终，她把钱藏在了契诃夫文集的第五卷里，当然了，在把书放回原位之前，她还明智地在记事本里写了一条备忘录，免得自己过后为了找钱翻遍整个书架。这个备忘录看起来很有阴谋的味道，甚至有种犯罪的感觉，密码学家都不一定解得开。"去樱桃园②寻找曾祖母西尔维娅"——备忘录是这样写的。

除了从伊杰万城赶来看孙子的亲家公和亲家母以外，没有人打破这个"隔离禁令"。亲家母仔细地瞧着熟睡的小婴儿，露出一副妒忌又讨好的样子，然后立刻高兴地宣布说，这孩子简直是她父亲的翻版，所以要让孩子跟她父亲共用同一个名字"巴格达

---

① 译者注：德拉姆是亚美尼亚的法定货币。

② 译者注：契诃夫的一篇小说名。

萨尔"。寡妇西尔维娅本想反驳说，现如今很少有人给孩子起这么老土的名字了，但亲家公比她抢先一步，食指冲着天花板画圆圈儿，摆出表达困惑的典型姿势，劈头盖脸地朝着妻子发难："这孩子的鼻子长得跟电视遥控器按钮一样小，凭什么管他叫'巴格达萨尔'？"

"你这是什么意思，难道'巴格达萨尔'是'大鼻子'的意思吗？"

"可不是嘛，下雨的时候，整条街上的人都能躲到你爸的鼻子下面去避雨！"

"既然这孩子不能叫'巴格达萨尔'，不如我们管他叫'瓦拉兹达特'得了？为了纪念你那个酒鬼老爹？"

"你这女人到底知不知道自己在说些什么？我都跟你说过好几百次了，他不是酒鬼，他是个桑葚酒鉴赏家！再说了，你都不心疼自己的亲孙子吗？什么'巴格达萨尔'，什么'瓦拉兹达特'啊？怎么也得给孩子起个时兴点儿的名字吧？最重要的是，这名字得响亮，念得快，就像射出去的箭一样。"

"快？那干脆给他起名叫'切巴尔德'①吧！干吗计较这些小事？"寡妇西尔维娅插嘴说。她心里有点不痛快，因为没人征求她的意见。

两位亲家回过神来，立马开始跟她商量起名的事儿。他们虽然只短短地吵了一会儿，但几乎闹到发生流血事件的地步。最终，

---

① 译者注：意为"猎豹"。

他们还是明智地把选择权交给了新生儿的父母；而两位新上任的家长打包票说，一定会想一个让所有人都满意的名字，好不容易才让老一辈们走下了"拳击擂台"。不过，他俩并没有急着行使选择权，所以孩子出生第二周了还没名字。根据传统习俗，这倒没什么可指摘的，所以寡妇西尔维娅并不怎么担心。反正孩子的爸妈肯定会想出一个名字，逃是逃不掉的——还要给孩子办出生证明呢。

最严格的习俗是这样的：婴儿出生十周内，不能把他带出去散步。这也是为了不让周围的人过于"关注"孩子。但是12月初的天气是如此美妙，在这样的日子里，剥夺孩子呼吸新鲜冷空气的机会简直是一种罪恶。寡妇西尔维娅颇动了一番脑筋，想出一个主意：她在婴儿车的上方又围了一层帘子。这块帘子是她亲自用网状纱缝的，为了能让它遮得更加严实，她还缝出了双层的褶边。这样一来，懂的人立马能猜到不能朝帘子里面看，而不懂的人哪怕掀了帘子也不会有什么危害！从来都尽量不跟母亲顶嘴的安娜，小心翼翼地问妈妈为何要费这么大的劲儿，要是想散步的话，在院子里逛也是一样的呀。寡妇西尔维娅避开了女儿的视线，沉默了一会儿，长长地叹了口气，抬起长着细纹的眼睛——胡桃色的眼睛里泛着灰色——看着女儿，回答说："女儿啊，我也想炫耀一下自己的外孙呢。"

她的话真诚到让人无力反抗。安娜抱住她，亲了亲她的额头，微笑着说："好的，妈妈，都听你的。"

寡妇西尔维娅的房子位于一条窄路的尽头，后院紧挨着一座灌木丛生的小山丘"哈里卡尔"。在通往峡谷底部的缓坡上一共有三条路，这三条路都是从一个形状不规则的小广场上延伸出来的。广场上立着一座座行政建筑，有管理局、警局、银行、民事登记处、法庭和公证处。在这些墙壁结实的房屋周围，三条道路七弯八拐，最终通往不同的方向。其中一条迅速向下延伸到山脚处，另外两条则向上攀缘，像是给小山丘系了两条漂亮的丝质腰带，和从前男人们在短衬衫外系的那种腰带很是相像。

　　那条向下的道路被人们叫作"尼日尼①路"，它围着山脚绕了一圈，最后以一座低矮的石桥作为终点。这条路是依河而建的，不过，那条山间小河虽然看着天真无害，但它的脾气却阴晴不定，狂劲十足。春汛的时候，它能沿着满是石头的堤岸漫出老远；而雪化的时候，还有雨季到来的时候，它会变成失控的洪流，荡平前路上的一切障碍。正因此，尼日尼路上的房屋都建在远离岸边的地方，不太恭敬地背对着河流。人们还用高高的栅栏把堤岸和房子隔了起来，这些栅栏久经风霜，被冰冷的浪花拍打过不知多少遍。

　　另一条路叫"花园路"，这条铺满石子儿的路一直通往山顶，最后停在一个小公园的大门前。小公园是欣赏四周美景的绝佳去处：石头做的房屋上点缀着玻璃凉台；果园不再是一片凄清，成熟的柿子和榅桲果变成了金黄色；夏天过后，驼背的山峰已受不

————————

① 译者注：意为"下面的，下层的"。

住那刺骨的冷风；远处的一片海有如玻璃，映射着暗淡的天空。花园路的房屋都坐落在极高处，它们的窗户能更早捕捉到刚刚苏醒的太阳光线，也能更早地感知到急雨的来临。

第三条路叫"和平路"，寡妇西尔维娅就住在这里。这条路沿着山丘的前胸伸展开来，把这座山分成了两半。一排排房屋就坐落在和平路的路边，带有悬空的露台和大面积的花园、菜地。因为这里既没有任性的河流，也没有喧闹的狂风，所以人们可以自由地挖出深深的地窖，建起木质的粮仓，插下摇摇晃晃的矮篱笆。小鸡们唧唧叫着，不停地在篱笆缝里穿过来，跑过去，把慌手慌脚的母鸡吓得歇斯底里大发作。

和平路一会儿攀上山包，一会儿又急促向下，妨碍着路人前行的脚步，蹭拽着人们衣服的下摆。衣服上留下的，要么是过于成熟的花粉，要么是缠人的飞廉刺，甚至还有干枯到几乎没有重量的荨麻种子。绕过一个个庭院，这条路在最尽头的位置突然向右拐了个弯，一头扎进寡妇西尔维娅的房子里，离她的栅栏只有几步远。

多年以前，西尔维娅的父亲把和平路到栅栏前的这块空隙填补好了。他是用河里的鹅卵石铺的路，铺出来的图案很简单：暗色的背景上有两个浅色的半圆形。那时小西尔维娅才5岁，她每天都眼巴巴地盼着父亲下班。父亲回到家换好衣服，匆匆忙忙吃过午饭，然后带她一起去小河边花一两个小时寻找鹅卵石。合用的鹅卵石必须像巴掌那么大，还要有合适的形状和颜色。奶奶把一只铁桶让给了他们，里面曾经装着用来打磨园艺工具的各种石头制的小玩意儿。每当一块鹅卵石被扔进那只几乎快要锈穿了的旧铁桶里时，总会发出一声巨响，直到现在，西尔维娅只要回想起那个声音，还是会不由自主地眯起眼睛。

整个夏天里，他们花了将近两个月的时间找鹅卵石，最后父亲终于开始动手铺路了。小西尔维娅对于那一天的记忆，都像是从高处俯瞰的。她的父亲设法搞到了结实的缆绳，用它做了一架舒适的秋千，还贴心地在椅子上包了鹅毛枕头。西尔维娅在秋千上荡到最高点，吓得浑身寒毛直竖，喉咙里像是有块东西堵着。为了分散自己的注意力，好让自己不那么害怕，她一会儿看向剥绿豆荚的奶奶，一会儿看向自己的妈妈——她正从石头做的面包炉里取出面包，那刚出炉的面包还散发着烤饼边的甜香味。一会儿，她又看向正在浇灌玫瑰花丛的爷爷。已经过了将近半个世纪，西尔维娅的人生中发生了太多事情，多到可以把那个无忧无虑的日子永远淹没，但西尔维娅却记住了那一天，就像是记住了一部反复看了很多次的电影。她常常重温那段时光，还原记忆中的点点滴滴，每当那些已经被她忘记的细节（简简单单的木发梳插在奶奶的发间；搭在肩膀上的黄色洗碗巾；她一边荡秋千荡得心都要跳出嗓子眼了，一边还能看到银色的河流……）又凭空冒出来的时候，她都会觉得非常快乐。

一棵梨树在篱笆门上方伸展着自己的枝叶。这个品种的梨树在此处可不怎么常见，却奇迹般地活了下来。这是父亲从立陶宛的杜克什塔斯小镇带回来的，他差不多赶了一周的路才回到家，而当时这棵树苗就被包在一块潮湿的破布里面。他把这棵小树种在了花园边上，紧靠着栅栏。就在这个地方有一块向外突出的岩石，不是很高，但很结实。这块岩石为梨树搭出了一块小小的洼地，可以保护这棵不太适应新气候的植物，这样无论是能让植物腐烂的冬季湿气，还是能使花草枯萎的夏季酷热，都不会伤害到这棵小梨树。它很快就开始抽条生长了，不过随后生长速度又慢了下来，树冠分成两束，分别朝着两边伸展开来。

这棵树长到第五年的时候，终于挂上了大而多汁、香香甜甜的黄色果实，而果皮上朝向太阳的那一边则露出淡淡的粉色。正巧在西尔维娅生的那年，这棵树结出了第一批果子，所以家人们习惯认为这棵梨树是属于她的。小小的西尔维娅高兴地呵护着"自己的"梨树：松土，浇水，撒上木屑保持土壤水分。粗糙的灰色树干上，有着稀疏的褐色斑痕，而她会在树干上仔细寻找病虫害的痕迹。有一天，她在树上发现了一个小小的斑点，这让她坐立难安。直到父亲清理了斑点，又用硫酸铜和蜡脂处理了那个小伤口以后，她才平静下来。

春天，立陶宛的梨树顶着一头雪花奶油色的花朵，如同快要出嫁的姑娘，蒙着厚厚的凸花面纱。梨树还没长叶子的时候，这些花朵就已经开在枝头了，散发着微微的甜香，久久不落。小西尔维娅喜欢踮起脚尖，小心翼翼地拉过一根树枝，尽量屏气凝神，把脸蛋埋进娇嫩的花瓣里，去捕捉那恬淡而朴素的香气。

到了盛夏，汁液丰足的果实把树枝压往地面，西尔维娅亲手用特制的双角支撑杆撑起那些枝条。梨子熟透了，她小心翼翼地把摘下的果实放进木箱，尽量不蹭伤柔软的果皮。装满果实的木箱会被送往大地窖里储存起来。西尔维娅的奶奶喜欢把院子里结出的各种果实制成罐头和干果，但她从来不碰那些立陶宛梨子，不舍得把它们做成副食。奶奶高兴地看着那蜜蜂的宠儿——挂满香甜果实的梨树，做了决定："就这么吃吧。"

因为这些久远的童年习惯，寡妇西尔维娅一直认为这棵立陶宛梨树是属于她的。就算她愿意请邻居帮忙打理园子和菜地，她也不让任何人靠近这棵树，就连修剪枝条这样困难的工作，她也都自己干。准女婿还没进家门呢，她就宣布说："这棵树是我的。""意思是说，剩下的所有树，我都可以当作是自己的喽？"女婿并没有表现得慌里慌张的，而是羞红了脸。寡妇西尔维娅注意到了这个羞窘的表情（这说明他还是有良心的），感到很满意，认为她的女儿做出了正确的选择。她把幽默感、良心和责任心看得比什么都重，特别讨厌小气鬼，但也不赞成挥霍浪费。碰到嫉妒心强的人，她总是绕着走，听到那些让她受不了的流言蜚语，她也会左耳朵进，右耳朵出。她从来不跟亲人、朋友开口谈爱，但没有人怀疑她比这世界上的任何人都懂爱。

西尔维娅煮了燕麦粥当作早餐，稍微多煮了一会儿，因为不久之前她发现女儿喜欢等到粥放凉以后，用勺子刮搪瓷锅底上的锅巴吃。她往女儿的卧室瞧了一眼，发现女儿早已换好了衣服，喂完了睡醒的孩子。西尔维娅把早餐托盘放在床头柜上，先亲了女儿一口，然后高兴地念叨着她的乖外孙。

"我带着孩子出去转转吧，哎呀，可算是下定决心了。"宣布完这一重大决定，她又用不容置疑的声音说道，"你吃完饭就好好睡一觉，听见没?！"

安娜没有跟她争辩什么。怀孕的最后一个月，小宝宝在她沉重的肚子里翻来覆去地折腾，把她累得精疲力尽，有时候甚至几天几夜都没法合眼。她到现在还没从那种疲惫中恢复过来，所以只好争分夺秒地多睡会儿觉。

寡妇西尔维娅推着婴儿车出了门，小心翼翼地，尽量不搞出太大的动静。先费了好大的劲儿把婴儿车单独推进院子里，再把裹得暖暖和和的孩子抱进婴儿车，盖上小棉被。她又检查了一遍手提包，那里面放着孩子可能用得着的所有东西。终于，她上路了。因为还不太习惯带孩子出门，她的旅程并不是很顺利：先是立陶宛梨树枝勾住了婴儿车的车顶，再是婴儿车的轮子卡在了篱笆门上，更不巧的是，她一个没抓住，篱笆门脱手了。大门自动关上的时候不仅发出了巨响，还把生锈的门闩撞得"叮"的一声。

"真该死，我要把你卸下来!"西尔维娅威胁着门闩，把所有的怒火都发泄在它的身上。篱笆门上装了门闩以后，人们还从来没有用过这个小玩意儿呢。

婴儿车在铺好的鹅卵石小路上走得很平稳，只在背后留下了一串潮湿的车轮印。细细地看了一会儿，西尔维娅在印记里辨认出一串心形。她把手伸向胸口，摸到了那颗从未摘过的心形吊坠。她觉得，很多巧合基本上都不是偶然发生的。她朝婴儿车的帘子下面看了一眼，确认外孙还在睡觉，于是深吸一口气又缓缓吐出来，冷静了一下，又用宇航员加加林的那句"上路吧"为自己加油打气，把婴儿车推上了和平路。她一直贴着路边走，避让着小水坑，可车轮却陷进了烂泥里，泥上还结了一层薄薄的冰。她一如既往地咒骂着这里的城市服务——怎么连人行道都不给建呢？

好几户人家已经烧起了木头炉子，空气中弥漫着烟味和房顶被烘烤后的味道。一群大鹅在下方嘎嘎地喊叫着，引来一阵疯狂的鸡鸣和看家狗的吠叫声。西尔维娅停了一会儿，等待那懒洋洋的狗叫声从一个院子传到另一个院子，不一会儿，山上的院子里也传出了狗叫。这声音一路向上爬，最后终于在山顶上停了下来，寂静如初，直到这时候西尔维娅才又上路。晌午时分，行人稀少，她和每个过路人都打声招呼，听到对方的祝贺后，道声感谢，继续向前。

她遇到的所有人都没往帘子下面看，但是无论如何，一想到那些乡亲们的习惯（他们就喜欢没事儿到处钻、到处看，虽说都是天真的行为，那烦人的劲儿可没少到哪里去），她还是保持了应有的警惕。她总能与人建立起互相尊重的平等关系，但尽量不跟人进行毫无意义的寒暄，每当别人千篇一律地询问她身体是否健康的时候，她也避免回答。别人请她到自己家里去做客，她向来是说句谢谢，然后礼貌地拒绝。她也从不请别人到自己家里来。人们喜爱她，尊重她，但是每当想起她的时候，都会迷信地拿手指关节敲木头 ①——怕把她受到的那些考验招揽到自己身上来。私

---

① 译者注：很多民族的人相信敲木头可以去除晦气和霉运，也可以避免一些坏事的发生。

下里，人们管她叫"可怜的女人"，但总会补上一句："谢天谢地，她现在过得很好。"

夜里结了冰的路面，到了白天中午就解冻了，变成了难走的烂泥。婴儿车颠簸在坑坑洼洼的路上，一会儿这个轮子陷进坑里，一会儿又换成另一个轮子。于是她不得不紧紧抓住婴儿车把手，只有这样才能走得更远。走到路的尽头时，寡妇西尔维娅筋疲力尽了。"你不是想炫耀自己的外孙吗？所以怎么样？满意了吗？"她一边揉着压麻了的手，一边喘着粗气咒骂自己为何非要在这种天气里出门散步。幸运的是，小宝宝对外婆的焦虑一无所觉，裹在暖和的小被子里，两只戴着羊毛无指手套的小手举过头顶。

安娜顺应新的时尚潮流，不允许自己的妈妈给孩子裹襁褓。寡妇西尔维娅不得不忍痛违反习俗，听从女儿的意见。从前是怎样裹孩子的来着？拿一块襁褓铺平，再在这块襁褓上面放另一块对折成三角形的襁褓。给孩子穿上柔软的婴儿服，拿婴儿帽上的带子打个结，再把带子的末端塞进婴儿服的领子里。在孩子的两腿之间塞上纱质的尿布，再用下面那一层襁褓扎紧，孩子的两只小手则被裹进上面那一层三角形的襁褓中。外面再结结实实地裹一床小被子，这样就只有小脸蛋露在外面。裹在襁褓里的小孩会睡得更安稳，因为他不会双手乱动吓到自己，也会像西尔维娅保证过的那样，身材长得匀称又苗条，因为绑紧的襁褓会让小孩的身体挺得直直的。

西尔维娅看着女儿让孩子穿着柔软的短裤睡觉，发觉说服女儿是件不可能的事情，就试图把女婿拉到自己的阵营里来，怯怯地说："要是孩子的两条腿变成弯的该怎么办？"

"那就把他培养成足球运动员。弯腿的足球运动员，各个球队都抢着要。"女婿开玩笑说。

"两个人都够糊涂的，"西尔维娅生气了，但摆了摆手说，"这次就按他们的想法来吧。"

小镇广场上几乎空无一人。管理局的院子里空荡荡的，两个同样骨瘦如柴的驼背士兵从银行里出来，一边数着钞票，一边朝售货亭走去。从警局大楼里开出来一辆车，车上的警笛刚轰鸣了一会儿就不响了。开车的警察是个年轻的卷发小伙子，他从车窗里伸出手来，朝着寡妇西尔维娅挥了挥："阿姨，不好意思啊，我没注意到您推着婴儿车。"西尔维娅点了点头，表示"没关系"，但在心里悄悄骂了一句"不长眼的蠢蛋"。

管理局大楼前面的长凳上坐着两位老太太。其中一位块头大点，圆圆的娃娃脸上长着雀斑，面带微笑，正拿着四根钩针织东西。有时候她停下手上的活计，抬起头用好奇的目光打量着寥寥几个前来办事的人，试图从他们的面部表情上，猜出他们到管理局来办什么事情。另一位老太太肤色黝黑，长着一个鹰钩鼻子。她轻快地挥舞着刀子，拾掇一大丛锦葵菜。跟两位老太太打过招呼以后，寡妇西尔维娅开始询问她俩的身体状况。

"闺女哎，我这把老骨头可酸痛啦，尤其是快下雪的时候。"长着鹰钩鼻的老太太和善地说道。从她的声音里听不出悲哀和沮丧——只有无奈。圆脸的老太太则赞许地看着摇篮上的帘子，询问西尔维娅的外孙叫什么名字。

"他们还在考虑着呢，"西尔维娅叹了口气，突然敞开心扉，"当然了，我很想让他跟我父亲叫同一个名字。"

"奥瓦涅斯是一个好名字，很不错。"老太太们赶紧附和道。

西尔维娅正打算问，都12月份了，她们是从哪里搞来的锦葵菜。但她还没来得及问出口，一群愁眉苦脸的人从法庭大楼里拥了出来，吸引了两位老太太的注意力。

"看来是暂时休庭了，"圆脸的那位老太太宣布道，眼睛盯着四散而去的人群。她又叹了一声："不幸啊，太不幸了！"

"出什么事了？"寡妇西尔维娅有点慌了。最近她一门心思扑在外孙身上，错过了很多新闻。

"萨伊南茨·彼得罗斯的儿子们为了争一丁点儿东西，打了起来，大儿子推了小儿子，小儿子摔倒了，磕破了脑袋，死了。一个要下葬，另一个要坐牢，可怜的彼得罗斯啊，这么苦的日子可怎么过呢！本来有两个儿子的，现在只剩一个了，更别说剩下的这个还不知道会怎样呢。"

老太太哼哼着，啧叹了两声。黝黑皮肤的老太太敲了敲长凳的边缘，胆小地呸了三声："呸呸呸，上帝啊，可别让这样的坏事发生在我们身上吧！"

一个瘦高的老头拄着拐杖艰难地沿着广场边缘走了过来，身上穿着一件手肘和领子都磨破了的大衣。圆脸老太太看到了他，立刻从痛苦的思绪中回过神来，用手肘推了推黝黑皮肤的老太太："看哪，你的追求者来了，你还记得年轻那会儿，他是怎么追你的吗？"

黝黑皮肤的老太太哼了一声，放下手上的刀子，两眼死死盯住那个老头。感受到注意的目光后，老头状似威武地耸了耸肩，手指划过大衣的扣子，检查是否所有的扣子都扣好了。他摆出一脸难以捉摸的表情，神气十足、漫不经心地向前走，像是在给谁帮忙似的，手里还拄着那根拐杖。

"看他走路那样子，好像他这座死火山还能喷发似的！"老头经过她们身边的时候，黑皮肤的老太太挖苦地嚷了一句。

圆脸老太太吃了一惊，放下钩针，举起两只手轻轻一拍，眼睛盯在朋友身上。西尔维娅急忙俯下身去，假装在装着婴儿用品的包里找东西。她强忍住狡黠的微笑，抬起头跟老人打了个招呼。老头虽然没听到黑皮肤老太太说了什么话，但也能猜到那不会是什么好话，于是格外礼貌地回应了西尔维娅，又朝圆脸老太太点了点头。他没有"屈尊"看向另一个老太太，也没有加快脚步，就这样继续向前走去。

不过，他这股劲儿没过多久就泄了：刚走到卖各种小玩意儿的售货亭，他就装出一副要仔细看看商品的样子，但其实是为了喘口气。他重重地靠在玻璃柜台上，手里的拐杖应声倒地，朝着人行道的边缘滚去，杖头上的铁制手柄铿铿作响。有位过路人捡起了拐杖，关心地询问老人是否需要帮助，老人摇了摇头，表示自己没事儿，喘两口气就好了。

寡妇西尔维娅的心痛得揪了起来。她没有见过自己父亲年老的样子。如果他还活着，年纪应该跟这个老人差不多大吧，他当然也会在可爱的老太太看着自己的时候，走得神气十足……不过，谁知道呢，要是他没有走得那么早，没准现在她的妈妈也还活着，他们就可以一起带着孩子散步，走着走着，陷进没过脚脖子的烂泥里，然后咒骂镇上居然连一段短短的小路都不修……

两个老太太吵起了架，把西尔维娅从悲哀的思绪中拉了回来。原来是圆脸老太太骂黑皮肤老太太对男伴无礼。

黑皮肤老太太生气地挥挥手，说："没什么的，他能挺得住。"

"能挺得住是一回事儿，但你为什么管他叫'死火山'？"

"怎么，你对这件事难道有别的见解？"黑皮肤老太太狡诈地问。

圆脸老太太顿时受到了冒犯，从长凳上站起身来离开了，连句"再见"也没说。西尔维娅本想跟上前去，但决定还是要等那群人回来出庭。老人见法庭的院子里空荡荡的，转过身晃晃悠悠地往回走。当他又一次经过黑皮肤老太太的身边时，老太太正好拾掇完了锦葵菜，用一小块报纸卷起来。老头犹豫了一会儿，还是礼貌地鞠了一躬，问候道："早上好啊，阿努什克女士！"

"滚远点儿。"黑皮肤老太太生气的叫喊仿佛警报，这声音追上了另一位圆脸老太太，重重地砸在她的背上。圆脸老太太的脚步停了，但并未转过身来。黑皮肤老太太迈着小碎步朝圆脸老太太走去，一边走，一边抖着羊毛裙子的下摆。走到西尔维娅身边时，黑皮肤老太太塞给她一纸包锦葵菜："给你家姑娘熬点儿汤吧，她还要奶孩子，更需要吃这个。"西尔维娅惊得简直不知道说什么好了，但很快回过神来，深受感动地道了声谢，询问自己要付多少钱。黑皮肤老太太撇了撇嘴："别拿这些傻瓜问题来烦我！"然后她朝老头转过身，不经意地丢下一句："到我家来做客吧，萨姆松。就这样吧，我会给你倒茶喝。"故意让语气显得很冷淡。

"她可真喜欢挖苦人哪！"老头举起双手说道。接到喝茶的邀请，他顿时兴奋得喜笑颜开，像是一下子年轻了 10 岁。寡妇西尔维娅看到他身上发生的变化，脸上的微笑都藏不住了。

老头跟西尔维娅告别的时候，询问她的外孙叫什么名字。

"叫'奥瓦涅斯'。"西尔维娅撒的这个谎让自己都吃了一惊。她的脸红得很厉害，找不到自己撒这个谎的理由。幸运的是，老人并没有注意到她的慌张。

"你的父亲是个好人哪，闺女。他很善良。"他叹了一口气，像家长那样拍了拍西尔维娅的脸颊，朝着法庭大楼走去。他重重地压着那根拐杖，呻吟着弯起酸痛的腿。

当安娜在电话那头说自己想在亚美尼亚生孩子的时候，寡妇西尔维娅简直不敢相信自己的耳朵，问了好几遍："在亚美尼亚生？就在贝尔德镇吗？真要在这里生孩子？"听到女儿肯定的回答，她吓坏了，试图劝说："沃罗涅日的专家和医院更好啊，你干吗在我们这儿的破医院生？值得从一个国家飞到另一个国家吗？这样你和孩子都得冒风险。"

但是安娜坚持回亚美尼亚生孩子。寡妇西尔维娅拗不过她，只得同意了，眼里喜悦的泪水几乎决堤。

得知这个消息后，她所做的第一件事就是跑到父母的墓前，把这个消息告诉了他们。在回来的路上，她买了十根蜡烛，一半放在小教堂里，另一半被她带回了家。她想在圣母雕像前面点起蜡烛。

圣母雕像就立在她家的五斗橱上，摆放的位置是精心设计过的，可以让清晨的阳光透过窗帘间的窄缝，照在她那张动人的脸上。那张脸圆圆的，白里透红，仿若孩童，看起来一点也不悲伤。

她上一次去埃里温的时候，从那里带回了这个雕像。她去大城市的次数屈指可数——自从回到贝尔德镇以后，她一直尽量不离开这里。此前，本地的神经科医生怀疑她得了重病，费了很大的劲儿劝她去首都的专科医院，希望她把所有该做的检查都做一遍。医生用生动的语言，描述了一个有着奇怪名字的疾病"多发性硬化症"，详细说明了得这个病会有什么后果。最后，他的目的达到了，给自己的患者准备了需要的文件，把她送去了首都。

在一家新开的神经外科医院里待了两天以后，寡妇西尔维娅拿到了一份荒唐十足的诊断书，上面的字写得很大，而且令人意外的是——字迹居然不难辨认——诊断书上写着，因为就诊人处于一种患病的临界状态，所以他们无法确诊；但同样因为这种疾病的临界状态，他们也无法排除她患有这种疾病的可能性。那个给她写诊断书的神经科医生仪表堂堂，长着两根粗眉毛。他劝西尔维娅去某个国外的医院继续做检查，比如以色列或者德国。"那里的医生肯定能给您确诊这个疾病。"说完，他急忙补了一句，"呃，或者是排除这个疾病。"

"这很贵吧？"寡妇西尔维娅问道。

"非常贵。"

她忙着把证明书和拍的各种片子理成一沓，所以两个人的对话中出现了短暂的停顿。为了打破这种沉默，她不好意思地问道："您知道'非常贵'是有多贵吗？"

"我说不准。费用单是医院开的。我觉得，至少得准备二十个千的美元吧。"

"一千零二十？"

"不是的，怎么可能呢。是二十个千，就是二十个一千的意思，两万美元。"

"确实非常贵。"寡妇西尔维娅点点头表示同意，暗中责备自己脑袋不清楚。

"但是健康比多少金钱都重要！"神经科医生喋喋不休地说个没完，语调中充满活力，却给人一种矫揉造作的感觉。为了增强语言的说服力，他还大幅度地比画着手势，肥胖的手腕上，一条奇巧精致的金表链正在闪闪发光。他把表链藏进医生制服的袖子下面，继续用虚伪而快活的语气说："每个亚美尼亚人的亲戚数量都很多，比亚美尼亚总人口数的一半还要多呢，可以借一点嘛。实在不行，还能办贷款。倒是可以去申请慈善基金，不过那里排队的人太多了，而且，说实话，"他俯身向前，压低声音，"那里的钱太少了，所以一旦要在孩子和成年人之间做选择，他们就会选择帮孩子……您明白的吧？！"

寡妇西尔维娅再三保证，说自己什么都明白，然后松了一口气，离开了。等大巴车的时候，她决定先在城里逛一逛。在一条从市场通向大桥的嘈杂通道里，她遇到了一个卖陶瓷雕像的小商贩。这些雕像被人故意做成了稚拙朴实的模样，身体略胖，脸盘略圆，但非常惹人怜爱。没人能毫不动心地离开——每个过路人都必定停下脚步，把雕像拿在手里把玩一会儿，挑一个带回家；或者虽然抱怨价格昂贵，但在开溜之前，还是会对制作这些雕像的人说上两句好话，然后雕像的制作人，也就是这位小商贩——一位个子不高、瘦得不可思议的年轻男人，肤色黝黑，一双绿眼睛炯炯有神——会害羞地表达自己的感谢和歉意，说自己确实没有办法再降价了。

"这样等于是白送了呀。"他操着塞凡①的方言，像唱歌一样拖长了声音说道。一边说，一边揉搓着冻僵了的双手，交替地跺着两只穿着靴子的脚——通道里显然冷得厉害。

"您这个圣母雕像怎么卖？"

年轻人惊讶地瞪起了眼睛，正要回答，却突然咳嗽起来，大口大口地喘着气，像小鸟一样抖动着脑袋，嘴巴张得大大的。寡妇西尔维娅急忙绕过小摊轻拍他的后背，却被他那瘦弱的身体吓呆了。他的脊椎高高地凸出来，就像搓衣板上的棱条。

"您生病了吗？"她关切地问道。

"您为什么这么问？"

"您太瘦了。"寡妇西尔维娅抱歉地笑了笑。

"我疯狂地吃东西，但怎么都不长肉。"年轻人微笑着，用

---

① 译者注：亚美尼亚的一座城市。

手掌的边缘擦了擦眼睛，看起来跟小孩子的姿势一模一样，令人感动。她不由自主地欣赏起眼前的人来，他的外表中有一种不同寻常的美感：栗子色的短发，暗金色的皮肤，绿色的眼睛带有磨砂般浑浊的质感，尽管幽深，但明亮而诚恳。他的眼神也是轻松快乐的。

"您这个圣母雕像怎么卖？"

"只有我自己知道她是圣母玛利亚，您是第一个猜到的人。所以我要把它送给您。"

寡妇西尔维娅极力反对，但年轻人坚决地摇了摇头："千万别推辞！"作为感谢，她把自己身上能找出来的所有食物都留给了他：一把巧克力糖和一个苹果。

"您怎么知道她是圣母玛利亚呢？"临走的时候，年轻人问道。

她花了一分钟的时间细细打量这个圣母雕像——孩童般的圆脸，两颗小酒窝，一双大手放在丰满的胸前。她的围裙上有柔软的皱褶，围裙口袋里显然放着一些东西，可能是干果，也有可能是核桃。或许那是几颗鸡蛋，是她在菜地里捡到的。她一边捡一边数数，还要分神去骂那只到处下蛋的笨母鸡。

"我其实并不知道，"寡妇西尔维娅回答说。她又想了想，不确定地猜测道："也许是用心感受到的吧？"

从墓地回来以后，寡妇西尔维娅先仔仔细细地刮掉鞋底上粘的泥，用湿布擦干净鞋子后，再把鞋子拿到院子里，挂在栅栏的木头桩子上。她挑了个阴凉地儿挂鞋子，想等到傍晚再把它们收走。

然后她用普通的洗衣皂清洗了双手和脸。洗衣皂的香味令她难以忍受，但她虔诚地相信这种肥皂有很强的消毒功能，所以一直坚持使用。所有穿过的衣服，她都要使劲地抖干净，然后再装进柜子里。同样地，柜门也要敞到傍晚再关。一束阳光想厚着脸皮照进柜子里，被玻璃挡了一下，只好隐隐约约地投射在后墙上。那其实是一小块镶在玻璃框里的法兰绒布，不仅边缘不太平整，图案还格外幼稚：毛茸茸的黄色小鸡和小鸭，蓬松的云彩簇拥着一个太阳笑脸。这幅镶在框子里的布，在一排排挂衣架的中间显得格格不入，甚至有些奇怪，像是把某个时代的东西撕了下来，然后毫不客气地塞进了另一个时代。不过，西尔维娅并不觉得这有什么不好，她还特意分配了衣柜里的使用空间，好让自己每次打开柜门的时候，都能一眼看到那块法兰绒布。

她在圣母雕像前点起刚带回家的蜡烛，然后开始为女儿收拾房间，再按照女儿房间的样式收拾父母的房间。父母的卧室是整座房子里最好的一间屋，宽敞又隐蔽，房间的阳台通往一座巨大的花园，园子里的覆盆子沿着斜坡向上攀爬。这个房间冬暖夏凉，因为太阳在各个季节里，能够以不同的方式照耀着房子的西侧。半个多世纪以来，西尔维娅父母的卧室摆设没有丝毫的改变，一直保留着西尔维娅的奶奶当初为新婚的儿子和儿媳设计的式样。西尔维娅深深地喜爱着这个房间的陈设：宽大的深色木柜，青铜制的五金；一张床头板很低的床，两个床头柜上放着巨大的黄铜烛台；坚固而厚实的衣箱，凸起的盖子上有着优雅精致的雕刻，使衣箱看起来轻盈得惊人；茶色的枝形吊灯散发出夜色般的光线，柔和地照射在打过蜡的木地板上；一把巨大的扶手椅，天鹅绒椅面的颜色就像被焚烧过的草地，如果把扶手的边缘掀起来拉到一边，就会发现一个烟灰缸，永恒地散发着父亲最爱的"德温"牌香烟的味道……不过，这扶手椅虽然看起来很舒适，但一坐上去就会发现不对劲：必须难受地弓着腰，所以脖子很快就会发麻，坐垫又太硬，根本没法放松地休息。所以父亲只在椅子上坐一小会儿，正好够他抽完两支烟，略过当地报纸的前几页，匆匆浏览一遍体育新闻。他总会留几篇讽刺小品文，到休息时间快结束的时候大声念出来，一边念，一边哈哈大笑，指出这些文章的幽默感和风格都是绝佳的。每次听到他的评价，母亲就会紧紧抿着嘴（小品文的作者是固执而任性的女记者舒莎尼克·阿米良，她的名声并不怎么好），但也不得不表示同意——写得确实精彩！

寡妇西尔维娅珍惜父母卧室里的每一个陈设，就连最微小的细节都不放过。她以前从来没有重新布置过这个房间，一切都按照奶奶那时的设计来。有次她想搬到那里去，但最终没有下定决心——每次她往这个房间里看的时候，都会有种父母无形之中仍然在场的感觉，她很害怕这种感觉被打破、被驱散。但她很喜欢在父母的房间里度过一个个傍晚，尤其是秋天的时候，夕阳温柔地散发出一道道蜂蜜色的光线，遮在茂盛的各色树叶上。如果天气不错的话，她会在父母卧室的阳台上喝晚间咖啡，眼睁睁地看着地平线从明亮的金色，逐渐褪为洗得很干净的天蓝色。黄鹂唱着歌儿，在单调的啁啾中，插入一声直击灵魂、微带疑问的颤音。

"天哪，"西尔维娅震惊地想，"我一辈子都在听它唱歌，却怎么也听不够。"

　　母亲去世前一个月，已经明显有了药石罔效、油尽灯枯之相，一天天地衰弱下去。西尔维娅就在这里用一只大白铁盆给她洗澡。从前这个白铁盆是用来泡床单衣物的。她拿毛巾擦拭着母亲消瘦的身体，给她修剪指甲，穿上干净的衣服，然后细心地梳理她日渐稀疏的头发，再用吹风机吹干。做完这些事以后，她一定会在妈妈最爱的丝巾上预先喷些香水，再给妈妈系上。为了让她更容易系，妈妈会像孩子一样随着她的动作抬起下颌，伸着脖子，脸上还带着感激的微笑。

　　妈妈那时已经完全不能说话了，经常是在强咽下一大堆药以后睡过去。这时西尔维娅就会在妈妈的身边躺上很长时间，抚摸她的手，或是让门半敞着，走到旁边的房间里把电视打开，调到最小的音量看电视剧，并且时刻听着妈妈那边的动静，看她是不是醒了。晚上，当太阳落到哈里卡尔山的后面时，她会把妈妈带到阳台，让她躺在沙发椅上，身上盖着厚厚的毯子，而西尔维娅则坐在一张小小的桌子旁边喝咖啡。如果妈妈心情不错，她就会给妈妈讲一些新鲜事，或是念妈妈最爱的欧·亨利小说。妈妈闭上眼睛听着，时而微微一笑。如果妈妈累了，她会把手指紧握成拳，或者微微皱眉，西尔维娅就立刻乖乖地停止阅读。每到这时候，四周一下子就寂静了，可以听到山谷最底下，有一条还没完全冻住的小河在喧哗吵闹。西尔维娅每次都惊讶地注意到，鸟儿的鸣叫声总是停得特别突然，像是被魔杖控制了似的。就在此前不久，心满意足的燕子们还在啁啾，爱吵架的麻雀们还在叽叽喳喳……

可转瞬之间，村庄中那种黏滞的寂静就笼罩了一切。那种寂静浓稠到无法穿透，仿佛是水库岸边的泥泞。

在令人无法忍受的寂静之后，海洋的气味也来了。它从峡谷的底部升腾起来，充斥了所有看得见的和看不见的空间。西尔维娅本以为只有她自己能嗅到这种气味，但是有一天，母亲在半睡半醒间喃喃道："这个味道让我觉得……如果仔细听的话，可以感觉到浪花飞溅。"

"是什么的味道？"

"海的味道。"

她在10月的最后一周里去世了，没有回光返照，没有恢复意识，甚至没有来得及与女儿告别。从那时开始，西尔维娅再也不过生日了，并不是因为她的生日就在母亲的忌日之后，也不是为了表示哀悼，而是因为父母离开之后，她已找不到自己存在的意义。

她忙着收拾卧室，一下子就忙到了深夜。窗户被她擦得崭新，窗帘已经取下来拿去清洗了，地板上也打好了蜡。她把装着床单被套的箱子搬到了主卧，清空了柜架上的所有东西，犹豫了一会儿，从自己的房间里拿出一本翻烂了的捷里扬①诗集，把它放在床头柜的抽屉里——就让这本书陪在女儿身边，守护她的安宁吧。

回家的速度比散步的速度快多了。寡妇西尔维娅终于适应了这辆婴儿车，甚至学会了轻轻地压在车把手上，绕过不平整的路面。

---

① 作者注：瓦安·捷里扬（1885—1920），亚美尼亚诗人。

在某个时刻，她似乎感觉孩子睡醒了，就小心翼翼地掀开帘子边朝里看——孩子还睡着，小被子把他裹得紧紧的。他看起来很小，还没有彻底从一个世界来到另一个世界，但是那张圆圆的小脸上全是满足，看起来已经完全接受了"已经来到这个世界"的事实。他的眼睛半睁半闭，寥寥几根眼睫毛动人地向上戳着，鼻翼上有零零星星的小白点。寡妇西尔维娅无比渴望将他搂进自己的怀里，贴得紧紧的，呼吸他柔嫩皮肤上的奶香味，甚至已经对他伸出了双手。不过，她立刻制止了自己的行为，骂自己简直是个没有脑袋的傻瓜。

西尔维娅一边推着婴儿车，一边想象自己回家以后，会在进入女儿房间时制造出很大的动静，然后女儿会醒过来，浑身上下散发着甜蜜的平和气息，然后因为隐隐约约的疼痛皱起眉头——剖腹产留下的伤口虽然迅速愈合了，但痛楚却一直没消……之后女儿会侧过身来，拉开宽大的睡衣，露出布满蓝色血管的硕大乳房来给孩子喂奶，一边喂，一边用食指抚过他的脸颊……孩子会贪婪地吸着乳汁，嗝出满满一股奶，这样一来，妈妈只能把乳头往外拉，好让他能喘口气。喂奶突然终止，孩子只能挤眉弄眼地生气……此时西尔维娅会在孙子的脸颊下面垫一块餐巾纸，接住从他贪婪的小嘴里溢出来的奶，动情地低语："哎呀，他才只有一块手帕那么大，居然已经有脾气了！"

再然后，孩子会睡在妈妈的身边，而妈妈则会躺在那里，不得劲儿地弓着腰，把手掌放在孩子的脸颊下面，不知疲倦地看着他的睡颜。很多年前西尔维娅也是这样的：欣赏着新出生的女儿，手指划过她的脸颊。女儿则使劲地嘬奶，贪婪地喝奶，小小的、针鼻儿一样大的鼻孔呼吸着空气，脑袋上的小帽子滑到一边，露出粉嫩耳朵上的透明耳廓和纤细绒毛。在夜灯暗淡的漫射光中，那细细的绒毛仿佛染上了一层金色。女儿身下的襁褓边卷了起来，西尔维娅抚平了它，然后用手指抚摸毛茸茸的小黄鸡和小黄鸭，划过蓬松的云朵和圆圆的太阳笑脸……要是那时有人问她"什么是幸福"，她一定会毫不犹豫地回答说："幸福就是陪在女儿身边，别无其他。"

西尔维娅刚把卧室门打开一条缝儿，安娜就醒了，睡眼惺忪地微笑着，用唇语问道："你们出去这一趟还顺利吗？""特别好。"寡妇西尔维娅也用唇语回答道。然后她立刻提高了嗓门："我们干吗这样说悄悄话呢，他现在几乎什么都听不见！"她详细地讲述了一路上的见闻，绘声绘色地描述了老太太们的故事，并慎重地省略了萨伊南茨·彼得罗斯一家的悲惨新闻（为什么要让还在哺乳期的女儿伤心呢？）。把"奇迹般地搞到了锦葵菜"的消息分享给女儿以后，她转身走进厨房里去熬汤。做大蒜酱要用到的马楚纳①不剩多少了，只好在里面掺点水。得给卖牛奶的女人打个电话，订上 5 升牛奶，这样又能酿马楚纳，又能做一些奶渣（最后一点奶渣已经当作早餐吃完了）。母亲去世后，西尔维娅不得不卖掉自家的奶牛和母山羊，因为照顾它们实在太麻烦了，她又

---

① 译者注：马楚纳，一种源自亚美尼亚的发酵乳饮料，是亚美尼亚和格鲁吉亚民族美食中的传统元素。

特别需要钱。后来，虽然境况好了起来，她却一直没有重新养那些动物。她盘算过了，自己需要的奶很少，买奶比养动物划算得多。

关掉锅底的火以后，她立刻倒了一碗汤出来。不过，她没有往汤里放大蒜酱，因为她突然想起辣的东西会破坏母乳的味道。她在托盘上放了一小篮面包，一小碟只放了一点点盐的羊奶干酪，小心翼翼地朝女儿的房间走去。她用胳膊肘推开门时正好听到女儿在说话，那声音里有着掩盖不住的温柔："……等我能出门的时候，一定先给你寄一张孩子的照片过去……"

看到妈妈走进自己的房间，安娜立刻慌了，匆匆说了几个字便挂掉了电话。

寡妇西尔维娅没说什么，把托盘放在女儿的床头柜上，放的位置离女儿很近，免得她还要伸手去拿。女儿用手肘撑着起身，拉着西尔维娅的胳膊说："妈妈，我只是想……"

"不要解释了。"

"他是我的父亲呀，他也有权看看外孙。"安娜懊恼地皱着眉头，怪自己把事情搞得那么尴尬。

西尔维娅用力咽下喉咙里哽着的那团刺，勉强挤出一句："快趁热喝吧，我去煮点儿茶。"

她怕自己说出心里那些不该说的话，伤害到无辜的女儿，赶忙走出了房间。好不容易走到浴室，她匆匆忙忙地关上门并反锁，像是在逃脱什么迫害似的。呼吸变成了一件很困难的事情：空气变成了玻璃碎片，划破了喉咙，搅碎了肺。心脏在胸腔里剧烈地跳动着，仿佛要凿穿肋骨冲出来了。她打开水龙头，手放在冰冷的水流里也丝毫感觉不到冷。抬起眼，看着镜子里那愤怒到扭曲的脸，她冷冷一笑，使劲洗了洗自己的双手和脸，拿毛巾擦干。没有眼泪，也没有绝望，只有石头一般沉重的委屈和怨恨。这些情绪该如何纾解？她一辈子都没有学会。

"妈妈？"门外响起了安娜焦急的声音。她一开始没想起来怎样拔开插销，只能胡乱地扯着门把手，后来终于明白需要把金属制的锁舌拉到一旁，然后按下按钮。女儿站在狭窄的走廊里，光着脚，穿着睡衣，捂着肚子，一绺凌乱的头发别在脑门上，可怜兮兮地耷拉着嘴唇。寡妇西尔维娅还没弄懂女儿的各种奇怪表情，但眼下这个表情却是她再熟悉不过的——每当安娜犯下错误造成了尴尬的局面，她想挽回的时候都会露出这个表情。西尔维娅必须尽快转移话题，不然安娜就要哭起来了。

"谁让你光着脚踩在这么冰凉的地板上的！"寡妇西尔维娅训斥着女儿，"你想着凉是不是？想得乳腺炎？赶紧去床上躺着！"

安娜向前挪动两步，整个身体紧紧地贴向自己的母亲，就像想要和她合二为一似的，热情地耳语道："请原谅我。如果你反对的话，我再也不会跟他讲孩子的事情了。"

"如果你这样做了的话，我会狠狠地骂你的。"寡妇西尔维娅回答道。她特意强调了"这样"二字。

她给女儿披上一件浴袍，逼她穿上自己的拖鞋，把她领进卧室里。她一边走，一边轻轻地推着女儿的背，数落道："看你都想了些什么呀，傻孩子。"女儿吸了吸鼻子，感动地用细长的手指抓住妈妈的衣袖，嘴里不住地喊："妈妈，我亲爱的妈妈。"

西尔维娅的父母只有她一个孩子。背后的原因很是遗憾——Rh血型不合[1]，这在20世纪50年代是根本解决不了的疑难杂症。不过，她的父母是那种即便在最悲伤的时候也能看到一点光明的人，所以这件事并没有让他们多么难过。或许他们巧妙地隐藏了自己的感受，尤其是要对彼此隐瞒。西尔维娅从没有听过父母发出"没能多生几个孩子好可惜"的感叹。

她是在无尽的爱中长大的。她的每一个生日，都会变成盛大的节日。每到圣诞节，她从新年枞树下找到的礼物，分给幼儿园全班的同学都绰绰有余。父母几乎没有禁止她做的事情，她也从来都没尝过体罚的滋味，一丁点儿都没有——其他家庭的孩子可吃够了体罚的苦头。每当同龄人抱怨自己的父母时，她是真心感到难受。在她的认知里，父亲和母亲就是神，只能向他们祭献无私的爱和崇拜。

西尔维娅不但在中学毕业的时候拿到了金奖章，还以优异的成绩通过了大学入学考试，进入了国立埃里温大学[2]数学系。她的中学同班同学奥菲利娅考入了埃里温大学的语文系，她俩就一起租了一个房间。读中学的时候，这两个女孩并没有多么亲近，但在大学时代里越走越近，后来甚至可以毫不亏心地互称姐妹了。

---

[1] 译者注："Rh血型不合"指的是母体与胎儿的血型不一致，这样母体血液当中存在的抗体就会对胎儿的红细胞进行免疫攻击，引起胎儿宫内溶血。

[2] 译者注：亚美尼亚首都埃里温市的一所大学。

奥菲利娅是跟两个傻兄弟一起长大的，对她而言，西尔维娅成了她排解苦闷的一个出路：和西尔维娅在一起可以天南海北地聊，两人互相分享秘密和梦想，不用担心遭到粗鲁的嘲笑，也不用害怕挨上欺辱的拳脚。同样地，西尔维娅也全心全意地依赖着自己的好朋友。

上了大二以后，两个女孩拿到了更丰厚的奖学金，所以她们不仅不用跟家里人要钱，每次回家的时候还能给家人带一些礼物。她们也没错过各种各样的戏剧和演唱会，还参加了补充教育课程。她们爱上了法国的新浪潮电影运动①，支持电影大师弗朗索瓦·特吕弗和让－吕克·戈达尔。见识到西方世界的精致与讲究后，两个女孩想尽一切办法融入其中，甚至把这样的理念带进了日常生活里。她们的房东是一个热爱吵架还抠门到病态的女人，总是妒忌地斥责她们挥霍浪费："你们哪来的小市民作风？"一边骂，一边从果盘下面扯出雪白的细亚麻布餐巾，那是西尔维娅从一个落魄的老贵妇手里买下来的。

"这样子好看啊！"姑娘们辩解说。她们说不出什么粗鲁的话，因为虽然房东是个外人，可她的年纪大到足以做两个女孩的妈妈。

房东又从餐具柜里掏出几个从跳蚤市场上淘来的镀金切鱼刀，拿在手里挥舞着，像是在挥舞军刀一样："那这个呢？买这个也

①　译者注：法国新浪潮电影运动是继欧洲先锋主义、意大利新现实主义以后的第三次具有世界影响的电影运动，它没有固定的组织、统一的宣言、完整的艺术纲领。这一运动本质上是一次要求以现代主义精神来彻底改造电影艺术的运动，它的出现将西欧的现代主义电影运动推向了高潮。

是为了好看吗？"

"这怎么就不好看了？"奥菲利娅的眉毛都快皱得贴近鼻梁了。跟一吵架就迷茫的西尔维娅不同，她在与兄弟们的斗争中磨炼出来了，至少能在争吵时坚持住自我。

"不好看，因为这是资产阶级的奢侈浪费！共青团员的脑子里从来不想这些乱七八糟，他们只会想国家的光明未来！"房东咄咄逼人地说。她把小刀扔回原处，"砰"地关上了抽屉。

两个女孩早就想租别处的房间了，但这个房子的位置太好，就在城市中心，离大学和大多数剧院都只有一步之遥，所以一直没有下定决心离开。为此她们忍受了房东一次又一次的找碴儿和荒谬的吝啬，比如晚上十点以后禁止她们开灯。因为这个缘故，她们不得不把闹钟定得很早，否则都没时间预习功课。

有一年的冬天，两个女孩通过了期末考试，打算办一个"上流社会"的晚宴来庆祝——买一些产自塞凡的鲑鱼和白葡萄酒，用水果和羊乳干酪做甜点。奥菲利娅派西尔维娅去市场上买食材，自己则洗掉脸上的化妆品跑去买葡萄酒。她头上紧紧地缠着羊毛围巾，差点连眼睛都遮住——万一有些危险人物围在酒水商店门前呢！商店里的售货员是个翘鼻子、卷头发的青年，他的父母当初是被法国当局遣送回来的。看长相的话，他还是个半大少年，身体特别瘦长，手臂也长。他注意到奥菲利娅在柜台前犹豫不决，又热又急，都出汗了，就给她开了个小型讲座"论雷司令葡萄酒的高级品质"，并向她保证说，她绝对没有喝过比这还好喝的酒。与其说奥菲利娅迷上了这个讲座，倒不如说她迷上了这个青年在举手投足间流露出来的气质——想想吧，他用老派的"奥利奥尔德"[①] 来称呼她，每次引领她去别的柜台时，他都要为自己的手指尖触碰到她的手肘而道歉。最后她顺从地买下了男生推荐的酒。

葡萄酒确实很不错，微酸，甚至有一点点咸，很好地突出了鲑鱼肉的柔和口感。在闺蜜回来之前，西尔维娅已经把鲑鱼放进了龙蒿黄油里，还烤了土豆。菜做得太好吃了，姑娘们一口气把这些东西吃了个精光——本来还计划省着点吃的，这样在接下来的两天里都能吃到鱼了。吃完晚餐，她们开始吃甜点：奶酪、葡萄和坚果漂漂亮亮地摆在盘子上，煮了咖啡，剩下的葡萄酒倒进高脚酒杯里，留声机也打开了。前来收取房间租金的房东把正在享用甜点的她们逮了个正着，房东瞟了一眼那张摆得非常精美的桌子，毫不犹豫地开始了又一场大闹。让她惊讶的是，她遭到了坚决的反击：女孩子们的耐心已经消磨殆尽，喝下去的葡萄酒也给了她们足够的勇气，所以她们不约而同地抓住了这个讨厌的房东，托着她的腋下把她从房间里拽了出去，当着她的面把门重重地关上了。

"希望您能拿这30卢布去建设国家的未来！"奥菲利娅把钱塞给房东，恶狠狠地丢下这么一句。西尔维娅忍不住扑哧一笑，身体沿着墙壁滑了下去，低声地提醒说："光明的！光明的未来。"

房东从震惊中回过神来，高声叫骂了半天，甚至想从窗户里钻进去，但已经发了疯的奥菲利娅扬言要用切鱼刀割掉她的舌头。

---

① 作者注：奥利奥尔德，为旧时对未婚女子的称呼。

这句威胁产生了意想不到的效果：房东再也不敢欺负自己的租户了，就算女孩子们夜晚开灯，她也只当作没看见。

很快，奥菲利娅与那个食品店酒水部的青年谈起了恋爱。大四的时候，她跟这位青年结婚了，搬进了他的公寓里。在最后一年的求学生涯中，西尔维娅是那么想念自己的朋友，可她只能一个人生活。她经常去那对新婚小夫妻家里做客，观察他们动人的感情，梦想自己也能拥有这样的爱情。尽管数学系有那么多男生，她却没有对谁动过芳心——对她来说，同班的男生们不仅有些蠢，还有些轻佻。西尔维娅梦想中的男人，是电影《两位同志》里维索茨基饰演的那个角色——勇敢的白卫军中尉，无私地深爱着自己的国家，他甚至无法想象没有祖国的人生该何去何从。这个角色深深地迷住了西尔维娅。

奥菲利娅很不明白，比起红军军官，自己的好闺蜜西尔维娅为何更喜欢一个白卫军？不过，她并没有对此说三道四，而是明智地保持了沉默——毕竟她自己也够厉害的，不光没有嫁给一位普通的苏联共青团团员，她的公婆还是被遣送回国的人。当时，在亚美尼亚民主共和国①垮台后，她的公婆为了躲避布尔什维克逃

---

① 译者注：亚美尼亚民主共和国（也称亚美尼亚第一共和国）是历史上第一个现代化的亚美尼亚共和国，它的存在时期是从 1918 年至 1920 年。1917 年俄国革命导致俄罗斯帝国的覆灭，亚美尼亚革命联盟乘机建立了亚美尼亚民主共和国。1920 年 12 月 4 日红军开进埃里温，亚美尼亚民主共和国政府实际上停止工作。此后不久亚美尼亚成为苏维埃社会主义共和国，然后被纳入外高加索苏维埃联邦社会主义共和国。

去了法国，直到第二次世界大战以后才回到祖国怀抱。

按照那时候的标准，西尔维娅算结婚晚的。她在 23 岁的时候结了婚。尽管系主任无数次地在她耳边劝告，说她如果搞科研的话会很有前途，她还是没有继续读研究生，最后被分配到了伊杰万城。罗米克几乎比她大 10 岁，是历史系的本科毕业生，也是一位积极的社会活动家。他在职业阶梯上步步高升，还没到 32 岁，就已经坐到了教委书记的位子。这种如同坐火箭一般的晋升速度得益于他父亲（伊杰万地区执行委员会第一书记）的人脉和影响力。

罗米克和西尔维娅是在学校里认识的，当时区教育处委员会的人正在学校里做例行检查。在整个大学时代里，西尔维娅几乎一直像个瘦小（简直可以说是瘦弱）的小鸡仔，可就在例行检查之前，西尔维娅已经长成了娇艳欲滴的少女，身材前凸后翘，并且很苗条。她的个子并不高，但因为骨骼纤细、头颅高昂，看起来比实际高得多。自己的身体在短短一年半里发生了如此大的变化，这让她感到无所适从，只能微微含胸驼背，让自己硕大的胸部在视觉上看起来小一些，再穿上长长的外套，遮住丰满的双臀。不过，这些努力都徒劳无功——再大的上衣也藏不住她那诱人的浑圆。唯一成功躲过窥探的，是她那细得惊人、不盈一握的腰。

罗米克第一次看到她没穿工作服的样子时，惊叹道："你的身材简直像沙漏一样！"那时她正穿着一件系着细皮带的羊毛连衣裙。

"瞧你说的！"西尔维娅脸红了，把紧张到出汗的双手藏在了背后。

她对他一见钟情。

大自然赐予罗米克一种奇特的男性之美，这种美足以让任何有理智的女性产生警觉——叛逆的窄脸，猛兽般的嘴，一双灰白色的眼睛盯着对方的鼻梁，眼神中带有刻意疏远的冷淡，眉毛疑问地微微上挑。他个子不高，体格健壮，惜字如金，行动迅速。在别人的印象里，他是一个坚定果决的人，但实际上并非如此。他的自信并不是因为自身能力强，而是因为他有着坚强的后盾——无所不能的父亲，无微不至的母亲，以及无私地爱着他，却被他讥讽地叫作"老货"的爷爷奶奶、姥姥姥爷。罗米克和西尔维娅一样，都是家中的独生子女。然而罗米克与自己的意中人不同，他长成了一个自私自利、轻诺寡信的人，只要有人拒绝他，他一定会觉得自己受到了侮辱。他还格外记仇，从不原谅欺负他的人。

西尔维娅不是没有注意到情人的这些缺点，但她认为自己能够应付。她真诚地相信，只要有爱意和耐心，没有什么过不去的坎儿。罗米克是她第一个真正爱上的男人，这种爱是有意识的、毫无保留的。他礼貌大方，善讨女人欢心，博学多才，既有耐心，又不粗鲁。就像她一样，他也喜欢好电影，对它们有很深的见解。对于爱人表现出的关心，他总会给予真诚的感谢——西尔维娅匆忙做出来的西红柿炒鸡蛋，被他评价为"绝妙好菜"；他过生日时，西尔维娅给他织了一件毛衣，在接下来的将近一个月的时间里，他一直固执地把这件衣服穿在身上，丝毫不顾母亲一遍又一遍的请求："这袖子都磨得发亮了，亲爱的罗米克，让我给你洗洗吧！"

新年假期的时候，这对小情侣去奥菲利娅家做客。奥菲利娅对罗米克不是很认可，但也没有对自己的好朋友说什么，只把所有的不愉快都归结到自己"太过挑剔"上。

"怎么会这样呢，人倒不坏，但就是毫无来由地让你觉得反感。"客人离开以后，奥菲利娅向自己的丈夫抱怨说。

丈夫表示反对："怎么会毫无来由呢？明明就很有来由啊。我觉得，他不是一个多么好的人，而且过于自信了，就像滴进水坑里的汽油一样，怪好看的，可根本没有什么意义。我觉得，她要是跟他在一起了，以后有的是苦头吃。"

奥菲利娅被丈夫的这番话吓坏了，赶紧给西尔维娅写了一封信，提醒她不要仓促做出决定。"亲爱的，你知道我有多么爱你。对我来说，你不是什么外人，我也不会向你说谎。我希望你不要草率行事，凡事好好权衡一下利弊。我觉得，罗米克不是你需要的那个人，说得委婉一点，他这个人过于关注自己的特殊地位了。我担心如果你要嫁给他的话，你会成为他的一个奴仆。我很希望自己是看错了，但我的感觉真的不太好。"

闺蜜的这封信深深地伤到了西尔维娅。她不仅没有回信，还做了一件大傻事——她把信的内容转述给了罗米克。就这样，两个女孩的友谊结束了。奥菲利娅曾经多次尝试挽回，给西尔维娅寄了很多封忏悔信，还打过好几次长途电话，但是西尔维娅丝毫不为所动：她的爱人向她发过脾气，要她承诺不再与奥菲利娅来往。她信守了自己的承诺。

应新娘的要求，他们的婚礼办得非常朴素安静。新郎的家人送给新婚夫妻一套房子，而新娘的家人送了两张去尤尔马拉①疗养地的旅行套餐票，这两张票是费了很大劲才搞到的。出发去尤尔马拉的前一晚，他们住在埃里温的酒店。在那里，他们的初夜变成了一场彻彻底底的灾难：西尔维娅严重痉挛，两个年轻人都感觉痛得厉害，不得不采取了一系列措施才得以解脱。

西尔维娅难过又害怕地哭了一整夜。已经不再感到疼痛的罗米克笨拙地安慰她说："你别在意，第一次的时候，出什么状况都不稀奇。"她稍稍心安了些，又妒忌地询问他为何会知道得那么清楚。他耸了耸肩，说："在你之前，我有过很多女人。"

"有多少个？"

"我没数过，反正也数不清。"

"混蛋！"

"你是在吃醋吗？"

"当然要吃醋！你跟处女做过吗？"

"没有啊，瞧你说的。跟处女做了，那不就只能等着结婚了？可我等的人是你。"

"你真的一直在等我吗？"

"如你所见。"

西尔维娅仰躺在那里，枕着两只胳膊，努力忘记私处的刺痛。罗米克掀开被子，欣赏着她美丽的身体，慢慢地、用心地，用火

---

① 译者注：拉脱维亚的一座城市。

热的手掌抚摸过去，就像是在努力铭记她身上的每一条曲线。她害怕地屏住呼吸，但罗米克察觉到她的恐惧后，只是摇了摇头，说："你不会相信的，我自己也在害怕。"

"对不起。"

"别这样！我们坐飞机去帕兰加①，到那里再试试。你没有去过立陶宛，你都不知道那里有多美。"

"但是我有一棵立陶宛梨树。"

"我给你讲讲油菜花田吧，想听吗？"

"想。"

去疗养地的那整段旅程，在西尔维娅的记忆里都是零零碎碎的场景，不管她后来怎样努力，都无法拼凑完整——所有的回忆都支离破碎，就像是合不起来的马赛克碎片：她和罗米克点了配着奶油的香草果冻，她坦白说从来没有吃过比这还好吃的东西，他打趣地称她为"乡下人"……在琥珀博物馆里，他们看到史前的昆虫被包裹在凝固的树脂中，她怎么也不能相信，这个透明的昆虫尸体居然让琥珀的价值翻了好几番……他们一起屏住呼吸，欣赏圣母升天教堂的内敛之美……他们站在日落的岸边，手牵着手，看着波罗的海的梦幻天空，细碎的云从天的这头游荡到那头，有的是蓝宝石色，有的是杏子色……

可是，哪怕丈夫只是轻轻地碰她一下，她也会立刻僵硬成石头。感觉到又一次痉挛死死地钳住她的双臂，疼痛和屈辱使她无

---

① 译者注：立陶宛的一座城市。

力地号啕大哭。面对发生的这一切，罗米克的担忧和惊慌不比她少。他不明白妻子发病的原因，也不知道要怎样才能防止她痉挛。有一天，又一次的痉挛把西尔维娅逼得绝望至极，她一边痛哭，一边低声说："也许我就是一个怪胎。"

"也许吧。"他丢下这么一句话，伤透了她的心。

回到伊杰万之后，西尔维娅立刻去看了医生。妇科医生试图给她做检查，但她歇斯底里大发作了——不光不让医生碰她，连靠近她都不行。他立刻建议她去看精神病医生，并向她保证说，她的性器官没有毛病，有毛病的是"这里"——为了让自己说的话显得更加直观和形象，医生还用手敲了敲自己的脑袋。因为害怕被关进精神病院，西尔维娅并没有去看精神病医生，而是向丈夫撒谎说自己的身体没有任何问题，只是需要稍微忍耐一下。她又去找治疗师看病，谎称自己睡眠不好，让对方开了安眠药。

没人能给她出主意——她不想让妈妈难受，也不好意思与她谈论如此私密的话题。虽然她丝毫不怀疑自己会对奥菲利娅敞开心扉，但早已与她断了联系。她认为晚上吃的苯海拉明片①会让她放松，使她不再害怕，就决定用这种方式对抗痉挛。安眠药确实有效，至少，它缓解了那种恐慌的感觉。开心的西尔维娅本打算在接下来的几个月里定期服用这种药物，然后慢慢地减轻药量，直到完全停药为止，但很快，她发现自己怀孕了，只好停止这种

---

① 译者注：苯海拉明片，是一种抗组胺药，也就是抗过敏药，不良反应为嗜睡、口干。

"自我治疗"。此前在妇科医生那里看诊时的歇斯底里大发作，让西尔维娅心有余悸。她尽了最大的努力去推迟孕期检查，但在怀孕第三个月的时候，她实在是推迟不了了——必须得去医院建档，选定产科医生。她劝婆婆不要跟自己一起去医院，但事与愿违，婆婆不仅坚持己见，还跟自己的丈夫要了一辆公车，想要隆重而庄严地把怀孕的儿媳送去看医生。

从这次看诊开始，西尔维娅的人生一落千丈：她还是不让妇科医生近自己的身；当医生问她"有没有去看精神病医生"时，她只能用"等以后再去吧"这样的话来搪塞。她的婆婆虽然看起来非常亲切，但内心阴暗。她把儿媳歇斯底里大发作的样子看在眼里，得出了很不好的结论，然后大肆宣扬了出去。

接下来的一年，西尔维娅受尽了苦楚。整个孕期，她都在卧床保胎中度过；生下孩子以后还没满两个月，婆婆就逼她停止母乳喂养，带她四处奔走，看了一个又一个医生。在这之前，西尔维娅和罗米克的关系已经变得糟糕透顶：他对她发脾气的次数越来越频繁，管她叫"疯子"，后来则直接对她不闻不问。很快他就与自己的秘书——一个离了婚的机灵女人——搞起了外遇。这位秘书刚一得知内情，就把西尔维娅"发疯"的事情传遍了全城。

西尔维娅试图打破这个恶性循环，苦苦哀求丈夫放她和女儿回娘家待上一星期，打定主意只要一回去就再也不回来了。可是罗米克的情妇立刻识破了她的计划，预先提醒他不要轻举妄动。她很清楚，只有在女儿归罗米克的情况下，她才有可能得到这个男人，所以她不仅劝罗米克不要放西尔维娅回娘家，还顺便建议他把西尔维娅藏进住院处，让她"在那里把病彻底治好"。与此同时她大举进攻，赢得了情人母亲的信任，目的达成后，情人母亲彻底地站在了那个"精神错乱的"儿媳妇的对立面，声称西尔维娅已经疯了，会对孩子的生命产生威胁。

一晃过去许多年，在阅读了很多关于阴道痉挛的医学论文后，西尔维娅伤心地想，为什么这样的事正好发生在她身上呢？为什么她遇见的主治医生和丈夫都那么不行？如果医生们的知识再渊博一些，丈夫再多一点点耐心，这样的悲剧是完全可以避免的呀。要是她知道自己遇到了什么事情，那么，她恐怕也能让自己艰难地走出困境。但是，没有人向她解释，没有人给她慰藉，也没有人告诉她那一切都不是她的错……只有一群给她开了无效镇静剂的医生，以及一个丝毫不掩饰自己的敌意，一心只想指责她脑子不正常的婆婆。

在塞凡精神病医院度过的那两年，于西尔维娅的记忆中，不过是一天而已，只是这一天无比漫长，没有希望，也没有尽头。如果她当初没有试图逃跑，也许她不会被藏到这里来，可是丈夫的粗暴、婆婆的鄙夷早已让她绝望至极，又如何能不逃？压垮骆驼的最后一根稻草，是罗米克半醉后的那场大闹。那时她刚从浴室里出来，一边往外走，一边用睡袍盖住赤裸的身体。他推了她一把，又用手指头戳她的胸和臀，把她戳得生疼。末了，他恶狠狠地低声说："你长这么好的身材有什么用！没有用！"她试图用双手掩住自己的身体，但他一下子把她推倒在地，让她脸朝下趴在那里。他的膝盖压住她的后背，一只手伸出去够芦荟花盆，然后把花盆整个儿扣在了她的头上。他犹嫌不足，一定要确保所有的土都撒在她的脸上。

第二天早上，西尔维娅以带孩子散步为由离开了家，绕过街心小公园（她一般会在这里消磨早上的时光），向汽车站走去。为了不让自己引起别人的注意，她决定在大巴发车前，到汽车站旁边的咖啡厅稍作等待，点了一杯可可和一个香肠小面包，背朝窗户坐着，查看孩子是否还在沉睡。为了掩人耳目，她打开一本小书，装作读书入了迷的样子。

她在做这些事情的时候碰到了罗米克。接下来发生的事情，已经从西尔维娅的记忆中消失了，几乎连一丝痕迹都没留下。她唯一记得的细节是，当时她把女儿从婴儿车里抱了出来，即便丈夫狠狠地踹在了她的肋骨上，她也没有松手……她痛得喘不过气，滑倒在地板上，把哭泣的女儿紧紧地抱在胸前……再然后，他使劲用拳头打她的脑袋，把女儿抢了过去……她紧紧地抓住襁褓的边缘，直到听到布料撕裂的声音。明明生怕弄痛女儿，可手指头却不听使唤，怎么都松不开。

她就这样被送到了医院——手里紧紧地攥着一块襁褓布，毛茸茸的黄色小鸡和小鸭，蓬松的云彩簇拥着一个太阳笑脸。白底黄色，白底橙色，白底红色……但这些她已经记不得了。

医院的院长明白，这个呼风唤雨的党员家庭并不想给西尔维娅治病，而是想把她关上一段时间，于是下令说，不必给她灌那些她根本不需要的药物。然后，西尔维娅被带到医院侧楼的一个角落里，那里一个病人也没有。她刚适应了医院的环境，就请求人们给她一个工作，什么工作都可以，因为她怕再这样下去，自己会在这个地方渐渐疯掉。

她被安排在洗衣房做熨烫的工作。每天，她要在洗衣房待很久很久，熨烫那些高高摞起的床单。她沉默无言地听着洗衣工人抱怨丈夫和孩子，抱怨生活里的烦心事，日复一日，这些抱怨一成不变。西尔维娅想，真正的痛苦离她们还遥远得很呢。她们多么幸福啊，对人生的苦难一无所知。

医院里的人了解到她是数学专业的，就让她去医院的会计室帮忙整理账目。她很快就上手了，做事严谨，责任心强，在短短的时间内学完了会计核算的课本，接手了大部分的会计和文件工作。

父母一个月来看她一次，因为这是医院能允许的极限了。西尔维娅害怕让父母更加担心自己，就没对他们吐露自己进入医院的真正原因，只说自己得了神经症，而且很快就能出院；她的爸爸妈妈为了守护女儿内心的安宁，也对她隐瞒了一些事情：他们去女儿的婆家时，受到了极为粗鲁的对待，连外孙女的面都没见着，就直接被女婿赶了出去。

他们一次又一次试图把女儿从医院里带走，可从未成功过。有一天，西尔维娅的妈妈在院长的办公室里绝望地大哭，院长生气地说："她在这里住着，你们该高兴才是，你们为什么会觉得她出去以后，获得自由以后，"他朝安着金属栏的窗户点了点头，"会活得很安全呢？"

"她到底做了什么，为什么会有生命危险？"她父亲的脸色发白。

院长耸了耸肩。

"也许，她嫁错了人？"

她没能在父亲还活着时见到他的最后一面——离她出院还有两天的时候，父亲去世了。鉴于出院的事办得非常匆忙，恐怕父亲的猝然离世，正是她得以出院的原因。在院长的吩咐下，一辆救护车把她送到了伊杰万。她坐在坚硬的长凳上，紧紧抓住凳子的锋利边缘，打量着破旧的车厢。她注意到，汽车顶上有一个形似鸭爪的划痕，看起来特别熟悉，于是开始回忆到底是在哪里见到过这样的图案。最后她终于想起来，两年前，正是这辆车把她带离了伊杰万。

西尔维娅的脚边放着一个小小的胶合板手提箱，是她向医院里的女管理员[①]央求得来的。她用脚后跟夹着箱子，免得它滑到一边去——在蜿蜒的山路上，只要一遇到急转弯，车子就会狠狠地来回摇晃。手提箱里放着两件换洗的内衣和一个夹着医生牌[②]香肠的三明治。这个三明治是食堂的人匆匆忙忙给她做出来的，因为她走得太急，来不及吃早饭。她的外套口袋里有一个纸包，里面装着一块褴褛布片。她一直把这块布带在身上，夜晚的时候把它藏在枕头下面，白天则把它藏在医院制服的袖子卷边里。西尔维

---

① 译者注：指医疗部门里专门管理被服、用具和饮食的人员。

② 译者注：苏联时期非常有名的香肠品牌。

娅毫不怀疑，正是多亏了这块布和定期探望她的父母，她才不至于疯掉。

到了伊杰万，她马不停蹄地赶往自己的房子。她按响了门铃，但没人开门，只好坐在窗台上等。路过的邻居不满地问她："你在楼梯台子上干什么呢？"她惊讶地答道："难道我的样子变了很多吗？你都认不出我来了。"邻居举起双手拍了一下，说："你怎么瘦了那么多，只剩下一把骨头了！"她把西尔维娅带到自己家，请她喝了好多咖啡，说罗米克又结婚了，还搬了家，现在这个房子已经空置一年了。

"我的女儿……她还好吗？"西尔维娅问道。没有发出声音，只有嘴唇在动。

爱吃美食的邻居温柔地笑了："她特别可爱呢，胖乎乎的，就像一个用奶油和乳酪烤出来的小白面包。"

她挥舞着双手，比画出一个松软的、香得不可思议的甜面包圈。

西尔维娅对邻居的招待表达了感谢，然后起身告别。邻居把手伸进包里翻找了一通，递给她一个卢布，说："我就只能给你这些了，亲爱的西尔维娅！"

但西尔维娅摇了摇头："您这是做什么呀，我这里有钱。"她是真的有钱——医院的院长给了她一张50卢布的大钞。她把这张钱藏在了胶合板手提箱的夹袋里。这钱她本来不想拿，但院长一再坚持。他一边扶她上救护车，一边急切地道歉说："对于发生的这一切，我真的很抱歉。我还有家庭，实在是身不由己……"

"我都明白，"她轻轻地打断了他的话，抱了抱他，又附在他耳边说，"我永远都不会忘记您的恩德。"

西尔维娅本来还抱有希望，以为既然罗米克已经给了她如此悲惨的命运，那么他看到这一切后，态度应当有所改变吧，也许会为发生的这些事情感到后悔。但是她来到罗米克的工作单位以后，才知道自己真是大错特错了。一看到自己的妻子，罗米克就不满地皱起了眉头，从办公桌后面走了出来，在她对面站定，双手交叠在前胸，两腿叉得很开。他一点都没变，只是体重略有增加。从前他的脸尖尖细细的，看起来有些神经质，现在因为发胖，这张脸上多了一些很有欺骗性的和善神情。西尔维娅向他打了招呼，他没有回应，而是用刻毒的眼神上下打量了她一番，撇着嘴说："你怎么变得这么丑了！"

西尔维娅费了好大的劲儿，才堪堪压住心底的焦虑。

"我不要你的任何东西。我是来接女儿的，一接到她我就离开，以后永远都不会出现在你的眼前。"她努力抑制着嗓音里的颤抖，希望她表现出来的自信能够让他平静下来。结果却事与愿违。他慢慢地迫近，散发出来的恨意中有一股极其危险的力量。她感受到了这种力量，瑟缩地躲开，用手掌捂住了自己的脸。

"接什么女儿！"他粗鲁地拽开她的双手，恶狠狠地从牙缝里挤出这么一句，"谁会放心把孩子交给你？你算什么东西，不过是一个疯子而已，你的档案还留在精神病院里。"

西尔维娅后退了一步，肩膀撞在柜角上。那种无能为力的感觉使她喘不过气来，她嘶哑着说："你不能这样做！我要报警！我要去法庭告你！"

他满怀恶意地哈哈大笑起来。下腹部的那种痉挛明明已经很久没发作了，却在此刻突然攫住了她。她害怕地缩成一团。

"你试试啊，看看结果是什么。我会把你在疯人院里关一辈子。还是你觉得我没有这个能力？"

他狠狠地推搡了她的肩膀，她就像一片绒毛一样，轻飘飘地朝墙壁飞去。她刚重新站稳，罗米克就幸灾乐祸地补了一句："我要是你，我就回家看看。明天就是你爸的葬礼，你的好爸爸死喽！"

西尔维娅不明白自己是怎么把手提箱朝他扔过去的。她觉得自己并没有动弹，但是手提箱却划过空中，砸在罗米克的脑门上，发出重重的响声。他立刻弯下腰，嘴里骂着下流的脏话，用手捂住流血的地方。

西尔维娅走出他的办公室，以为会有人出来抓住她然后报警。可是没有人阻拦。

来到汽车站以后，她才意识到自己身上的钱都留在胶合板手提箱里了，无力地号啕大哭起来。手伸进口袋里掏手帕，却摸到一张揉皱了的纸。她小心翼翼地把它在掌心里抚平，咬紧了嘴唇——原来，好心的邻居在临别拥抱时，偷偷地往她的夹克口袋里塞了一卢布。

贝尔德镇用焚烧去年落叶的苦涩气味迎接了她，与此一起而来的还有顽固的大海味道，几乎让她头晕。她深吸了一口气，但这口气没能留在她的肺里——她在那一瞬间感到非常恶心。西尔维娅想到自己已经一整天没吃没喝，赶紧跑到饮水器旁边小口小口地喝水，渐渐地，那种恶心感一点一点地消退了。

"是亲爱的西尔维娅吗？"耳边传来响亮的声音，像是一个孩子在说话。她把手放在冰冷的流水下面，洗了洗手和脸，又用袖子把脸擦干净。做完这一切以后，她才直起身答道："是我。"

　　她用了好半天才认出对面的人是斜眼的瓦尔达努什。上一次见到瓦尔达努什的时候，西尔维娅还在上大学，当时她趁大学放假，回家住了一段时间。她不太了解瓦尔达努什，只知道这人是个小傻子，但从不伤人，跟自己的单亲妈妈一起住在花园路上。

　　这些就是西尔维娅能想起来的全部了。她离开贝尔德镇实在太久，对于这个镇，还有镇里的人，几乎都一无所知。

　　"瓦尔达努什，你认出我来了？"她一边问，一边扣着衣服扣子——傍晚潮湿的空气寒冷刺骨，虽然春天已经接管了天气控制权，但是它还没有充分地使用这个权利，仍然把每个夜晚冻得结结实实的。

　　瓦尔达努什从包里拿出一颗满是斑点的黄苹果，递给西尔维娅："这是洗过的，你别想了，吃吧。"

　　西尔维娅拿起苹果咬了一口，一点滋味都没尝出来。瓦尔达努什牵起她的手，领着她向前走，像是在牵一个小孩子，嘴里还关切地嘟囔着"要在这里过马路""我们要向左转""这里有个小台阶，要小心"。

　　"我爸爸真的去世了吗？"西尔维娅小心翼翼地问道，她很怕这些话会伤到自己。在回来的路上，她一直抱着微弱的希望安慰自己：也许丈夫是为了让她痛苦才撒谎说父亲去世的。

　　瓦尔达努什没说话，只用手轻轻地抚摸着她的脸颊。她凄厉地哭泣起来，把咬了一口的苹果塞进瓦尔达努什手里，说："你替我吃完吧，我吃不下。"两人就这样朝她家走去——她哀楚地痛哭着，而斜眼的瓦尔达努什一边领着她向前走，一边啃着苹果。

在过 35 岁生日之前，西尔维娅彻底变成了孤家寡人。如果不算上奥菲利娅寄来的信件，以及这位好朋友偶尔回贝尔德探望母亲时的来访，那么西尔维娅连一个朋友也没有。在父亲的葬礼上，她跟奥菲利娅和好了，从此以后再也没断过联系。奥菲利娅抱住她，亲吻她，说着一些暖心窝子的话。那时奥菲利娅的孕肚已经很大了，所以为了能跟西尔维娅贴得再近一些，只能侧过身来站着。西尔维娅先是责怪她大着肚子冒着风险赶这么远的路过来，然后摸着她的肚子问什么时候分娩。

"两周后，"奥菲利娅急急忙忙地说着，填补断交这些年以来的空白，"这是我的第二个孩子，头生子叫阿拉米克，已经三岁半了。我估计接下来的这个孩子还是男孩。我当然希望能生个女……"她突然止住了话头。

"希望是个女儿。"西尔维娅真诚地祝福道。

她尽量不跟任何人谈起自己的女儿。她做过好几次尝试，想要通过法庭和监护机构取得一些权利，哪怕只是偶尔见见自己的女儿也可以。这两个机构里的人都收下了她的申请书，过了一段时间后，眼神闪躲着拒绝了她。最后，她投降了。除了奥菲利娅以外，没有人知道她费了多大的劲儿才认命，也只有在面对奥菲利娅的时候，她才能肆意地倾诉自己有多么抑郁、多么压抑。在外人看来，西尔维娅的样子很安静，甚至可以用"安宁平和"来形容，似乎她将自己的人生分成了两半，过去的那一半被她永远抛在了身后，再不回头。

有了精神病院的那段经历，她没再去学校工作，因为知道那里不会收她的。她跑到不久前刚开的一家罐头工厂里，展示了自己那本大红色的优秀毕业证①，说自己做过两年的会计助理。工厂的厂长可怜她，给了她兼职会计员的职位。过了三年，西尔维娅在国民经济学院函授系毕业，转为工厂的正式员工，然后一直在那里升到了主任会计师的级别。她再也没有离开这家工厂，直到退休。

工厂的同事们很尊重她，但不和她交朋友，甚至避开了她。她设法与所有人建立起互相尊重的关系，但刻意地与同事们保持了一定的距离，绝不打破这个界限。随着时间的推移，她渐渐有了孤僻、吝啬的名声。孤僻的性格倒是可以解释得通：她太孤独了，又遭遇过太多苦难；但她的吝啬却惹恼了所有人。她赚得很多，但从来不借钱给别人，说自己"没钱"。苏联时期流行缴纳互助基金②，她也不加入。她还总是穿得特别朴素，一件大衣可以穿上十年；也不注重外表的美丽，每天只例行公事地洗漱、扑粉，把头发在后脑勺上打一个结，偶尔喷两下母亲留下来的香水——这就

---

① 译者注：优秀毕业生的毕业证是大红色的，与普通毕业证有所区分。

② 译者注：苏联时期，企业工作人员可以自愿组织起来提供互助，每月向互助基金缴纳一定的金额后，如需贷款，有权向互助基金申请。

是她为"美丽"做的所有努力了。她唯一的爱好是逛当地的百货商店：每攒够一点钱，她就会去商店挑选餐具、器皿、桌布和窗帘，还有上好的床上用品；或是去二楼的珠宝饰品部看看，在那里挑一件饰品。有一天她买了一件极其昂贵的奢华手镯，赤金做的，价值400卢布。又有一次，她买了一枚镶着祖母绿和钻石的戒指，为此她几乎存了两年的钱。"钱多得没地方花了，买了这么多小玩意儿。"好管闲事的同事们在她背后讲她的坏话。

当西尔维娅报名排队买家具的时候，她得到一整套南斯拉夫产的胡桃木家具，磨砂的质感，呈浅黄褐色。人事部的同事气恼地大叫："大家买到的都一样，都是罗马尼亚产的黑箱子，怎么只有她走运，买到这种见都没见过的奢侈品！"有个同事嫉妒心作祟，甚至想用言语伤害她："你倒是请我们去做做客呗，不得显摆一下你的新家具吗？"但是西尔维娅耸了耸肩膀，回答道："没什么可看的，我也不是很欢迎客人上门。"

偶尔斜眼的瓦尔达努什会来看望她，郑重地送她一些小礼物：一把樱桃李子，一小袋又酸又涩的梨子，或是一个结满瓜子的向日葵花盘。西尔维娅早已习惯孤独，对于瓦尔达努什的来访并不觉得有多高兴，但总是将自己的不满藏在心里，从来不宣之于口。她永远记得，在那不幸的一天里，是瓦尔达努什领她回到了家，大门旁边挂着孤零零的一个灯泡，在昏暗的灯光下，她看到了棺材上的盖子。西尔维娅躺在栅栏前的石子路上（正是父亲亲手铺的那条），似乎在那里躺了整整一个"永恒"。瓦尔达努什坐在她身边，抚摸着她的头发，拉长声音说着一些隐约熟悉的话语，但不管西尔维娅多么努力，都理解不了那些语言的含义。

西尔维娅从客人瓦尔达努什手里接过又一件礼物，给她煮了百里香茶，又亲手做了一块抹着黄油和杏子酱的三明治——瓦尔达努什拒绝吃比这分量更重的东西。她们坐在桌子旁边，沉默着想着自己的心事。若瓦尔达努什发觉自己的存在有些不合时宜，或是自己有些不太受欢迎，就会匆忙地狼吞虎咽，把面包屑掉在自己的膝盖上，用甜果酱弄脏桌布。西尔维娅有时会朝她俯过身去，轻轻地拍一拍她的手腕："亲爱的，别着急。"每当瓦尔达努什认真地吃完三明治、喝光茶水后离开的时候，西尔维娅都会毫不掩饰地松一口气。

瓦尔达努什偶然的来访，邻居们为了借盐和面包酵母敲开她的门……这一切都没有冲淡她的孤独。正相反，她的孤独被浓缩了，变成一种确凿而真实的，像水晶一样透明的东西。"过去"伤害了她，"现在"也没能治愈她，而"未来"呢？对她来说，恐怕根本不存在吧。

1985 年 9 月，雨下得格外大、格外多。大雨不分昼夜地从空中倾盆而下，不曾有过一刻喘息。快到月末时，贝尔德镇变成了一块无法通过的泥塘，而在通往贝尔德镇的小路上，形成了一小块满是烂泥的沼泽——这片土地上还从来没有出现过这种东西呢。这块看起来安全无害的沼泽差点淹死了柯克兰茨·卡廷卡年仅 5 岁的曾孙子，大人们吓得不轻，于是禁止孩子们到被雨水冲刷过的镇外去玩。

在贝尔德镇，这样多雨的 9 月，最多是每隔 70 年出现一次。上一次发生这种事情的时候，坐落在峡谷口上的尼日尼路差点遭大灾：泛着泡沫的河流奔腾到峡谷边上，在低矮的石桥拱顶下喘着粗气。由于无法承受巨大的压力，凸出的岩石生生断裂，被湍急的河流拖拽着向前，像巨大的犁头一样割破了河床。快到桥面上的时候，这块岩石终于停了下来，还裂成了两块，一大一小。大一些的石块成了巨型的高台，停在了岸边，另一块则被冲到了一边，正好挡住了洪水，原本朝着农户院子里流的水又回到了河流中。

尼日尼路上的居民们在桥边聚了好几天，啧啧称奇，想象着如果岩石碎片没有停下来，而是被冲到房子上的话，那岂是一个"惨"字了得。细论起来，要是真的成了那样，受害最大的应该是最边上的那幢房子，卡廷卡（当时她还小呢）一家就住在里面。于是卡廷卡的奶奶高兴地煮了两只肥美的火鸡，没有放盐，分成很多份，往邻居家里挨个走了一遍，赞许地听着邻居们对于"奇迹般地逃过一劫"的恭喜，点着没戴帽子、头发花白的脑袋。她在做这些事情的时候一句话都不说，因为分发祭祀肉食的人不能发出任何声音，以免再次激怒命运之神。

1985 年的那场洪水让人们想起了将近 70 年前的事情，而差点淹死在难以通行的沼泽里的小男孩，卡廷卡的曾孙巴格拉特，则成了这些日子里的话题人物。男人们想方设法讨好他，把他当成一个成年人一样跟他握手，询问他是怎样逃脱的。女人们一边发出"啊""唉"的声音，一边摸着他蓬乱的脑袋。巴格拉特则报以羞涩的微笑，试图溜号回家，这样他就能独自吃掉人们送给他的一大堆糖果了。

到了9月底，尼日尼路已经变成了小河湾：河水远远地离开了岸边，无情地将栅栏连根拔起，灌进了菜园，冲走了庄稼。获救的鸟儿在阁楼里苟且偷生，人们不得不把牛和猪转移到还没被淹没的畜栏和猪圈里去。尽管如此，人们并没有离开自己的家：老人抽着烟斗，玩十五子游戏①或国际象棋；孩子们不必上学了，肆无忌惮地闹腾，直到把自己的妈妈气到发狂；痴迷钓鱼的人从阳台上甩鱼钩下去——河水都直接扑腾进你家院子里了，还用得着跑去外面钓吗？

当大雨终于停息，河水流回原来的河床里的时候，尼日尼路呈现出一片荒凉苦涩的景象。人们只好夜以继日地工作，竖起篱笆，扔掉被洪水冲进院子里的石头和被水流连根拔起的树木，清理厕所，掏出农家肥坑里的黏土。人们把生了锈的园林工具重新打磨锋利，重铺了乡间小道，翻整了菜园，修剪了果树。一楼的地板已经不好使了，人们只能再下功夫把它弄平，待它们稍稍干燥一些以后，在春天到来前再撒一层土——要等过了冬以后再重铺。

在暴雨中受灾的不只是尼日尼路，坐落在山坡高处的和平路和花园路也受了一定的损失。由于西蒙是贝尔德镇最好的泥瓦匠人，请他干活的人排成了长队。人们要出钱请他重新补好房顶上的瓦片，甚至还有一些需要修补的墙缝。西尔维娅是最后一批排

① 译者注：一种双方各执十五枚棋子，靠掷骰子决定行棋格数的游戏。

队的人，经过好长时间后，终于轮到了她。如果不去看稍有受损的房顶边缘、倒塌的水管和被雨水冲毁的石子路，她的房子几乎没有受到什么损坏。周日一早，西蒙按照约定去她家顺便看一看。那是 10 月的最后一天，晴朗明媚，像是一块浇筑了阳光的玻璃碎片。西尔维娅想起这一天是自己的生日，难得决定给自己烤点东西吃。就在忙活这件事的时候，她遇见了西蒙。

他喊了她一声，她挓挲着两只满是面粉的手朝他走去。一绺发丝垂下来扎到了她的眼睛，她用手背把头发撩了上去。

"烤什么呢，女主人？"他开玩笑地问道。

"没什么特别的，就是一个放了蜂蜜和坚果的巴加芝^①。"

"你家有'小马'吗？"

西尔维娅微笑起来，明白他说的是发酵乳饮料"马楚纳"："当然有，我一定好好招待你。"

西蒙蹲下来，抠出一颗石子路上的鹅卵石，放在手里滚来滚去。

"要不然用水泥加固一下？这样石头就不会被冲走了。"西尔维娅建议道。

他抬起眼睛来惊讶地看着她："用什么水泥啊？！那样的话石头就没法呼吸了。我们不会破坏任何东西，当初奥瓦涅斯叔叔做成什么样，我们就做成什么样。"

他珍惜地用手抚过残存下来的石头马赛克图案，就像是在用两只手掌温暖着它们。西尔维娅赶紧转过身去，藏住眼里的泪水。

---

① 作者注：这是一种亚美尼亚的乡村甜面包。

最近这段时间她经常想哭，不过她并不太担心自己的精神状态，甚至为此感到高兴——只要一个人还有哭泣的能力，那么她的心就不会死。

西蒙花了整整一个小时铺石子路。他把西尔维娅叫出来好几次，想要确认自己铺出来的图案没有偏。然后他爬上房顶，把瓦片铺好，再把雨槽固定好，还顺便清理了烟囱，打掉了房檐下面半塌的燕子窝——来年春天，燕子们会筑起新巢。在这段时间里，西尔维娅不仅烤出了巴加芝，还用土豆、西红柿、焖过的洋葱和猪颈肉熬了一锅浓汤。当西蒙终于从屋顶上溜下来的时候，西尔维娅请他上桌吃饭。她倒了一碟浮着油的浓汤，摆出一瓶①自己酿的樱桃酒，从地窖里取来冷的马楚纳，把稍微有点潮湿的甜面包切成厚厚的大块。西蒙闻了闻瓶子里的酒，撇了撇嘴，把酒瓶照原样留在那里。

"有桑葚酒吗？"

西尔维娅慌乱起来："没有。"

"那太糟糕了。"

"我可以跑去邻居家要……"

"没必要。"他毫不见外地扫了一眼餐桌，问道："西尔维娅，你的那份呢？"

"我一会儿再吃。"

"你坐。"他指了指旁边的椅子，用一种不容反驳的语气说道。

---

① 译者注：此处的酒瓶是容积为一俄升的四棱短口酒瓶，相当于 1.2299 升。

她顺从地坐下了，看到他吃得那么津津有味，不由得站了起来，也给自己盛了一碗汤。她开始吃东西，把面包皮蘸进浓浓的酱汁里。

"很好吃。"西蒙称赞道。

她脸红了，看起来像个中学女生。她说了句"谢谢"，然后急忙没话找话地问："梅拉尼娅怎么样？孩子们怎么样？"她想以此掩饰自己的慌张，不让所有的注意力一直集中在自己身上。

西蒙耸了耸肩："挺好的吧，我这已经连干一个月了，晚上回到家，他们已经睡下了，白天出门，他们还在睡。"

"你想必累坏了吧。"

"累得像狗一样。"

西尔维娅感到有些难为情，犹豫起来。她本想拜托西蒙看一看客厅的天花板——上面隐约有一些灰白色的斑点，不知道是什么。现在她不知道要怎么办才好了，是马上询问他？还是等他工作稍微少点的时候再说？

"我家客厅的天花板好像长了一些霉菌。要不然等过了这一阵儿，你来看看？"她终于下决心说了出来。

西蒙伸手去拿巴加芝："吃完饭就去看看。"

"好吧，我去煮点咖啡？"

"那敢情好！"

西尔维娅从小就认识西蒙。她的父亲和西蒙的叔叔是好朋友，西蒙的叔叔经常带着他亲手抚养长大的侄子到她家来做客。两个孩子的年龄差实在太大（西蒙比她大 10 岁呢），所以他们并没有成为朋友，更何况，一个急躁的毛头少年和一个小姑娘之间能有什么友谊可言呢？但是西尔维娅仍然保留了那些年的温暖回忆。西蒙是个能干又机灵的小伙子，甚至设法给她做了一辆木头自行车。她骑着这辆车子，在和平路上欢快地疾驰而过，驱散了喧闹的鹅群，惹得看家狗们疯狂吠叫。

后来西尔维娅的父亲和西蒙的叔叔之间发生了争执，两人停止了来往。西蒙和西尔维娅都不知道争吵的原因，也从来没打听过。为什么要翻出从前的旧事呢？更何况那些事跟他们完全无关。尽管如此，长辈们的争吵还是让他们渐渐疏远了。他们偶尔在街上碰到的时候，一定会温暖地打个招呼，互相询问身体是否健康，但谈话也仅限于此了。对于西蒙的事，西尔维娅知之甚少：他没修完建筑系的学业，在建筑管理部门兼职，靠给人装修来赚外快。他有三个儿子，大家盛传他很容易就能赢得女人的芳心。对于西尔维娅，西蒙只知道她在婚姻里受了很重的伤，孩子被抢走了，过着与世隔绝的日子。西蒙还是个少年的时候常常到她家来，中断来往那么多年后，这还是西蒙第一次上门。若没有9月的这场大雨，他是铁定不会来的。

喝完咖啡，西蒙站了起来，不经允许就去了客厅。他发现，和20年前相比，这座房子里的装饰和陈设没有任何变化——还是当年那个盖着红毛毯的长沙发椅，占了走廊一半的空间；刷成牛奶巧克力色的木地板也没变；还是当年那盏沉重的吊灯，上面有三个灯座，挂得低低的，男人们经过的时候只能绕着走，免得让自己的脑袋碰在吊灯锋利的下缘上。不过，走进客厅以后，西蒙有些意外地吹了一声口哨——客厅已经变得让人完全认不出来了。曾经是精心布置过的舒适房间，现在看起来像个仓库，墙边放着一排排没拆封的纸板箱和木箱，地毯随意地堆叠着，还有一堆筐子、包裹和捆扎起来的东西。西尔维娅跟在他身后走进来，摆了摆手，说："你不用在意这些东西，整理不完的。"

"这里面装的是什么？家具？"西蒙用指关节敲了敲其中一个盒子，问道。

"只靠敲东西是找不到财宝的，"她笑了起来，"对，是家具。"

"那我叫一群男人来，一会儿就能弄好。这些包裹也都拆开。这又是什么？餐具？正好都摆出来。"

"以后再弄吧，现在先不了。"西尔维娅打断了他的话。

西蒙想到她与世隔绝的生活方式，觉得她多半是不想在家里见到其他男人，就说他自己一个人也可以把这些全收拾好。但是西尔维娅坚决地摇了摇头，把他领到了房间更远处的一个小角落里。"真是个怪女人。"西蒙很生气，决定把这些工作做完以后再也不上她家来了。就让她去请别的工匠吧，天地之大，还能找不到一个泥瓦匠人吗？他这念头还没转完呢，就用眼睛的余光瞥见了一幅画。这幅画所在的角落，是唯一没有被盒子和包裹填满的。为了不让西尔维娅生气，他在不放慢脚步的情况下细细打量了这幅画，然后呆住了：漂亮的玻璃框下面是一块三角形的布片，布上的图案特别孩子气：小鸡，小鸭，太阳和云。这块布的边缘被撕得很烂，就像是被生生扯下来的。西蒙认出了这个图案，之前他就是拿了一块这样的布料交给了缝纫店，想让店员给他的小儿子缝襁褓——男孩实在太活泼好动，刚到七个月就早产了，所以梅拉尼娅没来得及给他做襁褓。

西尔维娅似乎察觉到了西蒙的慌乱，转过身来，正好捕捉到他困惑的目光。她的脸色变得刷白。西蒙从她懊恼的脸色中猜到，她恐怕本来是打算把玻璃框取下来的（为了不让他看见），但是不小心忘记了。不知为何，他突然很害怕西尔维娅把他扫地出门，还怕她从此以后再也不让他上门。

"给我看看霉斑长什么样儿。"他突然说了这么一句，仰起头，饶有兴味地看着天花板的一个角落，嘴里还吹起了口哨——那是一首已经烂大街的舞台歌曲。

一周后，他借口检查石头路是否铺对了，又去了她家。西尔维娅的脑袋上缠着围巾，正在拍打地毯。一看到西蒙，她轻轻地点了点头表示问候，然后继续做着自己手头上的事情。他没有看到她脸上的表情——她用卡拉巴赫人系围巾的方式，把整个头和脸包得严严实实，只露出一双眼睛。不过他感觉得出来，西尔维娅并不是很欢迎他的来访。"真是的！"他在心里喊了这么一句，蹲下来，用拳头敲敲石子路的边缘。接下来，他一句话也没跟她说，走到后院，从棚子里搬来一架梯子，爬上了房顶。

他在烟囱的阴影中坐了一会儿，抽了点烟，看着羊毛一样的云在天边排成美丽的链条。"等天上的牧羊人来到以后，这些云就会消失在地平线后面了。"他这样想着，吸了吸鼻子——11月的风吵吵闹闹的，从峡谷里带来一股海藻的气味。西蒙长长地叹了一口气，想起了儿时听妈妈讲过的那个传说。他那时候实在太小，记不得具体的内容了，但是有些东西永远留在了他的脑海中——海浪拍打着岩石……一条小溪在崖底蜿蜒而过……人们不知道这种气味是从哪里传来的，也不知道它到底为什么要来，但贝尔德镇人之所以坚持把那些故事传了一代又一代，就是因为这股顽固的、微微发咸的峡谷气味。他们讲过的传说有很多很多，但都不是当时年仅 5 岁的西蒙听妈妈说起的那个。他试着回想过很多次，但所有的尝试都以失败告终。不仅如此，他的每次尝试似乎都会继续带走回忆里的某个小小细节，那些细节像是被放进了镜子的另一端，有进无出。西蒙不太记得自己的母亲，这让他非常难过，因为他不光没记住母亲活着时的样子，连母亲给他讲过的故事也没留住。

"西蒙！哎，西蒙！"西尔维娅的声音从房顶下传来。

"啊？"他应了一声，站起身来，探头看着她。

她抬着头向上看，举起一只手搭在额头上。她的围巾滑了下来，滑稽可笑地挂在一束光滑密实的头发上。西蒙用手指了指自己的后脑勺，提醒她围巾很快就要掉下来了。她扯下围巾，抖掉了上面的灰尘，然后重新系了上去。

"你还要在上面坐很久吗？既然来了，不如来搭把手吧！"

"这就来。"她居然请他帮忙了。西蒙感到很高兴，像少年一样麻利地爬了下来。

他帮她拍打了剩下的两条地毯，拿进客厅里，仔细地铺在装有家具的箱子旁。镶着孩子襁褓布片的玻璃框已经不见了，但是墙上的那个黑点证明它曾经在这里挂了许多年。西蒙很想再次建议西尔维娅收拾家具，但还是忍住了。他怕自己失去再次造访她家的机会。不知为何，这个地方特别吸引他，至于此中的原因，就连他自己也说不清楚。西尔维娅让他回想起早就逝去的那些日子，他对西尔维娅的情愫，与其说是一个男人对一个女人的兴趣，倒不如说是亲人间的感情。这并不是因为她不好看——尽管她是那样地不爱打扮，她看起来还是很有吸引力。年近 36 岁的她明显地发胖了，但神奇的是，那种由美丽身材赋予的魅力却保留了下来。莹润的丰满抚平了她的脸庞，藏住了苦涩的面容。这种苦涩就像烙印，她时时刻刻把这样的烙印佩戴在脸上，就连睡觉时也从不摘下。假使她还瘦着，那么痛苦与不安会磨损她的美丽，让她淡金色的皮肤变得暗淡无光。而这样的丰满就像骨架一样，充盈起、支撑起几乎完美的外形，让外人无法看到，在这样美丽的躯壳下面，隐藏着多么痛苦的内在。

西蒙的存在让西尔维娅非常苦恼。她已经花了半天的时间打扫卫生，现在的她只有一个念头，那就是洗个澡，再穿上干净衣服，然后无忧无虑、无所事事地度过剩余的休息日。可是西蒙一点也不着急离开：他要了一杯咖啡，逼她一起坐在餐桌旁边，而且没有试图与她攀谈；对于她礼貌的问候，他只用寥寥几个字的回答就打发了，然后继续想着自己的心事。他叔叔当年带他到这里来做客时的年纪，和他现在的年纪正好相仿，而他无论是外表，还是姿势，都让西尔维娅想起他的叔叔。每当他放下茶杯的时候，他都会碰一碰茶碟的边缘，就像是怕放错了位置似的——他叔叔也是如此。西尔维娅很想把这个发现告诉他，但他只是低着头坐在那里，没有表现出任何交流的意愿，偶尔用两根手指头敲敲桌边。

长时间的沉默过后，她问："你为什么过来？"

他对此一点也不吃惊——他正等着她提出这个问题呢。他毫不亏心地回答道："我自己也不知道，好像这座房子吸引着我。"然后他又垂着眼睛补了一句："还有相框里的那块褴褛。"

她皱着眉头，什么话也没说。他把空杯子挪开，站起身来朝门口走去。刚踏上门槛，他又转过身问道："我过两天再过来？"

她没有勇气拒绝。

头几个月里，他俩之间根本谈不上什么爱情关系，只能说是经历了一段"磨合过程"。这种强制的磨合把他们搞得十分难受，时常生气。他们二人都不太明白自己为何要受这份罪，但还是沉默地忍受了。又过了一段时间，他们都惊讶地发现，自己已经离不开对方。

来找西蒙干活的人有很多，西蒙尽量挤出时间，一周至少去见一次西尔维娅。他帮她打理花园和菜地，收拾房子和农舍：粉刷了阳台，制作了几个放在地窖里的架子，换掉了栅栏上的几处腐烂木桩，重新安置并扩建了鸡舍，给火鸡划出了一个单独的角落。

西尔维娅想要给他一些钱，他对此感到很气愤，断然拒绝了。于是西尔维娅想方设法地感谢他的关心，给他做好吃的菜，也没忘记给他倒一小杯桑葚酒——这是专门给他买的。她学会了用他最喜欢的方式煮咖啡，煮的时候不用凉水，而是用微微放凉的开水。

她给西蒙烤巴加芝和果仁馅饼，炒葵花子。他打算戒烟，就养成了嗑瓜子的习惯，总是尽量让自己的口袋里随时都装着一两把瓜子。有时候他们会讨论一些不甚重要的新闻，但更多的时候还是保持沉默。在一次次的往来中，这种沉默变得越来越自然、越来越清晰，比说出的任何话语都动听。这种沉默里没有爱情的折磨，没有对打破又一个私人空间的恐惧，只是两个独立却相似的世界，敏感又和谐地相互依存。随着时间的流逝，她学会了根据他走路的方式来分辨他的心情好坏，而他呢，只消看看她出来迎接时打招呼的样子，就可以猜出她的心理状态。

有一天，他带来了一个装满图纸和画作的文件夹，摊在餐桌上，然后开始讲述他心目中的贝尔德镇。任何的创新都会让他感到恼火，他也很不喜欢某些人改造房屋的想法。那些人想把自己的房子变成大家普遍接受的样式，可那真不怎么样——没有灵魂的方盒子，外面涂着厚厚的灰泥，石棉瓦的屋顶。

"我们的祖先们把石头块裸露在外面不是没有道理的。第一，石头要呼吸，内部充满空气，这样才能让房子保持冬暖夏凉。你能明白我的意思吗？"他匆忙地展示着手里一张张的图片，手指划过高高拱起的屋顶和粒状的墙体。

"我当然明白，"她点了点头，"那第二呢？"

"第二，这样很美。葡萄藤缠绕在阳台上，悬空的玻璃凉台，熏黑的木梁，支撑起来的天花板……还有上过漆的木地板呢！你看看，你的走廊多么像一首田园诗：雪白的墙壁，牛奶巧克力的地板，还有天蓝色的天花板。这几乎就是地中海的风格啊，却被那些乡下人贬得一文不值，说什么'这就是那种特别简单的自制风格'！"

西尔维娅把自己的目光从一张又一张的图片上挪开，挑剔地打量起自家的厨房，着迷地观察着每个装潢的细节——从存放炖锅和煎锅的餐柜到摆满各种餐具的柜子。

"确实很漂亮呢，"她承认道，"为什么我之前没有发现？谢谢你对我讲这些事情，亲爱的西蒙。"

他抬起一直紧盯着图纸的眼睛，很快又垂了下去，但即便只有一瞬间，那火热的眼神还是把她灼伤了。她吓了一跳，连忙从桌边走开，双手交叠在胸前，像是要把他隔绝在外似的。惊惶的空气满是炽热，沉重地压在她身上，死死地把她往地上按。她深深地叹了一口气，想要压制住自己的心跳。

"倒杯咖啡吧？"他请求道。

就在她忙着烧水、拿出咖啡杯的时候，他把图纸和图画摞成整整齐齐的一叠，放进文件夹里。

"可以把它留在你这里吗？"

"你为什么没修完建筑学的课程？"她用另一个问题回答了他的问题。

"那时候必须得工作。我的叔叔去世了，没钱生活，也没地方住……"他似乎还想再说些什么，但又改了主意，"所以，我能不能把这个文件夹留在你这里？我只抢救出来这么点儿，其余的都被我小儿子乱涂乱画了。"

她居然让他请求了两遍，这让她觉得很不好意思。她把咖啡放在他面前，轻轻地碰了碰他的肩膀说："当然可以！"他抬起肩膀，用脸颊蹭着她的手。然后她倾身过来，亲吻了他的太阳穴，又松开手，绕过圆形的餐桌，在他对面坐下，开始讲述自己的事情。讲那破坏她家庭生活的痉挛，挑剔、嘲讽她的丈夫；讲自己如何从车站被带到精神病院，必须靠打镇静剂才能松开手指头；讲自己在洗衣处工作，然后去会计室帮忙；讲那个有同情心的邻居，悄悄地在她的口袋里塞了一卢布；还讲了日渐衰弱下去的妈妈，谢天谢地，她走得没有痛苦，只是越来越枯瘦憔悴，然后有一天睡着了没再醒来……

他伸出手，越过桌子握住了她的手。他没有试图拥抱她，对此她有无限的感激——这场坦白让她精疲力尽，她只想一个人待着。

他离开了，在接下来将近一个月的时间里，他一直没有露面。还没等到下一个周日到来，她已经把自己埋怨上了：为什么要这样向他坦白，把他吓跑呢？她带着泪睡着了，第二天早上被电话铃声吵醒，好不容易才走到电话跟前——原来是西蒙打来的，说他因为患阑尾炎住院了，等做完了手术，一能下地走路就过来找她。

这是西蒙时间最长的一次外遇，几乎持续了一年半的时间，结束时闹得很不堪。是梅拉尼娅闹的——她得知丈夫又搞出了一场风流韵事，就跑到罐头厂里，在厂长的办公室里大闹一通，要求

开一个同志审判会 ①，批斗那个有辱苏联妇女形象的女员工。厂长保证会尽快处理此事，把她打发回了家，但什么都没对西尔维娅说。可最终西尔维娅还是知道了，是厂长的秘书告诉她的。她羞得无地自容，没请假就回了家。西蒙也知道了发生的事情，是梅拉尼娅等他下班回来以后，亲口告诉他的。在厂长办公室里发泄完以后，她用冷淡而疏远的语气对丈夫说："对，我去你情人的工作单位了；对，我要求开同志审判会羞辱她。你想怎么着？你想让我去继电器厂找人惩罚你吗？"

他绕过一堆摔碎的餐具（她故意没有收拾），头也不回地走出了家门。她没有喊他，因为她知道他哪儿也去不了，三个儿子把他紧紧地拴在了家里。那些小时候没了父母的人，永远都不会离开自己的孩子。

不管情况有多么清楚、多么明白，梅拉尼娅还是感到非常内疚。她本可以去找西尔维娅谈谈，就算要闹事，也可以直接在西尔维娅家里闹。可梅拉尼娅却选择了把事情闹得更大、更厉害。这是为什么呢？不管怎样，西尔维娅本不该遭受这些。她是唯一一个没有被贝尔德镇人指指点点的人，也是唯一一个没被传播过流言蜚语的人。正因为这个缘故，梅拉尼娅才被瞒了那么久都不知情——没有人急着把她丈夫的新外遇告诉她。也许每个人都暗暗

① 译者注：同志审判会是苏联在国内采用的一种预防违法犯罪的形式。具体指由企业、机关、团体、高等学校和中等专业学校中的职工、学生决定建立并选举产生预防违法犯罪行为的公众机关。它通过说服与公众影响的办法施行教育。

地想过，像西尔维娅这样封闭、孤僻的人，也有权得到自己的那份属于女人的幸福，如果说，要想得到这点幸福，她必须跟一个已婚男人纠缠不清的话，那就随她去吧。在这件事情上，所有人居然都像商量好了似的，保持了绝对的沉默，这让梅拉尼娅很是受伤。头一次，她再也不是一个当之无愧的受害者，没有得到大家的同情和关心。她就像一个外人，不仅多余，而且格外地不合时宜。这样的委屈和怨恨成了她造访西尔维娅工作单位的原因——她不仅想要得到公平和正义，还想当着所有人的面，向情敌展示自己的真实地位。她的心里其实很清楚，做了这样的事情，她羞辱的不只是西尔维娅，还有她的丈夫和她自己，但她怎么也控制不住。现在，站在破碎不堪的餐具碎片上，她流下了懊恼的眼泪，骂自己这个"复仇者"太过懦弱。尽管梅拉尼娅脾气暴躁，爱吵架闹事，但她一直是一个宽宏大量、善良仁慈的人，这也是西蒙最为看重的。

分手给西尔维娅带来了难以忍受的痛苦。在那不幸的一天里，她把自己反锁在房间里面，当西蒙来看她的时候，她请求对方让自己静一静，说："我需要适应没有你的生活。"西蒙苦苦恳求："至少让我们像个人一样好好告别吧。"她摇摇头，尽管知道他根本看不见，她也不在乎。她躲在窗帘后面，目送他离去，然后把脸埋在枕头里尖叫，试图压制灵魂深处那种无法抑制的痛苦。她意识到，这种痛苦是难以平息的，于是走出房间，差点被西蒙留在地板上的一个小包裹绊倒。她没拆开包裹，而是迈开双脚走进了地窖，拿出一瓶喝了一半的桑葚酒。她把酒喝得一滴也不剩，胃里烧得厉害，咳嗽得几欲窒息。刚喝下去没多久，她就吐了出来，但吐了以后也没觉得舒服多少——她醉得更厉害了，似乎是因为不习惯喝那么高度数的酒，所以有些酒精中毒。整个夜里，她有一半的时间都在吐，吐到止不住地发抖。她的头就像是被劈成了两半，身体抽搐，背上、手上布满了热汗。这些汗珠刚冒出来就冷却了，也不蒸发，而是像一层冰凉的黏膜一样，限制了她的行动。这时候应该打电话叫救护车的，但西尔维娅不想让外人看见自己这副样子。她在温水里放了几颗高锰酸钾，一口气喝了下去，结果在又一次呕吐发作的时候缩成一团。她已经站不住了，只能倒在地板上，打着寒战躺了很久。

等胃里已经没有东西可吐了，她爬到餐具柜旁边，艰难地用胳膊肘撑着自己，扯下一条预先放在那里、准备清洗的桌布盖在自己身上，陷入了深深的睡眠。一阵顽固的电话铃声吵醒了她，在半睡半醒之中，她还以为是西蒙打电话来了，因为他患上阑尾炎进了医院，想要告诉她一声。她甚至微微地笑了起来——阑尾炎的事情，她都提前知道了呀。但是就在转瞬之间，她又回到了现实，号啕大哭起来。电话铃声响个不停，她艰难地爬起来，拖着沉重的脚步走到电话旁边，拿起听筒。原来是厂长秘书打来的电话，她打了个招呼，很有分寸没有问起西尔维娅的身体状况（这都是明摆着的事儿，问这个是没有意义的），然后告诉她，工厂给了她一段假期，可以一直休到周末。西尔维娅道了声谢，挂上了电话。

她花了很长时间擦厨房的地板，去除高锰酸钾溶液的痕迹，然后又清理了浴室，自己也仔仔细细地洗了个澡，喝下一杯盐开水。她不想吃饭，也不想活着，只要一想到西蒙，就心如刀绞。可是她没有禁止自己想他，因为她知道，这些念头可以救她的命。她在阳台上坐了很久，回忆他们待在一起的那少数几个夜晚。当梅拉尼娅带着儿子们去迪利然①的哥哥家做客时，西蒙会到她家来过夜，在她看来，两人在一起的时间仿佛是永恒的。有一次，梅拉尼娅又离开了，西蒙和西尔维娅之间有了第一次亲密接触。因为从前那些痉挛的记忆实在不愉快，西尔维娅一直下不了决心，可西蒙把这一切都说成了一个笑话："要是不成的话，也没有什么关系，不过是死的时候还是'处女'罢了。"她笑到打嗝，用了很多种方法都没能平复：屏住呼吸直到耳鸣，小口、小口地喝水，右脚单脚跳，把左手举过头顶。对她这些举动，西蒙做出了幽默的评价，使她爆发出又一阵大笑。之后他把她搂进怀里，紧紧地贴在自己身上，他的手臂是那样的强壮，充满了力量，使她在一瞬间平静下来。他温存、体贴，又根本不求任何回报，而正是这种"什么也不求"的态度，博得了她的芳心。他们二人恋爱幸福的秘诀特别美好，又格外简单，那就是：他给予得越多，她就越想回报。他们仿佛在玩跳棋②，比着赛地满足对方的愿望。一次又一次发作的痉挛曾经毁掉了西尔维娅的人生，但与西蒙在一起后，

---

① 译者注：迪利然，亚美尼亚的一座城市。

② 译者注：下跳棋时，要将己方棋子送入对方阵营，谁先把自己的棋子全部送到对面，谁就是赢家。此处形容"爱的奉献"。

她再也没有犯过病。头一次，她放纵自己去爱一回，不必瞻前顾后。她的整颗心都深深地眷恋着西蒙，一旦与他分开，她就清楚地意识到，自己是失去了身体的一部分。她觉得，仿佛有一把剪刀，把西蒙从她的心上剪了下来，于是那颗心将永远流血不止。

直到傍晚，她才想起西蒙留在房门边的那个包裹。她花了很长时间，珍惜地打开它。在一层普普通通的纸下面，是一本捷里扬——她最爱的诗人——的诗集，还有一个小盒子，里面装着一颗金质的心形吊坠。她立刻戴上了，从此再也没有摘下。

奥菲利娅每次回老家之前，都会提前告诉西尔维娅一声，不过这次没来得及。事情发生得太过突然——邻居给奥菲利娅打电话，说："你的妈妈心脏病发作，被送进医院了。"奥菲利娅连忙向单位告了假，快马加鞭地从大老远的地方赶回来。幸运的是，妈妈的心脏病犯得不厉害，在奥菲利娅到家以前，妈妈已经从医院逃回了家。两人在院子里相遇了，妈妈的肩上还扛着干草叉——她轻蔑地把医生开的药片和药水扫进床头柜的边边角角里，打算去后院翻翻干草。

"你怎么又在这干活？"奥菲利娅把旅行包扔在脚下，马上责骂起来。

她的妈妈连眉毛都没动一下："你也是个成年女人了，就快47岁了，到现在还是学不会怎么跟人打招呼！"

奥菲利娅试图夺过母亲手里的干草叉，但徒劳无功——她是不可能犟过妈妈的。她只好匆匆换下路上穿的衣服，赶去给母亲帮忙。就在翻干草的时候，她遇见了斜眼的瓦尔达努什。这个小傻子拼命跑进后院，就像是后面有一群狗在追她似的，一边跑，一边踢掉脚上的凉鞋，在渐渐变干的稻草上狂奔。看到奥菲利娅以后，瓦尔达努什一点也不感到意外，好像早就知道会在这里碰到她似的，一把抓住她的双手说："跟我走啊，亲爱的奥菲利娅。"

"去哪？"奥菲利娅慌乱起来。

"等到了路上我再跟你讲。我们快走！"瓦尔达努什拽着奥菲利娅的胳膊。

"这都是什么事儿啊？"奥菲利娅生起气来，"真是让人每时每刻都不得安生！这一位刚犯了心脏病就舞干草叉，另一位还不知道要把我往哪儿拉！一群疯子！"

奥菲利娅的母亲抬起眉毛，悄悄地朝瓦尔达努什的方向点了点头示意，说："闺女，你说话注意点儿。还是说，你在城里待久了，那座城市让你丢掉了所有的礼貌？"

奥菲利娅深吸一口气，在心里从一默念到十。她在一本科学杂志上读到过，想结束争吵就得这么做。她把这口气呼了出来，稍微平静了一会儿，用不容置疑的语气说道："先把干草翻完。瓦尔达努什，你要是想让我跟你走，就过来帮忙。妈妈，你要保证，在我回来之前什么都别干，坐在圈椅里等着我。"

瓦尔达努什点点头表示同意，把裙边塞进腰间，开始用双手翻动干草。奥菲利娅的妈妈沉默地挥舞着干草叉，没有抬头。

"妈妈？"奥菲利娅严厉地叫了一声。

"再说吧。"妈妈吧嗒了两下嘴，讨好地丢下了这么一句话。

接着她转移了话题，补充说："我的外孙子们怎么样啦？你还是给我讲讲这个吧。"

奥菲利娅很想刻薄地回答一句"你总算想起自己还有外孙了"，但努力地控制住自己，又一次在心里从一数到十，和气地回答道："谢天谢地，他们都很好。加里克成功地通过了考试，阿拉木①快要结婚了。"

"娶的是那个第比利斯②的傲娘们儿③吗？她叫什么名字来着？安吉拉？"

"为什么管她叫'傲娘们儿'呢？她是个聪明的好女孩，出自知识分子家庭！"

"我倒要看看你过两年还会不会这么说。"

奥菲利娅没搭腔。母亲的年纪见长，性格也越来越让人受不了，不过这并不重要。只要她活得好好的，那就谢天谢地了。其余的都无关紧要。

她们出门的时候，正好撞见卡廷卡老太太的曾孙子巴格拉特，他一边从家里向外跑，一边把足球衫往身上套，朝房间更深处喊道："我回来的时候会很晚，所以你们该睡觉就睡觉，别等我了。"

---

① 译者注：即前文中提到的阿拉米克。阿拉米克是阿拉木的小名。

② 译者注：第比利斯，格鲁吉亚首都和政治、经济、文化及教育中心。

③ 译者注：原文中，这是个格鲁吉亚词语，指"自视甚高的、傲慢的女人，冒充上流人物的人"。

"怎么长得这么高了，"奥菲利娅微笑着回应他羞涩的问候，"你好吗？上几年级了？"

"十年级了。"巴格拉特用低沉的嗓音答道。

她举起双手轻轻一拍："我的天，时间过得太快了吧！昨天你还是个小男孩儿，奇迹般地从沼泽里爬了出来，现在都快到结婚的年纪了！"

"我们走吧，亲爱的奥菲利娅。"瓦尔达努什很着急，一只手轻轻地推着奥菲利娅的后背，另一只手指着篱笆门，像是在对巴格拉特说："去你该去的地方吧！"巴格拉特对斜眼的瓦尔达努什哼了一声。因为知道她很古怪，所以大家都不会生她的气。她要是干傻事，那就随她去吧，在这个世界上，傻里傻气的人多了去了！既然他们生下来就是这个样子，还有什么好生气的呢？

她们一起往尼日尼路走去。一路上，瓦尔达努什一直固执地不去回答奥菲利娅的询问，只用简单的"到了就知道了""你自己会明白的"来搪塞。坐了那么长时间的车，奥菲利娅早就累坏了，好不容易才能跟上瓦尔达努什的脚步，一边走，一边在心中责骂自己——为何就是不能下定决心拒绝她？不过，瓦尔达努什虽然慌手慌脚、毛里毛躁，但是心里一点恶意也没有。如果就这样走到半路又回去，只会让瓦尔达努什难过失望，奥菲利娅是绝对不会这样做的。她就这样顺从地被拉到了卡廷卡老太太的家里。没什么大不了的，就算这只是小傻子臆想出来的东西，她也可以打个招呼就走，顺便把一个石头研钵转交给卡廷卡。在奥菲利娅临出门前，母亲把石头研钵给了她，说是卡廷卡要的。卡廷卡本来说好要派一个重孙子来取，看样子是忘了。奥菲利娅毫无怨言地接了下来。

宽敞的厨房里挤满了人，卡廷卡老太太的儿媳妇们正在做饭，准备给巴格拉特的姐姐（她以优异的成绩在法学系毕业）接风洗尘，摆出一张堆满了丰盛食物的大桌子，邀请了许多宾客。奥菲利娅向这一家人表达了祝贺，转交了研钵，又用歉疚的语气说，要不是瓦尔达努什拉她过来，她自己是不会在这么繁忙的时候前来叨扰的。

"她的脑袋里又在想些什么呢？"巴格拉特的母亲塔玛拉笑着问道，"她今天到了我们这儿，仔细看了孩子们的照片，然后'嗖'的一声冲出了房子，又'嗖'地跑回来了！"

瓦尔达努什毫不客气地把塔玛拉推到一边，从架子上拿下一张普普通通的证书卡片："亲爱的奥菲利娅，你快看啊！"

奥菲利娅的眼已经老花了，她一边抱怨自己把眼镜忘在了包里，一边用手把照片拿得更远些，这样看得更清楚。

"这是我们的基拉，这是基拉的室友，"塔玛拉解释说，"这女孩很不错，来自伊杰万。你都可以把她当成我们这儿的人了，说的方言差不多，那些传统习俗啊，受的教育啊，也和咱们这儿的人差不多。她以前和一个同学一起住，但是不久之前搬了出来，开始跟基拉合住了。两个人就这样认识了。"

奥菲利娅用两个鼻孔深吸了一口气，发出了响亮的声音。她试图从一数到十，但没成功。她怀着某种快乐的心情，对瓦尔达努什责备（等激动的心情平复下来之后，她为此狠狠地批评了自己）

道："你怎么不先把西尔维娅找来？你别躲躲闪闪的，两只眼睛别盯着旁边看！看着我！"

"人家害怕了嘛，万一这不是她呢？"

"'她'？'她'是谁？"

"好像你自己不知道似的！"瓦尔达努什撇着嘴，无助地眨巴着眼睛。

"让我喝口水吧，嗓子发干！"奥菲利娅请求说。卡廷卡老太太的儿媳妇们知道，奥菲利娅一定是发现了一些她们不曾注意到的事情，急忙倒了一些水，围成一圈盯着照片看。奥菲利娅喝了一口水，把杯子交还回去，开口询问："这个女孩叫什么名字来着？"颤抖的声音出卖了她，不管她怎么压制，都是徒劳无功。

慌乱的塔玛拉一时间想不起她的名字。奥菲利娅没有催促，她几乎确信自己知道正确的答案。

卡廷卡老太太本来在享受地打着瞌睡，结果被这个突如其来的插曲吵醒了。她在鼻梁上架起厚厚的老花眼镜，仔仔细细地看了看照片，证实了奥菲利娅的猜测：这个女孩长得确实很像西尔维娅，但是更像西尔维娅的母亲。她又怀疑地补充说："世事难料，亚美尼亚人相互之间本来就长得很像，万一是我们搞错了呢？"

"她是伊杰万人呀！"卡廷卡的儿媳妇们激动起来。

"那又怎么样？在伊杰万城里出生的女孩儿还少吗？恐怕全国上下有一半的女孩都生在伊杰万！"

"年纪也对上了，22岁！名字也一样！"

"所以呢？名字叫安娜的女孩海了去了！"

她们难过地沉默了一会儿。

"奥菲利娅，西尔维娅的女儿是什么时候出生的？"卡廷卡老太太问道。

"我不知道具体的日期，西尔维娅总是尽量不提自己的女儿。我只知道那孩子是 3 月出生的，具体到哪一天……"

"我想到了！"塔玛拉精神一振，"我现在就打城际长途电话，跟基拉聊聊。她肯定知道室友是哪一天出生的！我的记事本在哪？我老是记不住宿舍管理员的电话号码！"

秋老虎的天气一直持续到 10 月底。最后那几天，几乎跟 8 月的日子没什么两样，灿烂的日出，炎热的中午，沉思的日落。要不是那些被染成金色的树冠，要不是蜘蛛在时间女神光滑的脸上覆盖了满是皱纹的网纱，你会以为离秋天还远得很呢。西尔维娅站在阳台上，紧张地扯着连衣裙的袖子。这件漂亮又隆重的连衣裙是奥菲利娅借给她的。为了让自己摆脱这种焦虑的等待，她在脑子里不停地播放最近几个月来发生的事情。她想起，当她在自家门口发现那群慌乱的女人（奥菲利娅、瓦尔达努什、卡廷卡老太太和她的两个儿媳）时，整颗心都害怕得不能动弹。奥菲利娅的妈妈站在稍远一点的地方，有点喘不过气，但仍然固执地把一只袜子套在小灯泡上，缝补上面的破洞。她围裙上的口袋里鼓鼓囊囊的，塞着一个装满缝纫用品的小盒子。

"出什么事了？谁去世了？"西尔维娅勉强挤出这么几句话。

"应该说是正相反，"卡廷卡老太太尖着嗓子说，她跨过门槛，把证件卡片递给西尔维娅，"闺女啊，我可要请求你千万别昏过去。"

西尔维娅没有昏倒。她"咚"的一声坐到地上，眼睛还盯着那张照片，听着塔玛拉像竹筒倒豆子那样，转述她与基拉的那场对话：这个女孩子是3月20日出生的，亲爱的西尔维娅，你的女儿似乎也是3月20日生的吧？这个女孩子没有妈妈，别人告诉她说，她的妈妈不要她了。她的爸爸叫罗米克。苏联时期，他们的日子过得很富有，但是苏联解体之后，他们家几乎是一个子儿也不剩了……

"这是……谁？"西尔维娅问道。只有嘴唇在动，发不出任何声音。

回答她的，是一片震耳欲聋的寂静。

"她叫安娜。"终于，奥菲利娅出言提醒道。

天空像人一样观察着发生的事情，压低了鸟鸣，屏住了呼吸。

"我现在要怎么办呢？"西尔维娅的声音在颤抖。

"什么也不用做。基拉后天就回来，把安娜一块儿带回来。我们让基拉先不要把事情讲给安娜听，也不让安娜向她父亲汇报行程。他要是知道了，恐怕不会让女儿来贝尔德镇。你怎么样，亲爱的西尔维娅？西尔维娅？快来人啊，拿水来！"

西尔维娅和女儿的谈话传遍了整个贝尔德镇。人们重复着谈话的内容，又兴奋又妒忌地互相纠正。对他们每个人而言，"原原本本地传达谈话的内容"成了最重要的事情。

基拉没有守住自己的承诺，在回贝尔德的路上就说漏了嘴，说安娜此行多半会见到自己的亲生母亲。她把事情的所有真相都告诉了安娜。

西尔维娅一大早就来到了汽车站，在那里足足等了6个小时。

当女儿从大巴车上走出来时，西尔维娅迟疑地走上前去，问道："他们爱你吗？"

"非常爱。"安娜回答说。

"没有欺负你吧？"

"从来没有。"

"那就太好了。求你了，不要哭。"

就是这一段对话，被贝尔德人口口相传、互相纠正。他们说完以后，还会立马补充说，这件事发生得太是时候了，因为就在这年的秋天，西尔维娅的女儿就要嫁人了，年轻的准新郎打算把她带去沃罗涅日。

"要是她离开了，那她和西尔维娅这辈子都见不着面了。"贝尔德人对此深信不疑。

西尔维娅坚持不去参加女儿的婚礼，解释说是因为不想见到罗米克。罐头厂的厂长成功地说服了她："你也有权出席婚礼，和你女儿的父亲是一样的。更何况是安娜亲自邀请了你！她就要去俄罗斯了，你什么时候才能再见到她？再过一年？三年？还是五年？"

西尔维娅垂下头去。厂长耐心地等待着。最后她终于做出了决定："我要去。但是我需要一辆汽车。"

"我把我那辆公车借给你，把你像个王后一样拉过去，再拉回来！"

"我需要一辆大车。"

"'大'是有多大？要我那辆旧威利斯吉普车吗？那辆车快喘不了气喽！"

"比那还要大。"

举行婚礼的那天早上，一辆罐头厂的重型卡车轰鸣着，穿过大敞着的院门开进西尔维娅家里。一辆公车停在路肩上等待，紧靠着围栏。三个壮汉恭恭敬敬地对西尔维娅打了个招呼，走进房子里。在接下来的两个小时里，他们气喘吁吁，满身大汗，从客厅里搬出了无穷无尽的盒子、包裹和箱笼。西尔维娅没有妨碍他们干活，只在箱子里放着玻璃的时候提醒一句。卡车的车厢里渐渐堆满了尚未开封的南斯拉夫家具、地毯、餐具套装、桌布和毛巾、羊毛毯子和鸭绒枕头、昂贵的丝绸布匹和铸铁锅、铮铮作响的大高脚杯和用最薄的缎子做成的床上用品。西尔维娅把装有各种珠宝的天鹅绒首饰盒藏进自己的手提包里，在去往婚礼现场的途中，手提包一直被她好好地搁在膝盖上。公车的后座上放着一个带有五个水晶枝杈的枝形吊灯，后备箱里则是一些叠放得整整齐齐的箱子，里面装着果盘和花瓶。装货员搬出最后一个包裹后，客厅里只剩下一个破旧的挂钟、一把压坏了的旧圈椅和墙上的一个长方形黑点。

在确信自己什么都没忘下之后，西尔维娅坐进那辆公车里，庄严而隆重地出发了。紧随其后的是那辆装满了重物的卡车，它晃晃悠悠的，侧面还贴着罐头厂的商标。十五年来，西尔维娅省吃俭用为自己的女儿攒着嫁妆，甚至不敢期盼何时才能见到她。现在，几乎所有的嫁妆都在这辆卡车里了。贝尔德镇上的人屏住呼吸，静静地看着这个场面，直到卡车驶向镇外以后，他们才喘过气来。

从那天起，人们开始把西尔维娅称作"寡妇"，无论是背地里，还是当着她的面。他们用这样的方式，强硬地表达了自己对待她前夫的态度：从此，"人类"的名单上再也不会有他的名字，他已被所有人永久除名。对于西尔维娅，除了"寡妇"以外，人们再也没用别的方式称呼过她。

香水

伊莉莎是三姐妹中的老小，她和二姐之间有足足8岁的年龄差，而大姐只比二姐大1岁。两个姐姐一个叫马里亚姆，一个叫妮娜。身体虚弱的母亲被大姐和二姐耗得不轻（这是母亲常挂在嘴边儿上的话），所以她决定等这两个女娃们长够了年纪，能够照顾自己以后再怀下一胎。

　　母亲期盼再生下一个男孩，她甚至把名字都想好了——卡连，以此来纪念她的弟弟。1920年的冬天，她的弟弟被活活冻死了。母亲很不爱讲这个故事，不管成年后的女儿们怎样询问，她总会用简简单单的两个字搪塞过去，或者找几个又模糊又没有意义的说辞。在所有的女儿中，伊莉莎是最体贴、最敏感的一个，能从对方嗓音的一丁点儿变化里捕捉到不为人知的内情。她委屈地叹了口气，紧紧地抿着嘴唇："妈妈，现在你总可以告诉我了吧！"妈妈生气地挥挥手，表示"不要凭空编造一些麻烦出来"，但是她的目光游移不定，两只手紧张地叠放在胸前，试图转移女儿们的注意力。很明显，在她遥远的童年里发生的那件事情，直到现在仍然让她不得安生。随着时间的流逝，老大和老二再也不问东问西了，她们明智地认为，若母亲愿意讲，那她们一定会知道事情的原委，而若母亲不愿意讲，那就随她去吧。和不再强求母亲讲述伤心往事的姐姐们不同，伊莉莎一直努力地寻求真相，经常在母亲不小心说漏嘴的时候竖起耳朵，仔细地记下来，希望之后能把这些单独的片段整理成一个完整的故事。不知为何，她觉得"揭开那个两岁男孩儿的死亡秘密"是一件非常重要的事情，因为她凭直觉猜到，母亲那么痛苦、那么不得安宁，这一切肯定跟那个男孩儿的死亡脱不了干系。

伊莉莎对自己的父亲没有丝毫印象。她刚满 3 岁，父亲就患肺结核去世了。在一些前线照片里印着她父亲的样子，那是个瘦瘦的、肤色黝黑的士兵，羞涩地微笑着，但她无法承认那就是她的父亲。几十封折成三角形的书信，每一封信里都满是他细小而工整的笔迹，连一点儿边边角角都没放过，但所有的信里都没有提到过她。这让她失望得厉害。尽管在理智上，她明白父亲之所以不在信中打听她的情况，是因为那时候她还没有来到这个世上，但是她仍然吃母亲的醋，更吃两个姐姐的醋。"告诉我，我那两个小天使怎么样了""爱两个女儿胜过爱生命""替我亲亲小妮娜和小马里亚姆，告诉她们，爸爸很爱她们"……伊莉莎一遍又一遍地阅读这些段落，不由自主地皱着眉头。

唯一一个关于父亲的模糊记忆，是一个耀眼的太阳光斑，里面有个男人站在小床前，俯下身去，曼声说着一些听不清内容，但非常温柔的话。伊莉莎有时会梦到他，在这些梦里，他总是背对着她，每当她试图绕到正面去看一看他的脸时，他要么消失在空气里，要么用双手捂住脸。那双手的样子深深地刻在了她的脑海里：手掌宽阔，指甲很大，甲沟是深色的，手腕上的桡骨高高隆起，手指尖微微弯曲。她经常在作业本上无意识地画这双手，因此总是挨老师们的责骂。不过，尽管伊莉莎经常任性妄为，老师们也没有给她打低分，这并不是因为老师们有多善良，而是因为她无处可去。伊莉莎与她的两个姐姐不同，她天生就是个不受管教的孩子。人们把她留在学校里，只不过是因为同情她的母亲罢了。为了勉强养家糊口，她的母亲必须同时打两份工——在医院里做卫生员，在学校里做清洁工。

两个姐姐上完了七年级，以优异的成绩毕业了，接着先后考进了纺织技术学校，前后只相差一年。母亲每个月会寄给她们一点钱和一些微薄的物资，因为她们拿到的奖学金像是打发叫花子一样，即便再节约着用，最多也只能花两个星期。给两个姐姐寄东西一般要花上一整天的时间：妈妈挨个地翻检土豆，在蔬菜坑的边上留下一些稍微有些损坏的。不管有多匆忙，她总要给女儿们挑选出最大、长势最好的土豆。然后她剥开玉米，在粗麻布口袋里撒上二粒小麦①和满是斑点的豆子，把面团发酵做成面包，从蜂巢上割下甜甜的蜂蜜，再拿勺子在陶罐的壁上来回地刮，把宝贵的再制奶酪单独放进一个碟子里。10岁的小伊莉莎喜欢趁大家不注意的时候，找到给两个姐姐准备的食物包裹，揭开边缘，给

———————

① 译者注：一粒小麦与一种杂草山羊草杂交形成不育的后代，遇低温后，不育后代的染色体忽然加倍，形成一种异源多倍体植物——二粒小麦。

自己掏一些东西吃。一个煮得很老的鸡蛋，一把干李子，或是一块冷肉饼。妈妈在肉饼的馅里掺了玉米面和捣碎的土豆，这让肉饼变得又干又重，但特别饱腹。最后，母亲会去汽车站里找一个乘客，请他帮忙转交包裹和钱。这些钱几乎是母亲一半的工资，被她紧紧地缠在一个小纸包里。伊莉莎会一直等到这个时候，然后爬上拖拉机，裹上一条散发着油烟味和陈腐味的羊毛披肩（这曾经是她的襁褓，母亲用这条披肩把小时候的她裹得严严实实），然后慢慢地、仔细地咀嚼，吃掉这些偷来的食物。

这件事没有带给她多少快乐，但也没怎么折磨她的良心，因为她觉得，根据家庭里的平等原则，她只是拿了自己应得的东西：既然姐姐们要收包裹，那她当然也有权得到属于自己的那份。在木柴炉子下面有一个遮盖得严严实实（这是为了防老鼠）的陶碗，里面放着一块留给她的肉饼和一把煮好的二粒小麦。但她已经把这些食物忘得一干二净了。吃完了偷来的东西，伊莉莎蜷着身子躺在那里，盖着妈妈的披肩，凝神谛听家里的声响：熏黑了的梁柱支撑着低矮的天花板，像老人一样呻吟着；木门的吱嘎声；风仿佛是一只爱闹的猫咪，吹过阁楼上的干枯秋叶，它玩弄着这些叶子，一会儿让它们转成一个圈，一会儿把它们扔到角落里。那些还没做完的作业被伊莉莎忘在了脑后。她的手指永远冰凉，只能一边给手吹气，一边躺在那里等待母亲下班回来。但是还没等母亲到家，等累了的小姑娘已经睡着了，双手塞在短上衣里面。看到这样的情景，母亲匆匆忙忙地吃下一些面包，喝了两口不怎么甜的茶，往炉子里扔几块木柴，然后躺在小女儿的身边，紧紧地搂住她，用自己的体温给她取暖。

第二天早上，她们公平地把肉饼和煮好的二粒小麦分成两半，一人一半分着吃掉了。她们早餐一般不吃面包的，但是母亲从自制的大圆面包上切下一块，让伊莉莎带着去学校吃。伊莉莎在上学的路上就吃掉了这块面包，怀着急迫与焦虑的心情，贪婪地咬，匆忙地嚼。

到了学校里，这块面包很有可能被抢走：一群吵闹的、没有脑子的半大小子，没能力应对自己情绪上的剧变（他们正忍受着身体发育带来的许多变化，可没有人告诉他们一个真相：这些变化一点也不可耻），只能发泄在低年级学生（尤其是低年级女生）身上，在课间休息的时候欺负她们，毫不留情地折磨她们。新来的校长终结了这些混乱的局面，他是一个严厉的独臂前线战士，丝毫不容他人质疑。这群半大小子们一开始没把他放在眼里，结果付出了代价，多上了很多个小时的课。多亏了他的严厉，到了第二学季末的时候，秩序终于建立起来了。不过，现在离第二学季末还远得很。

伊莉莎讨厌上学，把它当作无法避免但定时出现的灾难。母亲用不同的碎布头缝成一个松松垮垮的书包，挂在她瘦弱的肩膀上，书包里的数学课本（这本教材真该死！她怎么也弄不明白里面讲的是什么）很有节奏地敲着她的膝盖。精确科学的世界用它满是尖刺的手肘（各种各样的符号和歪歪扭扭的数字）推搡着她，把她弄得很痛。就连扭着腰部、非常有女人味儿的数字"8"，也没有得到她的信任，连一丁点儿也没有。必须把玻璃制的防漏墨水瓶拿在手上，因为若是放在包里，那么不管这个墨水瓶的结构设计得有多么精巧，它肯定会翻倒，洒出墨水弄脏课本。伊莉莎向来不学习，家庭作业都是匆匆忙忙抄出来的，作业本纸上满是墨水点。在上课的时候，她用脏手托住尖尖的下巴，咬住精心编紧的辫子末梢，在练习本上描绘一双男人的手，以解剖学的精确度，画出一束束从手腕延伸到手指底部的肌腱、粗大的手指关节，凸起的指甲表面。妈妈振奋起来，对女儿的绘画天分充满期待，但是美术老师在给伊莉莎上了额外的几堂课以后，说出了让母亲措手不及的事实——她的女儿在绘画方面也一窍不通。

"我不明白，她的头脑那么不灵光，怎么能画出那样的一双手。"老师没能掩藏住自己的惊讶，意识到说错话以后，她关切地拍了拍伊莉莎母亲的肩膀："没关系，绘画并不是最重要的一个技能。"

尽管母亲对女儿们倾注了无尽的心血，也给了她们过分的疼爱，但她为人严苛且不够公正，哪怕错误再小，她也总是揪住不放。那一天，当母亲从学校里回来之后，她把伊莉莎打了一顿，直到女儿身上起了发痒的瘀斑为止，然后丢下一句话："你真是个大笨蛋！跟你那个蠢奶娘一模一样！最好让她来当你的妈妈，而不是我！"这句话伤透了伊莉莎的心，一辈子铭刻在她的灵魂深处。

1946 年，也就是第二次世界大战结束后不久，伊莉莎出生了。期待生下一个男孩的妈妈失望极了，在好几天的时间里拒绝把她抱在怀里喂奶。当她终于战胜了自己，决定给女儿喂奶的时候，伊莉莎把母亲胀痛的乳头含在嘴里玩了一会儿，然后厌恶地吐了出来，号啕大哭。在不到一周的时间里，她已经习惯了另一个女人的奶水味。那个女人住在他们这条路上的另一头，父亲或是某个姐姐把伊莉莎抱过去喂奶，一天五次。抱她的一般是妮娜，这个女孩把刚出生的妹妹当作一个活的玩具娃娃。至于堂奶奶用碎花布和稻草缝的那个破布娃娃——眼睛是用磨坏了的木扣子做的，辫子是用羊毛线头编的，她也不打算留在家里，怕顽劣的马里亚姆把它藏在一个找不到的地方。所以她请人拿手帕把布娃娃绑在她身上，把紧裹在褪褓里的、小小的妹妹搂在怀里，迈着小小的步子谨慎地向前挪。一个月后，人们改用山羊奶喂伊莉莎。到了满六个月的时候，她彻底拒绝吃奶，改吃土豆泥和粥。从那时候开始，她不再吃任何形式的奶制品，就连亚美尼亚人最喜欢的羊奶干酪和用发酵马楚纳做的汤，她也一点儿都不喜欢。

那一天，伤心的伊莉莎离家出走了，躲在一座废弃石头教堂的粗糙拱顶下面，一直躲到了夜晚。她有时会去那里待一段时间，比如放学以后，或者没处可去的时候。教堂狭窄的窗户闪烁着暗淡的光，照亮几个世纪以来被人们踩在脚下的土地。这块地很不平整，上面还保留着靴子底印、脚底板印、家畜的蹄子印和守卫犬的爪子印——在打雷或天气不好的时候，牧人常常把牲畜们赶到这个低矮的拱顶下面。这个拱顶曾经奇迹般地逃过了游牧民族的袭击，但没有逃过苏联建筑局的野蛮对待。

伊莉莎不懂什么叫"信仰"——大人们尽量不谈论这种被封禁的东西，而在学校里就更不会讲了。但是尽管大家都保持沉默，只要一到了周日，小教堂里永远有人在。一般在早上的时候，上了年纪的人按照老习惯走进教堂里看一看，点起蜡烛，静静地站着。年轻人很少过来，就算来了，也只是粗略地看看拱顶和小小的深色祭坛，然后松了一口气，离开了。

伊莉莎不太知道这座建筑是用来做什么的，它有着尖尖的圆顶，有点歪斜，由河中的石头砌成。教堂的角落里竖着一人高的"哈奇卡尔"[①]，手艺高超的工匠细致又耐心地在上面雕刻出十字架的花纹，周围装饰着石榴果和葡萄藤。其中的一座"哈奇卡尔"上刻着一位站立的男人，他的额头上戴着荆棘王冠，手掌上有奇怪的凹陷，一只脚踩在另一只脚上。两条细瘦的手臂伸向不同的方向，看起来像是在准备飞翔。这个人很痛苦——对此她毫不怀疑。那人的脸和眼睛都很普通，就像是孩子画出来的；两片薄薄的嘴唇哀痛地抿着。无论是他脸上的表情，还是嘴唇，都充分地显示了他的痛苦。

伊莉莎对这个人一无所知，但是他颓丧的姿势，想飞又飞不起来的状态，让伊莉莎凭借直觉猜到了那个世界悲剧，而这个悲剧的力量已经一去不复返。她在这一个"哈奇卡尔"前面站了很久，看了很久，但就是不敢碰它。直到有一天，她轻率地想要改变点什么，舔了舔手指头，搓了搓受难者掌心的凹陷，但刚摸上去，就立刻缩回了手。那块已经死亡的石头冰冷而绝望，它表面的粗糙触感让她吓得不轻，她从此再也没那样做过。

---

① 作者注：哈奇卡尔，一种亚美尼亚建筑纪念碑，在石头上压出十字架的图案。"哈奇"指十字架，"卡尔"指石头。

112

伊莉莎哭够了，从小角落里走了出来，立刻感到了刺骨的寒冷，浑身哆嗦。但是她不想立刻离开小教堂，而是沿着那排"哈奇卡尔"向前走，每遇到一个就停一停，聚精会神地看一会儿。她的脚步声比以往响了很多倍，从墙壁上反射回来，在高高的穹顶之下响起了长久的回声。伊莉莎来回跑了好几次，故意把脚步声跺得很响，倾听头顶上汇成一片的咚咚声。然后——她不明白自己是在做什么——站在教堂的中央，背对着那个刻着受难者的"哈奇卡尔"，等脚步的回声停歇后，用很小的声音说出那些困扰着她的事情。她假装是在对自己说话，但其实是在向那个受难者倾诉。她说起自己的父亲，除了小床上方的一个透明的影子，她什么都不记得了……姐姐们跟她无法建立起信任关系，也许是因为她们的年龄差距实在太大，也许是因为姐姐们没把她当回事……母亲抽打了她，因为觉得她很蠢笨……但她说完这些，又急忙为母亲辩护说："不过，这只是小事情，因为疼痛去得快，忘得也快。"她又说周围的人常常骂她笨，但讲完这些以后，她又用一秒钟的时间朝"哈奇卡尔"转过身去，宽容地解释道："不过我确实笨。"为了不给那个受难者留任何希望，她还补了一句："而且我一辈子都会这么笨的！"受难者听着她的话，垂着巨大的、占了半张脸的眼皮，凸出的眼睛从鼻梁一直延伸到太阳穴，那纤细的、肘部半弯的胳膊，看起来仿佛是弱鸟的翅膀。

"可是怎么办呢？"伊莉莎克制着自己，说出了最重要的问题，"怎么办呢？我是由另一个女人喂大的，而我因此变笨了！她有一个女儿，叫瓦尔达努什。你真该看看她的样子！"她又一次朝受难者转过身去，想让他作见证。

"她是个斜眼，而且似乎根本就是个傻子，说出来的话驴唇不对马嘴，啥也不懂得，当她看着你的时候，两只眼睛就朝两边分开，就像是被磁铁吸到两边的太阳穴上了。我已经像她一样笨了，会不会有一天，我的两只眼也变成那个样子？"她绝望地问出这句话，沉默了。

她没有得到什么回答，伊莉莎也并不指望他回答。她仔细聆听了自己的独白，明白这种肺腑之言不仅没有丝毫的用处，反而还让自己更心痛了。她又号啕大哭起来，气恼愤恨，肝肠寸断。然后她突然停了下来，让脸沐浴在从窗户上投下来的光里，唱起了奇异又忧郁的歌谣，错乱的气息和抽噎时不时地打断她的咏唱。她似乎是从某个词语中得到灵感，然后把它放进了长长的歌词里。她的声音居然很是浑厚优美，它像是刚从一个厚实的茧里挣脱了出来，张开翅膀飞了出去，让自己充满了小教堂的整个昏暗空间。它似乎不是从人的嗓子里发出来的，而是从肋骨下面的某个地方流淌出来的，这个地方曾经挨过重击——一个愚蠢的少年用拳头捶了她。她想起了这件早就被她遗忘的事情，于是开始拉着长音讲述她挨打以后的事情。当时，她呼吸暂停、眼前发黑，顺着墙壁滑了下去，觉得自己就要死了。那个少年被她苍白的脸色吓坏了，朝她俯下身来，问道："你咋了？"她坐在那里，感觉打过蜡的地板是那样冷，自己连动一下的力气都没有。她恐慌地看着眼前的一切：自己的裙摆掀起来了，露出一条揉皱了的棉纱长袜，而这条袜子是用橡皮筋固定在腿上的。她只担心其他学生看到这一幕以后会哈哈大笑。他注意到她的目光，迅速整理了她的裙子，盖住了那条长袜。最后，她终于能呼吸了，蓄足力量用靴子踹了他一脚。他敏捷地跳开，笑了一下，抓着她的衣领用力往上一拉，帮她站了起来，然后轻轻地推了她的背，叫她离开。

唱完歌以后，伊莉莎惊奇地发觉自己的心里舒畅多了。既然唱歌能让她得到安慰，她决定以后可以时不时地到教堂里来一趟，为自己而唱。在回家的路上，她觉得自己恐怕又要挨一顿打，而这一次挨打的原因是"偷跑出去，直到半夜才回"。她没有被这个想法吓倒，也没有害怕——打就打吧，又不是第一次了，疼一会儿就会忘的。然而她很走运，母亲在医院里加班，很晚才回来。当母亲回来的时候，她已经蜷缩在披肩里睡着了，两只冰凉的手插在短上衣里面。母亲在她身边躺下，给她们两个人盖上被子，绝望地流泪。她把鼻子埋在女儿的头发里，闻着她发间那秋日落叶和烟雾之风的气味，痛哭自己那悲苦的寡妇命运，悲叹这暗无天日的生活。在她的人生中只有无尽的绝望和繁重的体力劳动，别的什么也没有。

伊莉莎很早就结婚了，出嫁时刚满 17 岁。在那之前，大姐和二姐都已有了孩子，她作为"双料"的阿姨，经常帮姐姐们照看孩子。母亲满意地看到，尽管小女儿在学习上很不开窍，但是她会成为一个优秀的妻子和主妇。这是肯定的：大自然没有赋予伊莉莎对知识的渴望，但给了她加倍的奖赏，使她善于持家，勤勉能干。她能够轻轻松松地做完所有的家务活，比如清洗、刮擦、研磨、缝补、编织、做饭、烘烤，并且一点也不喊累。十年过去了，那座老房子早已变得破旧不堪，但多亏了她的努力，房子渐渐恢复了原来的样貌，仿佛重振了雄风。太阳光斑在用水洗了三遍的窗户上不停地跳跃；刮去了多年泥泞的阁楼闪着干净的光芒；除去了锈层的木柴炉子看起来光亮如新，简直像是刚刚放在铁轨上的蒸汽机车，就剩吹起喇叭动身上路了；清理了去年堆积下来的腐烂的落地果，拔除了野蛮生长的杂草，菜地在秋天喜获丰收。母亲想要炫耀一下收成，为了庆贺，差点请来了医院里的所有员工。外科护士长也来了，她是为了给自己的儿子相看伊莉莎。她用挑剔的目光打量着明亮干净的房子，尝了尝用山茱萸汁做的鸭子，夸赞了一番，然后开始向伊莉莎索要食谱。伊莉莎得到了别人的注意和夸赞，感到非常高兴，就在她天真又详细地讲解菜谱的时候，母亲一下子就猜到了护士长的真正用意，毫不犹豫地说起了挖苦话："你已经确认了吧，这菜是不是她做的？"

未来的婆婆一点也不尴尬，也没有觉得自己被冒犯，耸了耸肩说道："谁知道呢，万一这是你做的呢？所有妈妈都会把自己的孩子夸得像朵花一样。"

伊莉莎本想反驳说，她的妈妈正好就很少夸奖她，但她及时止住了话头。这并不是因为她捕捉到了母亲示意性的目光，而是因为，她头一次明白了一件事：在任何情况下，她都不会允许自己向别人抱怨妈妈。

过了两周，在提前约定好的某个周六，媒人们前来介绍两个年轻人认识。如果一切顺利的话，他们会正式宣布订婚。伊莉莎立刻就喜欢上了自己的结婚对象：他叫季格兰，名字很高贵美丽，长得也很不错，个子高高的，蓝眼睛，留着细细的小胡子，还有一头粗硬浓密的卷发，但因为他贪图省事，把头发剪得短短的，使他的脸上有了一些像孩子一样真诚的表情。年轻的伊莉莎不太了解成年人的生活，对于夫妻和家庭关系更是一无所知。她在"女儿国"里长大，身边只有两个姐姐、母亲、堂奶奶（夏天的时候，她会把伊莉莎带到自己的村子里住一个月）、在战争中失去丈夫的女邻居们。在跟她同班的女同学里，只有三个人有父亲，其他的女生都没有得到过男性的养育，因此对于"男人在家庭中扮演的角色"只有模模糊糊的一点概念。在她们眼里，学校里那些男孩子不值一提，完全不是女孩子想象中的那种高尚男性。伊莉莎照看外甥们的时候，曾偷偷地观察过姐姐们的生活，但是因为她天生害羞，优柔寡断，她没有跟姐夫们说过多少话，最多只是打打招呼，说点问候身体的话。她看到的都是母亲独身一人的孤苦，以及邻居们繁重的劳作，因此在她眼里，家庭生活就是操不完的心和愁不完的责任。

尽管季格兰长得很讨人喜欢，但是他的脾气非常暴躁。他还很年轻，只有 23 岁，但已经成功地当上了集体农庄大队的队长，很受上司赏识。他不喜欢伊莉莎，根本不可能喜欢，因为他那颗年轻的、追逐爱情的心里，装着另一个女人，他们二人有过长达 3 年的恋爱关系。这个女人比他大 12 岁，生过两个孩子。她悉心照顾自己的残疾老公，因为丈夫在战争中失去了一只手。作为妻子和母亲，她既温柔又有爱心，对孩子无微不至。她坚决不同意离婚，这使她的情人季格兰遭受了巨大的痛苦。他求她抛弃丈夫，他保证与她结婚，还承诺会关心照顾她的两个孩子，但她都挥手拒绝了——"一切都好得很，干吗要离婚？"

"那我对你来说算什么？"他用拳头捶着桌子。

"你慰藉我的灵魂。"每次她都会这样回答，发出响亮的笑声，美丽的、长着火红色卷发的头向后仰着，用窄窄的手掌遮住自己的脸。她的手指格外长，像是用蜡捏成的。在这种时候，季格兰真想杀了她。他把她搂到自己身边，抱得紧紧的，想让她知道什么是痛。她痛得叫出声来，但还在大笑，用自己的嘴唇去触碰他的。她的眼睛变暗，成了无底的深渊，脸色惨白，甚至显出了小小的粉色雀斑。她用自己那被风吹得稍显粗糙的丰满嘴唇亲了亲他，叹息着说："很痛呢。"

"我也痛。"他回答道。

她的名字叫舒珊①，在亚美尼亚语中，它的意思是"百合花"。她也正像百合一样——奢华、明媚，很有女人味，散发着花香，穿着打扮昂贵而时尚，不符合当地的标准。多亏了外祖母的帮助，她一点儿也不缺钱。在逃脱大屠杀的时候，她的外祖母奇迹般地想到了一个主意——把一个装着金币和稀有珠宝的小袋子藏进了儿子的褓褓里，自己则戴上了那些不怎么珍贵的银饰品。她认为，这样可以转移那些押解兵的注意力。依靠屠戮和谋杀，土耳其帝

---

① 译者注：即前文中提到的女记者舒莎尼克·阿米良。

国夺占了亚美尼亚的土地，并将那片土地中心的亚美尼亚人流放到了土耳其空旷的郊区，押解兵负责的就是看守和运送流放人员。结果是这样的：就在出城的时候，押解兵抢走了古老又富丽的腰带、手镯和沉重的项链，用枪托猛击她的大肚子（分娩过后，她发胖得很厉害，看起来像又怀孕了似的），但放过了她和她的女儿。当时年仅 5 岁的女儿虽然吓坏了，但仍然紧紧抱着裹在脏襁褓里哇哇大哭的弟弟，只是姿势有点笨拙而已。那个男婴死于伤寒，但小姑娘却长大成人了，嫁人后生下了四个孩子，其中年龄最大的一个就是舒珊。

外祖母顽强地保存着幸存下来的财宝，防止苏联政权把它们夺走。直到战争结束之后，她才开始一点点地向古董商和收藏家们出售这些宝贝，为了售卖珠宝，她总要专门跑到埃里温去。她知道这些装饰品的真正价值，因此报出了极高的价钱，忘乎所以地讨价还价，并且总能取得胜利。回家的时候她扬扬得意，给所有家庭成员都带上一份礼物。因为大外孙女舒珊长得和她一模一样，所以比起其他人，她格外宠舒珊。舒珊拥有的所有东西都是最上等的：从被遣送回国的人那里买的法国纯羊毛连衣裙、皮草夹克、紧窄的皮手套（手腕处用珍珠扣子扣得紧紧的）、华丽的帽子、昂贵的化妆品、柔软贴肤的丝绸床品、从相熟的鞋匠卡尔斯（专门为土耳其官员和亚美尼亚富人做鞋）那里定制的时兴鞋靴。这位几近失明的老鞋匠已经很久不工作了，但他没法拒绝这样一位忠实的老客户，因此他摸索着拿起针、锥和钩，为客户的外孙女创造了真正的杰作。他的直觉非常敏锐，早在新的时尚潮流到来之前就猜到了鞋尖和鞋跟的形状。

舒珊穿着明显不属于这个地方的鞋子，踩着非凡的美丽走在难以通行的泥泞路上，一点儿也不觉得可惜。女人们用嫉妒的眼光目送她离开，苦涩地看着自己脚上那双丑陋的矮皮鞋，报复性地想出了许多荒唐的谣言。在这些谣言里，只有一个是真的——舒珊确实有个年轻的情人。不过，在贝尔德这样的守旧小镇里，新闻的传播速度远比谣言快。女人们叽叽喳喳、花花绿绿的闲话张开翅膀飞往大家的院子，竭力挤进每一个厨房的通风窗户里，但在此之前，人们就已经对这些闲话感到厌倦了，不耐烦地挥挥手，像在驱赶一群恶心的苍蝇。

人们在传播出轨的消息时，总会压低声音，还要用上嫌恶的语气。对于不忠，尤其是女性的不忠，人们的态度是强烈的谴责，要竭力让犯错的人遭受到难以洗刷的耻辱。任何一个女人在落到类似的丑恶境地时，要么把自己掐死，要么在出门的时候让自己变成一个无声无息的影子，连眼睛都不敢抬一下。任何一个女人都会如此，除了舒珊。她从出生起就有了独立的性格，从来不在乎邻居和熟人的看法，她觉得怎样生活更合适，就怎样生活。季格兰的妈妈前来指责她，求她不要再扰乱季格兰的生活，她勃然大怒，疾言厉色地说："这是我的生活，我想怎么活就怎么活。我没拦着您的儿子不放，更没有逼迫他！是他自己愿意到我这里来的！"

舒珊没有把这件事告诉季格兰，倒是季格兰的妈妈在又一次劝儿子看看某个女孩子的时候，不小心说漏了嘴。季格兰怒不可遏，要求妈妈再也别干涉他的个人情感生活。

"在该结婚的时候，你居然和那么一个淫妇搞在一起！"季格兰的母亲负气地骂道。

"这是我自己的事！"季格兰斩钉截铁地说。他匆忙穿上衣服冲出家门，连衣服袖子都穿错了。他的母亲暗中注意到，他没理会那个非常具有侮辱性的词汇，心中稍稍有些振奋：这说明，儿子在内心深处也知道舒珊是个不正派的女人，他也知道自己正在犯错。

在媒人让季格兰和伊莉莎见面之前，季格兰与自己的情人之间爆发了又一次争吵。季格兰照老样子妒忌情人的丈夫，要求舒珊抛弃那个残废老公。同样地，舒珊的拒绝也是一成不变，仍然是那种傲慢又讽刺的方式——将香唇送到季格兰面前，用一个吻来平息争吵。但是这次他不仅粗暴地推开了她，还挥起了拳头。她立刻感觉受到了侮辱，打了他一个响亮的耳光，把他赶了出去，还要他从此再也别上门来。季格兰几次试图与她和好，但是舒珊一直不为所动，在最后一次的时候，她甚至丢下一句特别伤人的话："没有谁是不可替代的，我能找到别人。""你已经找到了？"季格兰极不舒服地皱起了眉头。她耸了耸肩，答道："你就当作我已经找到了吧！"

季格兰知道，她说这些话只是在愚蠢地虚张声势罢了，但还是气得要死。在这件事发生后的第二天，伊莉莎的妈妈在自己家里举办了一场夸耀女儿的聚会，又过了两周，季格兰家就来说媒了，由此两个年轻人才见了面。

伊丽莎与舒珊完全相反——她身材矮小纤瘦，骨骼突出，栗子色的头发紧紧地绾成一个沉重的结，每当她羞怯地微笑时，都会露出一排参差不齐的上牙。她身上散发着甜到发闷的香水味（香水是她向母亲求来的），但就连这种廉价的香水也无法盖住乡村生活带给她的浑浊气味——面包酵母的酸味怎么也摆脱不掉，更别说还有一种葵花油炒蔬菜和大蒜的味道。她早就猜到了这一点，所以对自己朴素的外表感到万分羞愧，简直不知道要怎样掩饰自己的慌乱才好。她紧张地整理着针织外套的袖子，一会儿卷起来，一会儿又全展开。最后，两个年轻人被留在了阳台上，这样他们不仅可以互相认识一下，还可以仔细看看对方的样子。

10月太阳的柔和光线，穿过缠绕在木质拱门上的葡萄藤，厚厚地涂抹在木地板上，绘出斑驳的图案。没有偷到面包屑的麻雀们绝望地叫着。风在院子里盘旋，散发着海藻和峡谷里滚烫的石头的味道，这种微咸的气味是人们打小就闻惯了的。季格兰仔细地研究了伊丽莎一分钟，双手很随便地插在裤子口袋里，身体前后摇晃。而伊莉莎则拘谨地站在那里，不敢低下头，但也不敢抬起眼睛看他。她的脸真诚而干净，发际线低，颧骨突出，下巴又尖又短，因此整张脸看起来很像睡莲的心形叶子，上面还带着害羞的红晕。

"所以说，你的名字叫伊莉莎！"他不是在询问，而是在陈述事实。

她点了点头。

"你不想问问我叫什么名字吗？"

她回答道："我都知道了呀，干吗还要问呢？"她微微拖着长音，听起来像是在唱歌。

他哼了一声表示同意——确实啊，干吗还要问呢？

他的心还在哀叹着、怀念着舒珊，怀念她纤细的长手指和束在脑后的红色卷发——她喜欢把她那火红的头发高高地扎在一起，露出美丽的、满是女人味的肩膀，桀骜不驯的碎头发在乳白色的脖子上、小小的耳朵后打着卷儿。

季格兰克制住自己，问道："嫁给我，好吗？"

伊莉莎终于抬起眼睛看了看他。她那温存的目光扫过他的脸庞，就像在用手掌抚摸一般。他畏缩了一下，好像真的感受到了这种触碰似的。

她迟疑了一下，低声答道："好。"

婚礼在 11 月底举行。伊丽莎用准婆婆送给她的一块银色塔夫绸做了套婚纱。婚纱的款式是她在一本波兰时尚杂志（姐姐奇迹般地给她买到了一本）上看到的。20 世纪 60 年代，女人的礼服变得非常短，几乎只能遮住大腿的一半。在偏远的省份里，人们不可能接受这么短的裙子，所以伊丽莎决定穿一件裁剪简单的过膝铅笔裙，在腰间束一个大蝴蝶结，脸上蒙着长长的华丽面纱，几乎能碰到肩膀。

在准备婚礼的一个月里，她和季格兰只见过两次。第一次见面时，他们在小镇里散步，两人之间保持着相当大的距离——这是伊莉莎要求的，季格兰哼了一声表示同意。第二次见面的时候，他们一起去看了拉兹·卡普尔执导的《流浪者》①。季格兰毫不犹豫地取笑了自己的未婚妻："我应该坐在你旁边，还是坐在电影院的另一头？"她害羞地摇了摇头。播放电影的整个期间，她不停地看着屏幕上的动作，渴望季格兰牵起她的手，但他没有。告别的时候，伊莉莎鼓足勇气，说出了那句她想了一路的话："我也会像丽达那样等着你，万一你……"她停了下来，搜寻着合适的词语，"万一你出事了。"

"哪个'丽达'？"沉思的季格兰回过神来。

"电影里那个。"

他讥讽地扬起眉毛，但碰到了她专注的目光，于是正色道："你是想说，你爱上了我？"

她摇着头，从扎得紧紧的马尾辫里抓起一绺栗子色的头发，习惯性地缠在手指上，再扯下来。

"我想，确实是这样。"

她那种诚恳的坦率打动了季格兰。生平第一次，他感兴趣地打量着她，注意到她那杏子色的皮肤和两颊上的两颗动人酒窝。他想摸一摸她，甚至想象着，如何用手滑过她的脖颈，而她则闭上眼睛，听话地歪垂着头，迎合着他滑动的手指，雪白的皮肤上起了小小的鸡皮疙瘩。还有她火红色的头发……他停止想象，迷

---

① 译者注：1951年的印度电影，影片中，被指控杀人的拉兹得到了丽达的爱和帮助。

茫地眨了眨眼睛，不明白为何舒珊的音容笑貌如此纠缠不休，甚至取代了未婚妻的形象。为了掩饰内心的困惑，他说了句普普通通的话（过后他根本想不起来自己说了什么），一边生着自己的气，一边伸出手与她告别。她把握成小勺子状的手塞进他的手中，而他则傻里傻气地抓得很紧。她"哎哟"一声，害怕地抽回了手指。

伊莉莎记忆中的婚礼忙乱不堪，喧闹拥挤，而且没完没了。她的婚纱比预想的更短，只好羞耻地把裙边往下拉，盖住膝盖。背上的蝴蝶结很扎人，把她的皮肤磨得生疼，只要她一低头，那块缝着凸花边的沉重面纱就会滑到她的额头上。季格兰眼看着她一直在受罪，小声说了句"别乱动！"，把她的手拿开，不让她继续拉裙边。她的手像冰一样凉，他只好牵着她，用自己的手温暖她的手。他的触碰灼烧到了伊莉莎，她屏住呼吸去习惯这种充满幸福期待的新感受。祖尔纳管①的声音吹得很响亮，宴会主持人絮叨着冗长又没有意义的祝酒词，喝醉酒的客人们没有打断他，但也没认真听他说话，不停地交头接耳、偷偷发笑。伊莉莎的妈妈和邻居们端走吃光了的盘子，重新装满热气腾腾的肉块汤、用坚果炖的豆子。菜肴实在太丰盛，孩子们都吃累了，打起了盹儿。

窗外的夜晚追上了昏暗的雾气，下起了湿漉漉的雨，弄弯了冻坏的树冠。伊莉莎忧郁地想起了即将到来的冬天。她向来不喜欢冬天。她渴望做那件总能给予她安慰的事，但手边既没有纸，又没有笔。为了平息内心的不安，她闭上眼睛，开始想象自己如

---

① 译者注：祖尔纳管为木管乐器，外形与双簧管或中国的唢呐相似。

何拿起一支削得锋利的铅笔，画出两只骨节突出的大手。不同于她的父亲，季格兰的手指粗短坚硬，手掌扁平呆板。这让她有点失望，她很希望丈夫的手掌能像爸爸的一样。

在婚礼前一天，姐姐羞涩地咯咯笑着，匆匆忙忙地讲了新婚之夜的注意事项。但初夜留给她的只有令人刺痛的羞惭——这是她第一次在一个男人面前脱得精光，也是第一次看到男人的裸体。她还感受到了火辣辣的疼痛，就在他插入进来的那个地方。尽管她没有什么经验，心里还害怕，他也没有多么怜香惜玉。在那之后她流了两天血，量很大，像是来了月经一样。婆婆感到非常不安，禁止儿子再碰年轻的妻子，甚至打算带她去看医生。不过到了第三天她就好了，这让所有人都松了一口气。

伊莉莎开始在自己人生的画布上绣花，绣得小心翼翼，针脚细密。她很快就与丈夫的母亲、爷爷、奶奶处好了关系，但丈夫的小妹很看不上她，觉得她配不上自己的哥哥，所以她和小姑子怎么都找不到共同语言。不过她并不怎么在乎这个，更何况小姑子在埃里温的语言学院上学，只在放假的时候回家。

早在季格兰与伊莉莎相识的那天，她就爱上了他。那时他站在阳台上，身上落满秋日的太阳光线，前后摇晃着，用嘲讽的眼神仔细打量着她。而她呢，一边害怕给他留下不适当的印象，一边为香水喷得太多而感到羞惭，像个女学生一样，战战兢兢地不敢抬头看他。她知道他那段恋情——妈妈告诉她的。妈妈说这件事的时候，故意用了轻描淡写的语气，仿佛只是顺口一提。没等女儿冷静下来，她又说每个男人都是这样：等到身边有了恩爱而忠诚的妻子，男人就不会再乱搞男女关系了。

"你确定每个人都是这样的吗？"伊莉莎问。

"那是当然。"

除了相信，她别无他法。

在认识季格兰之前，她经常在街上遇到舒珊。每次伊莉莎都会转身看着舒珊，带着孩子气的热情和赞叹，注意到她的美丽和从容。正因为这份从容，哪怕她在淳朴的乡村环境中穿着如此华丽的衣裙和鞋袜，也不会显得荒唐。但订婚改变了伊莉莎对待情敌的态度。她开始妒忌舒珊，甚至有点害怕舒珊，因为她清醒地知道自己的分量。她算什么？只是一个普通的农妇，在集体农庄的牛舍里工作。她一到那里，就被分到了一只小牛犊，她带着收拾家务的热情给小牛洗刷身体。对于未来，她没有任何充满野心的计划，也没什么追求。她只知道自己有一天会出嫁，然后投身于家庭之中，这就是她的使命。

而舒珊与她截然不同。很多人觉得舒珊很傲慢，目标又过于坚定。什么都无法摧毁她的自信心：儿子们到了青春期，变得越来越不听话了；丈夫是个残疾人，尽管他身体残疾又没什么钱，她还在用自己的方式爱着他，也并不打算抛弃他；不久之前她过了35岁的生日，这可是女人们的一道坎，再过不久就要被残忍地视作老妇人了。可是，这些在舒珊那里都不算什么。她在当地的报社里做编辑，写了很多言辞犀利的讽刺小品文，每次她发表新文的时候，人们总会高兴地读上好几遍，品评一番。她也抽烟，不光烟瘾大，还挑剔烟的口味。就算她的嘴里叼着一支燃烧的香烟，摆出好笑的鬼脸（每次她坐在打字机前面敲键盘的时候，都会变成这样），也不会减损她一丝一毫的美丽。尽管她的外表"不接地气"，但她骨子里还是一个当地的女人，不仅对贝尔德镇的风俗传统了如指掌，还很清楚当地人内心深处的自卑，因此她毫不留情、开诚布公地写着这座小镇的点点滴滴，并不在意读者们的感受，但毫无疑问，她接受这座小镇，也爱着它。因为这份爱，乡亲们原谅了她的做作，而对于她那种生活作风（换作是其他任何女人，都会尽量避免的），人们也睁一只眼闭一只眼。

伊莉莎很清楚自己与舒珊之间的鸿沟，只能绝望地挣扎着，像等待判决一样，等着季格兰再次回到舒珊身边的那一天。她从不跟任何人谈起这件事，因为觉得这样很不体面。有一天，她终于冒着风险跟婆婆倾诉了自己的怀疑，那时她已经怀孕了。婆婆扬起眉毛，惊讶地咂着舌头，用一个问题打断了她："他爱你吗？"

"嗯……是的。"伊莉莎有点难为情。

"那你爱他吗？"婆婆追问道。

"当然爱！"她很惊讶婆婆居然会问这个问题，难道答案不是很明显吗？

"那么，你不应该对我的问题感到惊讶，你应该惊讶的是，你满脑子都是那个已婚的女人，她根本就是个外人，而且她的年龄都可以当你的妈妈了！"

这次谈话虽然没让伊莉莎平静下来，但也给了她一点安慰。很显然，丈夫的母亲是站在她这边的，这是非常重要的事情。亚

128

美尼亚家庭中的女主人，就像国际象棋里的皇后一样，是最强大的棋子，谁能掌控这颗棋子，谁就一定能获得胜利。

婚后伊莉莎只遇见过一次情敌，那时她正好去了妇科做例行检查。舒珊从医生的办公室出来，笑着说了一个故事，而伊莉莎正在接诊处排队，她有点慌张失措，没等舒珊离开就站了起来，走进了办公室。舒珊撑着门让她进去，双眼呆滞地看着她五个月大的肚子，脸上有一瞬间的失神，但很快就控制住了自己，与医生道别后急匆匆地离开了。从她突然变得低沉的声音和高跟鞋在医院走廊的破木地板上敲出的纷乱声响，伊莉莎意识到：舒珊心里很痛苦。她的心里突然充满了令人欣慰又羞愧的胜利感。"每朵花都有开得更艳的时候"，她报复性地想着，兴冲冲地奔向情敌刚刚躺过的那张两边岔开的妇科检查椅。医生把凉凉的手指头伸进她身体里，用另一只手轻轻地按压她的上腹部，询问她的感受。她认真地回答了他的问题，但心中还在固执地重复那句话："每朵花都有开得更艳的时候。"

季格兰出轨的事情根本没能瞒住她。他疲惫不堪地回到家里，像往常一样散发着湿漉漉的草和麦穗的味道，沉重的棉袄上带有汽油味，从鞋底到鞋帮上满是泥土。她探身向前抱了他，他生气地向后退了一步，甚至还皱起了眉头。她倒是没有看到他嫌弃的样子，但整个身体都感受到了他的抗拒。而他终于醒悟过来，歉疚地半搂半抱着她，嘴里絮絮叨叨地辩解道："你身上有牛舍里的味儿。"

那天是她休产假前的最后一个工作日，她决定尽可能打扫得干净一些。她从食槽里刮下腐烂的干草，仔细清理动物产房，打扫、清洗了两次木地板。在告别这里之前，她花了很长时间打理那头快要分娩的奶牛。它勉强而疲倦地呼吸着，头侧倚在牛舍的横梁上，肚子几乎垂到地板，乳房肿胀，乳头上渗出了乳汁。伊丽莎试图让奶牛躺下，但奶牛非是不躺，只短暂地叫了两声，转过头来，让另一边脸靠在横梁上。她抚摸着奶牛的背，还有那有时使它轻微抽搐的、隆起得过于厉害的腰腹部，以及那又长又密的睫毛和柔软的嘴唇，低声说道："亲爱的，忍一忍，很快就好了，快了。"母牛让她想到了自己——一个无助而笨拙的女孩，发现怀孕后的身体居然变得如此陌生而丑陋。她吓坏了，甚至禁止自己接近以前最喜欢照的大全身镜。

从她怀孕七个月以后，季格兰就没有碰过她，解释说是担心"万一不小心造成什么伤害"，伊丽莎对他非常感激，因为她为自己发胖而笨拙的身子感到羞耻，不想让他看到自己这副样子。但她很渴望得到丈夫的温暖，这是她平日里已经习惯了的。所以她就连在睡觉的时候也不放开他的手，到了白天，只要别人没看见，她一定抓住机会拥抱他，踮起脚尖，让他的唇吻在自己最爱的那颗酒窝上。她恳求丈夫散开头发，每天早上给他梳头，让梳齿卡在他浓密而细小的卷发里。每当她用梳子扯得他头痛时，他都会深深地皱起眉头，但还是忍住了。这是她最喜欢的晨间仪式——他用危险的剃刀片刮着脸颊上的胡子，把灰色的肥皂泡沫抖进洗脸盆里，而她则趁他不动的时候，伸出手来梳理他的头发，还要时刻准备着，只要他一动，她就把手抽回来。

当他退后一步，尴尬地念叨说她身上有牛舍的味道时，伊莉莎一开始感到很迷茫，小声说了一些抱歉的话，后来才意识到自己已经洗过澡、换上干净衣服了。那天晚上她睡在了客房的沙发床上，面对婆婆的询问，她只说不想打扰季格兰睡觉。她的解释没有引起任何家庭成员的怀疑——最近伊丽莎的胃里总是烧得慌，所以她经常半夜起床给自己煮薄荷水，要么就吃一把核桃碎来缓解不舒服的感觉。她把头埋在被子里面，倾听房子睡着了的声音（它听起来一点也不像她小时候那座舒适的房子，那种沙沙声让人震惊和恐惧，好像它一直被什么东西困扰着、折磨着似的）。她一边听，一边想自己该怎么办才好。她第一个冲动的念头是抓紧收拾行李，回到母亲身边。但最终理智占了上风，她禁止自己做任何冒失的举动，决定要先证实自己的怀疑，再采取最终的行动。

伊丽莎的直觉让她失望了：在她猜到季格兰出轨时，他已经与舒珊偷情很久了。婚前他从不隐瞒两人之间的关系，但现在，为了不让怀孕的妻子失望，同时不让家里人发怒，他不得不格外小心对待。他和舒珊像从前那样，在她工作的地方见面。那家报社位于一幢古老小别墅的二楼，里面有很多宽敞的房间。小镇的主路上有两座这样的别墅，它们看起来完全一样，都是坚固的石头建筑，有高高的、洒满阳光的窗户，这些窗户与用红色瓦片铺就的屋顶和回声很大的门厅很不相称。曾经，有一位乡村建筑师心血来潮，用银色的壁柱来做房子的装饰，而现在这些壁柱已经彻底褪色了。在革命之前，这两幢别墅属于玛伊连公爵，他依靠花天酒地的生活，顺利地花掉了父亲留给他的巨额财富，并在晚年时彻底变成了一个傻子。在所有的遗产中，没被他挥霍掉的只有这两栋房子、一个公共庭院和一家废弃的农场。据说公爵的家人曾经住在第一座别墅里，而第二座别墅是公爵自己的住处，除了仆人以外，无论谁想进去都要提前预约。革命后，人民政权接管了这两座别墅，其中一座在30年后成了报社和图书馆的所在地，公证处和陆海空军志愿后援协会则占了另一座。公爵在精神病院里走完了人生最后的时光，而他的家人在亚美尼亚第一共和国垮台后搬到了贝鲁特[①]，在那里，这个家族最终销声匿迹。

晚上七点，季格兰来到编辑部。到了这个点儿，那里的员工都已经走光了，只有舒珊找了个要写完文章的借口，留了下来。季格兰穿过荒芜的街心公园，从别墅尽头的办公室入口溜了进来，直接跑去了二楼。她正在那里等他。每一次，当他出现在她办公室的门前时，他都会屏住呼吸，把手掌放在胸前，抑制住自己的心跳——他的心跳得那样响，甚至盖过了舒珊那台打字机的噼啪声。她从座位上一跃而起，跑到他面前，伸出双手搂住他的脖子，向后仰头注视着他的眼睛，急迫地说："来了？你来了？""我来了！"他抑制住激动的心情，用力呼出一口气。经过长期的分离，他们二人的情感获得了新生的力量和崭新的意义。他现在再也不吃她丈夫的醋了，而她则在分开的这段时间里看清了自己的心，

───────────

① 译者注：贝鲁特是黎巴嫩的首都。

也就不再用自己的傲慢来折磨他了。每一次的相会，都让他们两人的心中充满幸福，毫无疑问，不可辩驳。

因为他们都不受良心的折磨，所以也就不会毫无意义地互相指责，更不会让这短暂拥有的几个小时变得阴暗、忧郁。在这之前，哪怕自己爱的男人身边出现了另一个女人，舒珊也毫不在意，就像伊莉莎根本不存在似的。但是有一天，一切都变了——她在医院里撞见了怀孕的伊莉莎。舒珊去医院是因为她很久没来月经了，这让她有些担心。医生的话给了她安慰，她松了一口气，还在收拾东西准备离开的时候讲了一件发生在她小儿子身上的趣事。在门边看到伊莉莎的时候，她被打了个措手不及——伊莉莎怀孕的事实把她弄糊涂了。生平头一次，她的心中充满了懊丧和妒忌，五味杂陈。季格兰一直没有把他妻子的情况告诉她。尽管舒珊知道，他这样做其实是为了保护她，但心里还是伤得不轻。在那一整个工作日里，她无所事事地坐在打字机前，一根接一根地抽烟。快到傍晚的时候，她的腰部酸痛，下腹部也开始隐隐作痛，于是她借口身体不适，请假回了家。期待已久的月经终于来了，但她的心里并不轻松，反而满是苦涩和忧伤。就在这时，她才终于对自己承认，她不愿意再次拒绝他，拒绝她爱的这个男人。现在，只要能永久得到他的"个人使用权"，她愿意付出一切。

与往常相反，行将离去的11月显得异常和煦、灿烂。被这份温暖所欺骗，公鸡又开始摆出一副趾高气扬的样子，而母鸡重新下起了蛋。一些乡村里的黄雀搬去了温暖的河流下游，在人们的院子上空盘旋；峡谷边上盛开了淡蓝色的雪花莲；海水散发出的咸盐气味比往常更厉害了；卷曲的锦葵丛和荨麻丛遮住了两边的路肩。

伊莉莎特别想喝绿叶汤，但不好意思让年老的奶奶去采摘荨麻，只好亲自出马。她想出了一个跪在荨麻丛旁边采摘的好办法（大大的孕肚使她没办法弯腰），采了很多绿叶菜，量多到让人难以置信——只用了半个小时，就装满了一整个围裙。最终熬出来的汤浓郁黏稠，香得不可思议。老人们往汤里倒了大量的用大蒜和马楚纳做成的酱料，一边吃，一边不停地夸赞；爷爷在给自己加汤的时候，还瞅准机会巧妙地插话说，秋天的荨麻总是比春天的荨麻好吃。

"为什么呀？"伊莉莎一边把黄油涂抹在面包片上递给老人们，一边好奇地问道。

爷爷本想回答，却被奶奶抢了先。她先朝孙媳妇慈祥地笑了笑，露出没牙的嘴，然后又朝拿着长柄勺的丈夫微笑了一下，喃喃地说："这些荨麻就要去世了，在这之前，它们想要好好地呼吸一下空气，所以会努力生长。就像我和你爷爷一样。"

伊莉莎不知道该回答什么才好。她静静地喝着汤，把头低低地埋进汤碗里，偷偷地擦去盈满眼眶的热泪，无声地抽着鼻子。她特别可怜这两个老人家，但更可怜自己。从表面上看，她的人生可真是不能更圆满了：无论是哪个女孩，都会梦想嫁到这样殷实的家庭，更别说老人们慈爱又疼人，还有个愿意随时提供帮助和支持的婆婆。就连儿子（她确信肚子里的是个男孩，所以请求大家准许给儿子起名叫卡连，好让自己的母亲高兴）也像是感受到了她的情绪似的，没怎么折腾她，甚至可以说是爱惜她——很少在她肚子里动，就算动了，也动得很小心。只可惜，跟季格兰有关的所有事情都很复杂、很磨人。

从那天开始，她一直睡在客房的沙发床上。第一天夜里，她等着丈夫请她回卧室里睡觉，但快到清晨的时候，她却拒绝了前来找她的丈夫。根据他的表现——迅速移开的目光，几句怯懦的抱怨——她彻底地证实了自己的怀疑。

现在的伊莉莎什么都愿意做，只求别跟季格兰单独相处。她的表现和往常相比没有任何分别：对丈夫殷勤照顾、殷切关心，给他洗衣、熨烫，送他上班的时候，还照老习惯在阳台上站着，直到他消失在邻居的栅栏后为止。但这只是她专门做给老人们看的戏。伊莉莎在内心深处划了一条线，别人看不见，但丈夫却看得清清楚楚，不可越雷池一步。季格兰确信妻子并没有发现他与舒珊复合的事情，只把妻子的冷淡归结于"怀孕"。伊莉莎近乎疯狂地思索着接下来的办法。她没法跟任何人商量——两个姐姐和她没有建立起多么融洽的关系，她也不想让母亲失望，更不愿意让两位老人和婆婆受刺激。她的潜意识仿佛是可怜她和她未出生的孩子似的，暗自降低了她对痛苦的敏感度，因此她没有像其他处境相同的女人那样痛彻心扉。不过，面对这样大的伤害和侮辱，她同样无法释怀，无法就此放过。

她现在常常回忆生物课上的事情：她用手支着脑袋，研究挂在墙上的一排昆虫标本框。看着那一个个干瘪的小尸体，她的心中泛起一种复杂又难过的感觉，既感兴趣，又十分憎恶。当她还是个小女孩的时候，她曾故意挖开伤口，想要观察被鲜血气味吸引来的苍蝇，会如何用颤抖的口器急促地吸取流出来的血液。而现在，想要努力走出困境的伊莉莎，感受到了和当年差不多的心境——她仿佛是在一个钥匙孔里看到了一种既恶心又吸引人的东西。负罪感让她辗转难安。她毫不怀疑，她和这件事有很深的关系，而这至少是因为她在知道季格兰旧情未断的情况下，还放任自己掺和到这件事情里来。有时候她觉得自己就像学校里收藏的那些死昆虫，被特制的大头针定在那里，周围还有小心地包裹上去的棉絮。从旁边看去，那一切都美丽而高雅，但实际上却恶心得很，让人只想赶紧转身离开。

每逢周末，伊莉莎都会带着自己做的一些饭菜去看妈妈。自从妈妈开始一个人过活之后，她就再也不做饭了，靠吃三明治勉强度日。家里的房子渐渐地又变回了从前那副样子，无人问津，荒废不堪。每当伊莉莎看到那些许久没擦的窗户和天花板上挂着的蜘蛛网，都会许诺说一定会抽出时间过来打扫，但是妈妈只会耸耸肩说："这样就行，凑合着住吧。"然后伊莉莎会把带来的炒菜热一热，居高临下地站在母亲面前，看着母亲皱着眉头吃掉至少一半的饭菜。吃完饭以后，她们会一起喝咖啡，配上妮娜或马里亚姆托人送来的简简单单的烤面包——与伊莉莎不同，两个姐姐很少来看妈妈。不过，母亲并不多么在意，她知道大女儿和二女儿确实没什么时间：不仅有家里的事和工作上的事，还要做家务，看孩子……

有时候，母亲会变得非常健谈，回忆起一些从前发生过的趣事。有一天，她一边把喝过的咖啡杯拿在手里转来转去，一边讲述她们到埃里温去的那趟旅程，那是在战争最后一年的2月发生的事情：

"1943年，你们的爸爸从前线回来了，虽然他受了很重的伤，少了一个肺，但至少还活着！我多么幸运啊！我的那些眼泪都没白流，那些请求他不死的祷告也都没白做！当然了，死神很不愿意放他离开，那时他瘦得像个麻秆，从医院出来以后，他身上还多了一条特别可怕的缝线伤疤。他全身都有脓包和血痂，几乎连一块好皮都没有。回来以后，他没日没夜地咳嗽，睡不着觉。还有他那两条腿！闺女啊，你真该看看他那两条腿，他的脚掌都磨破了，几乎能看到骨头，脚趾之间长着黑色的霉菌。我可没撒谎，这都是真的。说起来，真要感谢女巫医皮露兹帮助他康复，一会儿用干药草，一会儿用药酒，还说了咒语和祷文。过了几乎两年的时间，你爸终于变得结实起来了，我和他决定去旅游。可以说，这是一次小型的蜜月旅行。"说到这里，母亲羞红了脸。伊莉莎抚摸着妈妈的手，鼓励着她。妈妈继续讲道："我们把你的两个姐姐留给邻居照看，启程去了埃里温，租了一幢漂亮房子的顶层。那房子可太漂亮啦，我到现在还记得它那满是花纹的阳台，还有高楼梯上带有雕刻装饰的栏杆。我们在那里安顿了下来，在城里散步，去糖果店里买东西。

"我们的钱也就勉强够用，可那家店里的一切都贵得离谱。橱窗里摆着各种各样的酥糖和甜食，在那中间放着一盒浅绿色的豆子，看起来稀奇古怪的。我们问那是什么，店员回答说那是咖啡豆。我们就想买一点，毕竟虽然我们以前听说过这种东西，但一次都没尝过呢。我们东亚美尼亚①人跟那些西亚美尼亚人可不一样，我们一直是按照俄罗斯的习惯，喝用茶炊煮出来的茶。伊斯坦布尔②的那些亚美尼亚人都知道咖啡的好处，但我们可是连见都没见过哩。所以我和你爸就打算尝尝咖啡是什么味道。买倒是买了，但我们不好意思问店员怎么煮，也不好意思向那个上了年纪的凡城③女房东打听，就决定乱做一气：把咖啡豆洗干净，倒进冷水里，然后放到炉灶里去煮。那可真是浪费煤油啊，煮了那么久，豆子一点儿都没变软。我们把咖啡豆放进嘴里嚼了嚼，然后立刻吐了出来——苦得让人受不了。我们心疼花掉的那些钱，就想，至少也要把煮咖啡豆剩下的汤喝掉吧。于是我们往汤里撒了盐和胡椒，配着面包，忍着恶心喝掉了。"

母亲用手捂住脸，哈哈大笑。伊莉莎在这之前就已经笑得浑身抽搐了，抱着大肚子哀叫。她好不容易喘过气来，着急地问母亲："然后呢？"

"然后我们俩整整三天没睡着觉！"

---

① 译者注：公元前5世纪，亚美尼亚族基本形成，公元前331年亚美尼亚王国建立，公元301年，亚美尼亚国王梯里达底三世定基督教为国教，使亚美尼亚成为世界上第一个基督教国家。16世纪中期，亚美尼亚被伊朗和土耳其奥斯曼帝国瓜分，其中土耳其奥斯曼帝国分得的是西亚美尼亚。1804—1828年，两次俄伊战争后，原被伊朗占领的东亚美尼亚并入俄罗斯帝国。

② 译者注：伊斯坦布尔曾是土耳其的首都。现在的土耳其在亚美尼亚的西边。

③ 作者注：凡城曾是西亚美尼亚的一座城市，现在则是土耳其领土的一部分。

"但是你们俩'干'了个够！"伊莉莎高声尖叫道，一边哼哼，一边笑得朝一边倒下去。

母亲朝她挥了挥手，像是在说"你可真是不害臊"，但并没有生气。她们又这样坐了很久，从大笑中平复下来，对美好的一天微笑，对自己的想法微笑，似乎什么都不能破坏掉她们的好心情。母亲突然叹了一口气，继续说道："我那时候多么开心啊！我以为战争结束了，幸福的新生活终于要开始了。可谁能想到你爸已经活不了多久了呢！他等到了你出生，照顾你，把你拉扯到3岁，然后就撒手人寰了。你一点儿都不记得他了。他真的特别爱你。他爱我们所有人。"

伊莉莎很想反驳说，她其实记得父亲，尽管记忆里的他非常模糊。但母亲继续悲苦地讲着："也许这就是我的命吧，眼看着最爱的男人们一个个地死去。失去了丈夫，埋葬了父亲。还有弟弟……"她低下头，闭上眼睛，痛苦地说，"被选择留下的那个人应该是他，而不是我！"

伊莉莎呆住了——母亲又提起了她的弟弟！这时候本应该保持沉默，给她一吐为快的机会，但这片寂静似乎有一个世纪那么久。最后伊莉莎忍不住了，决定催一催母亲："要不然你讲讲这是怎么一回事？"

母亲浑身一哆嗦，拍了拍自己的膝盖，站了起来："我本来想烧水泡一下床单的！只顾跟你讲话了，把这件事都忘了！"

"你的弟弟怎么了？"伊莉莎做了个没什么用的尝试，想要让母亲继续谈下去。但母亲立刻制止了她："不要逼我回忆那些让我痛苦的事儿！"

母亲开始在炉子里生火，起劲地忙活着，甚至忙得有些多余——摆弄木柴发出响声，还故意在开关铁炉门的时候搞出"砰砰"的噪声。在把报纸卷成点火用的小纸块时，她用了太大的力气，使报纸变成了满天乱飞的碎纸屑，只好拿起扫帚来清扫干净。

"你还是给我讲讲你自己的事情吧，不然你总是拿一些乱七八糟的问题来惹我生气。"母亲转过脸来抱怨道，"季格兰怎么样？两个老人怎么样？你婆婆没欺负你吧？"

"别担心，我好着呢。"

在母亲点炉子烧水的时候，伊莉莎不顾她的抗议，重新铺了床，把用过的毛巾换成干净的。她把被套和枕头套翻了个底朝天，仔细地清理了在边边角角里不断堆积的羽毛和羊毛球。她稀释了洗涤剂（这种洗涤剂是按照女巫医皮露兹的配方制作的，也就是把肥皂草的根放在水里浸泡），打出浓浓的泡沫，但最后还是被推开了——妈妈冲着她高高凸起的肚子点了点头，严厉地命令她注意一下自己的孕妇身份。伊莉莎亲了亲母亲那凹陷下去的太阳穴，注意到她的皮肤已经变得像纸一样透明，正在无助地急速衰老下去，不由得感到一阵淡淡的忧伤。收拾东西准备出门的时候，伊莉莎承诺说，等到了明天会再来看看妈妈。

"你要小心，如果你老是来看我，人们会议论的。"母亲警告说。

"议论什么呢？"

"他们会认为你在夫家过得不好，所以来找我抱怨。"

伊莉莎想，如果母亲讲了她弟弟的事情，那她恐怕也会敞开心扉，说出那件让她无比痛苦的事情。但那个有利的时机已经错过，而下一个这样的时机多半是不会出现了。有什么办法呢，可能这就是命中注定吧。

回家的路有两条：一条是长的，穿过主路；另一条是短的，从一块黑暗的偏僻地方蜿蜒而过。伊莉莎选择了长的那条。走到半路，她的心口窝下面隐隐有不舒服的感觉，在外套口袋里掏摸了一阵，找到了一把山茱萸干果——这让她高兴得无以复加。婆婆曾经开玩笑地说，在最近这几个月里，儿媳已经干掉了一麻袋的山茱萸干果。婆婆基本上没怎么夸张，在怀孕的这段时间里，伊莉莎一直特别想吃酸的。伊莉莎一边暗暗夸奖自己有远见，一边贪婪地吃着山茱萸，时不时发出享受的哼哼声。黑暗来得迅速而猛烈，呈现出冰冷的气息，不断吞噬着光明。寥寥几根路灯闪烁着微弱的光，使这份黑暗不情愿地退却了。天气骤然变冷，伊莉莎加快了脚步，试图双手交叉抱住自己，但又微笑着注意到根本不可能抱得住——肚子太大了。还有不到一个月就要分娩，算算月份，孩子应该会在新年前两周出世。等待孩子出生的她感到十分恐惧，因为听说了太多分娩时发生的可怕事情。不过，她主要感受到的是幸福的焦急，因为她毫不怀疑，"成为一个母亲"会让她得到自己的救赎。

不幸的玛伊连公爵从前拥有的那两幢别墅就坐落在这条路的旁边。伊莉莎远远地看到，二楼的窗户里透出孤独的灯光。她的心不祥地缩紧了——舒珊就在其中一间办公室里工作。她从人行道上急急地转了个弯，潜入了废弃的街心公园。她搂着自己的肚子穿过公园，用一点点边缘的意识注意到了左手掌的刺痛——她紧张地将手紧紧握成拳头，手心里的山茱萸果核刺进了皮肤。走到办公室入口后，她僵住了，疯狂地思考着接下来的对策，然后坚定地伸手拉开了门。冰冷的楼梯间里，一股烟味扑面而来。伊莉莎扶着墙向上走去，在黑暗中摸索着台阶。周围是一片坟墓般的寂静。一盏孤零零的、满是灰尘的灯在二楼的楼梯间里明明灭灭。伊莉莎尽量不发出任何声响，沿着狭窄的走廊向前走，每经过一个房间就要停一停，尽管完全没有这个必要——只有一个办公室里有人，只需看看从那扇没关严的门里透出来的微弱光线，准能认出来。伊莉莎停下脚步，屏住呼吸，侧耳倾听，但什么也听不到。她轻轻地推了推门，让自己正好能用眼角偷看到里面发生的事情，同时又不必暴露自己的存在。

首先映入她眼帘的是角落里的一张破破烂烂的椅子，椅背上挂着一件交织着深蓝和浅蓝条纹的薄毛衣。今天季格兰出门去田地里的时候，穿的正是这件衣服。他的妈妈对此发表了合理的评价：穿这件衣服去集体农庄不是很合适。他当时的解释是，因为城里的领导会过来，所以他得穿得体面一些。地上有一双被泥土沾脏的靴子，不远处还放着一条揉成一团的裤子。为了不让门发出"吱呀"的响声，伊莉莎抓着门把手，把一扇门稍稍抬高了些，然后把门缝开得更大，朝办公室里面看去。奇怪的是，看到的那一切并没有给她带来想象中的痛苦。从前，每当她幻想此类场景时，她都毫不怀疑地认为自己根本没有力量去忍受。而现在，看着自己的丈夫和另一个女人在一起，她感受到的不是痛苦，而是难以言表的轻松。她甚至有种幻觉，似乎自己飘了起来，挂在了天花板上，好像她不是在侧面窥视这一切，而是在俯视。

视野扩大了，视线却变得更为集中，在同一时刻注意到了大量的细节，深深地印进记忆里：舒珊额头上的汗滴，她向后仰着的美丽脸庞，前臂上的胎记，细细的蓝色血管在苗条匀称的大腿上延伸开去；季格兰的后背肌肉分明，塑造得相当完美，粗硬的腋毛散发着强烈的汗味和年轻力壮的身体的味道；在他们的身下，熟杏子色的奢华床单挤作一团，伊莉莎猜想，是舒珊把这条床单从家里带了出来，藏在书柜里掩人耳目，还特意塞在了最上层的大部头藏书集的后面，这样个头矮小的清洁工就够不到它了……她注意到，书架的后背和墙壁之间的窄缝里，插着一卷满是灰尘的卡纸，季格兰的外套被扔在打字机上面，纸飞得满地都是。紧靠着窗台的椅子下面有一颗软塌塌的乒乓球，很显然，舒珊的某个儿子前两天来过这里，不小心扔掉了球，又懒得掏出来。

视觉清晰而强烈，不仅不屈从于意识，还反过来把意识拉进了观察与推理的洪流之中。伊莉莎别无选择，只能毫无怨言地顺从。她无法抵抗正在发生的一切——没有这种力量，也无处寻求。

她终于从茫然中惊醒，向后退了一步，无声地掩上了门。她及时地想到这扇门本来就没有关严，因此也就没有把它完全关上。她想，肯定是季格兰没关好门，因为他着急见自己的情人。就在他不耐烦地脱着衣服，把外套和裤子卷成一团扔在旁边的时候，舒珊从书架上拿出了那条奢华而柔软的床单，铺在无数人踩过的地板上——她从不珍惜好东西，无论是自己的，还是别人的。她不像伊莉莎，她的身上从来没有小牛犊的味道，而且她想怎样生活，就怎样生活。也许正因为这个缘故，她总能得到自己想要的……怎么可能与这样的女人对抗，又怎么可能战胜她?! 快跑吧，拼命地跑，不要停留，不要回头，不要思考。跑远一点，越远越好！

伊莉莎逃跑了。她重重地踩在吱吱作响的地板上，不去想自己的动静可能会被听见。孤零零的小灯泡闪了两下，熄灭了，让楼梯间陷入了伸手不见五指的黑暗。伊莉莎伸手去抓栏杆，这才无意识地松开了手指——在此之前，她的手一直紧握成拳。山茱萸的果核散落一地，顺着楼梯滚了下去，那声音虽然很轻，但却足够明显。在那样的黑暗之中，她居然能清楚地看到那些果核——就连这样的事实也无法让她感到惊讶。她追着果核跑，用双手托住肚子。一秒钟之后，有脚步声在她头顶上方响起。是季格兰——被她制造出来的噪声吸引，前来追她。但她已经跑得够远，追不上了。

从街心小公园里逃出来以后，伊莉莎为了不引人注意，迈着均匀的步子向房子的对面走去。夜晚的潮湿空气让她迅速地清醒了过来。她必须单独待着，抚平内心的痛苦。痛苦来临的速度，和她失去力量的速度一样快。很快她就筋疲力尽了，因此不得不走得再慢一些，尽量保护自己。整个身体仿佛像灌了铅，腰部酸痛，下腹部难受地抽搐着，上下眼皮像是要粘在一起。伊莉莎害怕自己会在走路的时候睡过去，就拍拍脸颊，想要把自己从这种半睡半醒的状态中喊醒。

144

教堂的样子一点也没变，墙壁哀伤地托着石质的"哈奇卡尔"，下方的过道越来越黑，一道倾斜的月光透过圆顶照射进来，将这片空旷的地方分成了两半。在刻有受难者的"哈奇卡尔"脚下摆放着一盏煤油灯，用微弱的光芒将他照亮。这盏灯的存在并不使她惊讶，甚至不曾引起她的注意。她走近"哈奇卡尔"，跪了下来，不小心碰到了烧热的灯罩玻璃，但她并不觉得烫。痛，那么痛，感觉像要把孩子呕出来了似的。她把额头靠在一块寒冷的石头上，为它冰凉的触感而心怀感激，试图大哭一场来缓解心中的痛苦，可是还没等哭出声，就突然哀号起来。那是一种拖长了的可怕声音，撕裂了喉咙。有人将自己的手放在了她的肩膀上，但她正激烈地呻吟着，痛苦地喘息着，一时间没有反应过来。

终于，她意识到这里不只有她一个人，伸出双手抓住那只救命的手，拉向自己，将干干的双眼埋进那只发着抖的细窄手掌。然后，她发出了可怕的尖叫，这声音卡住了她的喉咙，使她无法呼吸。她总算哭了出来，哭得柔肠寸断、心碎难安，感觉肚子最下方有一小块地方正在翻腾、燃烧，痛得厉害。

耳边响起惊恐的声音："亲爱的伊莉莎，你腿下面流水了。你尿尿了吗，伊莉莎？！"

伊莉莎立刻认出了这个声音——是与她一起被奶大的那个姐妹。她松开那只沾满了泪水的手，侧倒下去。

"亲爱的瓦尔达努什，你去叫个人来吧，叫谁都行。我的羊水好像破了。"

到了 12 月底，冬天立刻变得残暴起来：降下了严寒，吹起了冷风，给向来散发着海水味的峡谷戴上了冰封的镣铐。它拉着天空那羊毛一般的边缘，把那片天丢在瓦片房顶上，唱起了漫长而凄凉的雪之歌。到 1 月中旬的时候，几乎家家户户的阳台上都覆盖着厚厚的冰粒。它们本来都是松软雪层的一部分，可是在早晨到来之前变得越来越重、越来越硬，不愿意向人们的大扫除屈服。

伊莉莎站在卧室的窗前，看着纷飞的大雪。身体已经恢复得差不多了，行走时可以不靠别人搀扶。做完手术以后，她的刀口有时候会疼痛，但不怎么折磨人。那条刀口开得很潦草，不怎么整齐——为了救她孩子的命，医生们匆匆忙忙地在她的整个肚皮上划了一刀，弄得很难看。医生们承诺说，这条伤口会渐渐变得平整起来，变得几乎看不出来，但伊莉莎不相信。不过她也不怎么担心这个问题，既然已经把她变丑了，那就这样吧。

她的孩子变得越来越强壮，体重增加得很快。他出生的时候特别虚弱，只有八个月大，一开始的时候，医生很担心他活不成。分娩过后的第十天，医生们终于允许伊莉莎起床了，直到这时她才看到了孩子。她一边流泪，一边注视着睡着的男孩——她的男孩。他是那样的瘦小，几乎是透明的，额头长得很低，但很宽阔。下巴和母亲的一样，都是尖的。他躺在那里，攥着无力的小拳头，像成年人那样痛苦地叹息着。伊莉莎特别想把他抱在怀里，但是医生不允许。她只好抓住孩子的小脚丫，站在原地，直到肚子痛到受不了为止。卫生员用运送新生儿的小推车把她推了回去，一边安顿她在床位上躺好，一边低声说，这是她的孩子第一次睡那么长时间。"看来，他感觉到妈妈在自己身边，很安心。"伊莉莎请求医生们准许她搬进儿童监护室，陪在自己儿子的身边，但是医生们说规定就是那么严格，不允许她这样做。她一天要去看望他好几次，坐在旁边，从不移开目光，看着他睡觉，看着他醒来。睡醒的他总是发出"哦哦"的叫声，她妒忌地拿奶瓶给他喂奶——这奶是向别的妈妈借的，她自己不下奶。

季格兰那时已经出院了，他笨拙地拄着拐杖，蜷着那条打了石膏的腿练习走路。分娩后的第二天，伊莉莎得知了他骨折的事情。是婆婆讲的——她是唯一被允许进入病房的人。由于心情不好、睡眠不足，婆婆的脸色异常苍白。伊莉莎发现，每当两人目光接触时，婆婆都会移开眼睛。为了让自己显得令人信服，婆婆还编了很多没有用的细节，说季格兰为了用竿子加固顶部，爬上了干草垛，然后从上面摔了下来。伊莉莎猜到了：她在为自己的儿子打掩护。

"现在全家人都知道他又跟舒珊搞在一起了。"她冷漠地想。她详细打听了季格兰骨折的状况，确信他并不会有并发症。她不想在婆婆的面前扮演一个伤心妻子的角色，推说自己不太舒服，请对方帮忙叫护士来打止痛针。婆婆离开后，她紧咬牙关强忍心中的钝痛，重现了那个场面：季格兰一边匆匆忙忙地提着裤子，一边追赶着她，在黑暗中摔下了楼梯，向下滚的时候撞在了突出的台阶棱上。舒珊吓了一跳，着急地跑过来，一边唉声叹气地数落他，一边试图扶他站起来。最后她意识到这是骨折，赶忙去打电话叫救护车。伊莉莎苦笑了一下——她突然想到，接走他的救护车和把她送去医院的车恐怕是同一辆。

在那个悲惨的夜里，伊莉莎在教堂冰冷的地板上躺了很久。这是不得已的事情——瓦尔达努什跑出去找人帮忙，她本可以敲开碰到的第一户人家的门，借用人家的电话叫救护车，但她根本想不到这个方法，结果自己一个人跑到了医院。她是坐着救护车，和值班医生一起回来的。医生劝她回家，或者至少留在候诊区等待，但她不同意："要是你们不去接她怎么办？"瓦尔达努什死攥着，爬上了副驾的座位。没时间争吵了，医生只好挥了挥手，说："该死的，我们走！"

在救护车上时，伊莉莎宫缩发作得还不怎么频繁，但已经疼得让她无法忍受。每次发作时，伊莉莎都会看到瓦尔达努什朝她俯下身来，看到她高高的、苍白的额头，看到那双惊恐的斜眼，还有那绺从辫子里滑落出来的头发，又细又轻，随着救护车的震动而摇晃，挠着她的脸。

"亲爱的伊莉莎，你要死了，是吗？你要死了吗？"她那苍白的嘴唇颤抖着。问完以后，她又会换一种音色，替伊莉莎回答说："不不不，我不会死的，不会……"

她们两人出生的时辰只差几个小时，一个生在周一，另一个生在周二。但是护士在填写登记卡的时候搞错了日期，把她们登记成了同一天出生。她们的成长都缺失了父亲的陪伴，伊莉莎好歹还模模糊糊记得自己的父亲，而瓦尔达努什却是从来都没有见过父亲的面。从外表上来说，她俩一点也不像（怎么可能像呢），但是两人的很多特质都惊人地一致：善良、富有同情心、有求必应、勤于做家务。她们还很有责任心——只要开始了大扫除，除非打扫得特别完美了，否则她们是不会停下来的。就连在对待学习的态度上，两个女孩也很相似，她们都没有可供吹嘘的地方。伊莉莎勉勉强强地上完了八年级，但智力不高的瓦尔达努什连这都没做到，上到六年级就退学了。她的妈妈在集体农庄做会计，她就去那里给妈妈帮忙。她的妈妈清醒地掂量了女儿的能力，把她带到自己的工作单位，让她慢慢地融入了那个集体。她的计划很明智——在伊莉莎当上牛犊饲养员之前，瓦尔达努什已经成了办公室里不可或缺的一部分，人们倍感轻松地把各种各样的任务交到她手上，而她会又高兴又乐意地完成。人们爱她，可怜她，但同时也会避开她——作为一个智力发育不全的人，她那些不合时宜的好奇心和执拗常常惹怒大家。

随着她年龄的增长，小时候还不怎么明显的斜视变得越来越厉害，当她妈妈听不见的时候，人们常常背地里叫她"斜眼"。时光飞逝，这个绰号的效力不断加强，她也从"可怜的小瓦"变成了"斜眼的瓦尔达努什"。但是在这个称呼里既不含有侮辱的意味，也没有令人不快的傲慢，只是用一种直截了当的方式，对一个无可辩驳的事实做出了论断。伊莉莎有时候会想，在瓦尔达努什的"智力不足"和"身体缺陷"中，人们为何选择了后者，毕竟把瓦尔达努什叫作"傻瓜"要简单得多、容易得多。她找不到答案。

那天，看到瓦尔达努什焦急的脸庞，伊莉莎羞愧地回想起，自己小时候还在教堂里抱怨过她和她的妈妈——那个把伊莉莎奶大的女人。宫缩扰乱了她的意识，所以不管她怎么努力，都没法想起自己讨厌瓦尔达努什母女俩的原因。又一次宫缩让她疼得蜷缩起来，她紧紧搂住瓦尔达努什的脖子拉近自己，嘴巴半张着露出无力的微笑，轻声说："之后记得提醒我，让我好好想想这件事。"瓦尔达努什毫不惊讶地回答说："好的。"伊莉莎可以发誓说，对面的那个女孩完全清楚她在请求些什么。

　　出院之前，她打定主意要离婚。她知道，在她回到母亲身边以后，一定会出现太多议论和流言，但她不怕。她只担心自己会让两位老人痛苦万分。经过深思熟虑，她觉得自己找到了一个理智的做法：在季格兰恢复健康之前，她不会宣布自己的决定。等石膏拆掉，她就离开。到那时候，小姑子也正好大学放假了，可以和季格兰一起照顾老人。

　　伊莉莎怀着沉重的心情回到了丈夫的家。当她倚着爷爷的肩膀（奶奶正把婴儿抱在怀里，小心翼翼到不敢呼吸）走进卧室时，快乐和感动的眼泪无法抑制地流了下来。她不在的这段时间里，卧室被彻底地重新布置过了。现在，厚重的新窗帘正装饰着窗户，稳妥地给卧室挡住了纠缠不休的日光。床很宽，两边各有一个美丽的床头柜。地板上铺着一块奢华的地毯，那是婆婆向来爱如珍宝的东西———一条深蓝色的龙毯 ①，是由婆婆的奶奶织就的。对于婆婆来说，这是奶奶留下的唯一的纪念，因此她这一辈子只要站在上面就会心疼到颤抖。可为了孙子，她一点也不心疼。让伊莉

---

① 作者注：这里的龙毯指亚美尼亚的一种绣着龙图案的地毯。

莎格外感动的是那个留给孩子的小角落，她本来打算自己布置的，但没来得及。在新买的婴儿床左边，放着一把宽阔又柔软的圈椅，椅子上摆了很多靠枕，地板上则铺着一条雪白的绒毛地毯。右边则放了一个有很多大抽屉的柜子，是用来存放婴儿物品的。在怀孕以后，伊莉莎仔细看了杂志里的图片，充满幻想地说，想给孩子布置一个同样的小角落。这话她刚说完就忘在了脑后，但婆婆和两位老人却记得清清楚楚，还替她实现了梦想。

季格兰拄着拐杖，跟在妻子的身后走进来。当载着伊莉莎和小婴儿的汽车开进院子里时，他来到阳台上，在上面等待着。他没来得及披上外套，只穿着薄薄的衬衫站在那里，冻得上下牙直打战，伸长脖子看着亲人们在门边忙来忙去，帮助呻吟着的伊莉莎下车。接触到丈夫的目光以后，他身上发生的巨大变化使她惊讶万分：他的脸失去了年轻的光泽，变得暗黄而瘦削，两条眉毛中间有了一条小皱纹，亮蓝色的眼睛黯淡下去，成了浅浅的灰色。他又把头发剪得很短，这样就不用处理那些不听话的卷发了；他的脸上长出了硬硬的络腮胡。当他想要亲吻伊莉莎时，她躲开了，把孩子塞进了他的怀里："你倒是看看儿子呢！"季格兰展开婴儿的花边披风，花了一分钟细看那张皱皱的小脸，然后朝自己的母亲投去惊讶的目光，无力地轻声说："真奇怪，我什么感觉也没有。"

"也用不着有什么感觉！"爷爷挥了挥手，用肩膀撑起孙媳妇，帮助她走进房子里。"当我看到你父亲的时候，我也没有任何感觉。男人都不会立刻意识到孩子的意义，但等他们意识到的时候……"

老人举起食指摇了摇，做了个教训人的动作，"那他们就会变成真正的男人了。"

夜晚的时候，四周的灯光都熄灭了，家里充满了宁静。季格兰摸到了伊莉莎的手掌。她想要挣开，但他不让。他打开床头柜的抽屉，找到了一个东西，放进了伊莉莎的手里。

"那个人是你。"他很费劲地说完了这句话，声音低沉沙哑。

她拨了拨手心里的干山茱萸种子，回应道："是我。"

他们沉默着躺了很久，似乎有一整个永恒那么长。他的手掌变得越来越沉重无力，伊莉莎以为他睡着了，但是过了一会儿，他又说起了话。伊莉莎可以从他的声音中听出一件事：他哭过了。

"如果你……"他慢慢地说着，努力不暴露出自己的不安和焦虑，"如果你原谅……我永远……永远都不会……"

她挣开他的双手，让鼻尖缩进被子里，脆弱又平淡地轻声答道："我做不到。"

在七年的婚姻中，伊莉莎给自己的丈夫生了两个儿子。男孩们长得很像父亲，有着蓝色的眼睛和卷发。他们从母亲那里继承了心形的脸型和细长的骨骼——季格兰跟他们不同，他从小就有结实的身体。30 岁的他变胖了一些，但并没有失去大自然赋予他的好身材。孩子们长得有些瘦弱，但很灵活，柔韧性特别强，仿佛能被人打成一个结似的。虽然身体不是很结实，但是他们的生命力很强，很健康。伊莉莎给老大起名叫瓦尔丹，这是为了纪念她的救命恩人瓦尔达努什；老二则得到了那个本来打算给老大的名字——卡连。伊莉莎的妈妈得知此事以后，情绪变得非常激动，人们只好喂她喝镇静药水。

就在那一天，伊莉莎的妈妈穿上最好的衣服，披上披肩，去教堂为女儿一家人点起蜡烛，祈求他们身体健康。之后她去了墓地，想要跟已逝的家人们分享这个好消息。就在那里，就在她父母的坟墓旁边，人们找到了她。她死了，死于突发的心脏病，而这一天离她 53 岁的生日只差几天而已。

当天傍晚的晚些时候，伊莉莎得知了这个消息。那时她刚给孩子洗完澡，包上襁褓，喂完奶以后安放到小床上。她坚强地接受了母亲去世的消息，但半夜却开始说胡话。季格兰被那些乱七八糟的呓语吵醒了，赶紧把伊莉莎送去了医院。连日不退的高烧吓坏了医生们，所以尽管伊莉莎苦苦哀求，他们还是不允许她参加遗体告别仪式。

由于高烧，她的奶没了，无法继续喂自己的孩子。妮娜前来看望她，说起这件事，惋惜地拍着手说："怎么会这样呢，两个小男孩都重演了你的命运。""什么意思？"伊莉莎不太明白。"你小时候就没有喝到母乳，而他们也一样。"姐姐解释说。

"怎么会这样呢。"伊莉莎冷淡地回答。她满脑子里都是母亲的死亡，装不下其他。

"你觉得，"她艰难地说出了那些卡在嗓子眼里的话，"妈妈去世，是因为我给儿子起了她弟弟的名字吗？"

"你真是个小傻瓜。"妮娜叹着气说。她掖了掖伊莉莎的被子，用手抚过她的额头，揪了揪她的耳垂，仿佛她只是一个小孩子。

妮娜那张温柔的脸皱成了一团，又重复了一遍："你可真是个不可救药的小傻瓜！"

伊莉莎松了一口气。这是她第一次与姐姐谈心。她们意识到自己现在已经是无父无母了，每天带着孤独感生活，但在谈完心以后，这种孤独感减轻了一些。现在她们毫不怀疑，不管谁遇到困难，另一个人一定会陪在她身边。

小儿子满两岁的时候，伊莉莎离开了季格兰。在离婚之前发生了好几件事，每件事都在一定程度上促进了离婚的发生。自从有了那次夜间的谈话，伊莉莎明白，所有为了维持夫妻关系所做的努力都注定是白费。但她也不打算离开，因为丈夫的请求使她让了步。在外人看来，他们家绝对是一个模范家庭：季格兰彬彬有礼、殷勤备至，伊莉莎温柔贤惠、关心他人，两人都疼爱孩子，照顾老人，一起勤勤恳恳地工作，挣下了殷实的家业。但那种从心底滋生出来的感情，那种能用亲情的纽带永远连接起两个人的感情，却从未出现。从来没有品尝过真爱滋味的伊莉莎，认命地接受了这样平淡无味的婚姻，但对于季格兰而言，随着时间的流逝，这样的生活方式变得越来越像一种酷刑。他遵守了自己的承诺，为了避免与舒珊见面（哪怕只是偶遇），他尽了自己最大的努力。然而，他绝望地想念着舒珊，日渐忧郁的他把所有的责任都推到妻子身上，认为是她导致了他的不幸。

季格兰自始至终都没有爱上伊莉莎。她身上的一切都使他感到陌生：吃饭的方式——头低低地埋进盘子里；一边小口小口地品茶，一边把一小块碎糖放在嘴里转；在椅子上坐下来以后，羞惭地拽着裙边盖住圆圆的膝盖；拿一绺头发绕在手指头上，无意识地拉扯。他不喜欢她听话顺从的样子：毫无怨言，漠不关心。她一定要关上灯，把窗帘拉严实，然后在几乎什么也看不见的黑暗之中穿上睡衣，因为羞于露出自己的裸体。他不喜欢她的身体——像个婆姨一样胖得有些厉害，又矮又肥，举止拘谨。还有倔强的嘴唇，沉重的胸部，以及给整个肚皮打上丑陋皱褶的伤疤。他忍不了她身上的气味——发甜的家常气味，朴素又平凡。有几次他没忍住，对她说了几句难听的话。她害怕地退了一步，连连道歉。他知道伊莉莎有多爱干净，责备自己说话太直，但什么也做不了。两人之间的鸿沟越来越大，把他们隔得越来越远，唯一把他们拴在一起的只有责任感：对老人们的责任感，对孩子们的责任感，还有对婆婆的责任感。婆婆简直把伊莉莎当作自己的女儿一样疼爱，更何况比起别人，她格外不能接受那件可耻的往事。

　　两个老人在一年内相继去世了。先撒手人寰的是奶奶，然后是想念妻子、哀悼痛苦的爷爷，他勉强撑到了妻子的四十天忌辰，追随着她离开了。在度过了规定的默哀期限后，季格兰的妹妹也随即出嫁。她没能跟新的亲人处好关系，很快就带着丈夫一起回到了娘家住。

　　再然后，舒珊成了寡妇。她的丈夫患上严重的血液病离世了，一共只撑了两个月。没等舒珊再跟季格兰恢复关系，伊莉莎先提出了离婚。征得丈夫的同意后，她收拾好东西，带着孩子一起回到了母亲那座空置的房子。尘埃落定后，一切都很顺利：老人们没有看到家庭支离破碎的那一天，婆婆的注意力都被怀孕后身体极度不适的女儿占去了，而季格兰可以问心无愧地与舒珊重新在一起——现在他俩都已恢复自由身。只有伊莉莎在过 25 岁生日之前成了孤独的单身妈妈，独自抚养两个孩子。她不太在意这种作为女人却无所依托的感觉——既然从始至终都不了解与男人谈恋爱是怎么一回事，也就不会对失去的东西感到可惜。她没想过再嫁人，至于原因——与其说是因为痛苦的个人经历，不如说是因为那种完全无足轻重、不受重视的感受，这是她从季格兰那里得到的沉痛的教训。从那时起，她活着的意义只剩一个：用尽全部的努力，帮助两个儿子在社会上立足。她的工资很少，就算季格兰帮忙，她也只能勉强度日。但无论如何，为了让孩子们出人头地，什么该做的她都做了。她给儿子们报了音乐课和自由式摔跤的兴趣小组，然后还把他们送去学画画。男孩们一点也不像妈妈，什么都是一点即通，学习成绩优异，会弹钢琴、弹吉他，还画得一手好画。

在小儿子考入综合技术学院的时候，大儿子已经大学毕业了，还拿了红色的优秀毕业证。幸福的伊莉莎不放过任何夸耀孩子们的机会，谁愿意听，她就对谁讲。渐渐地，想听她讲话的人越来越少，毕竟并不是每个人都能一直耐心倾听"别人家的优秀孩子"的故事（还是没完没了的那种），尤其是当自家孩子只会让人失望的时候。唯一一个热情的倾听者是斜眼瓦尔达努什，她真心地为伊莉莎孩子们的成功感到高兴。她经常来做客，看起来似乎只是顺便来坐一会儿，但会一直留到深夜，帮伊莉莎做家务，附和着说一些有时很合适，有时却牛头不对马嘴的话，连声赞叹——

比如，瓦尔丹绞尽脑汁研究了两年的那个课题，引起了莫斯科那边的兴趣；再比如，卡连写的那篇论文在科学杂志上发表了。

伊莉莎既注意不到斜眼瓦尔达努什的回答有多笨拙，也注意不到集体农庄的挤奶员们有多困惑，总是不厌其烦地对她们讲自己的儿子。她靠儿子们的成功而活，也只有这些才能证明她过这样穷苦的生活是正确的。年复一年，她越来越放任自己：过度肥胖，脖子无法伸直，胳膊和膝盖疼痛导致她走路的时候有点摇摆——张着双臂，走路不抬脚。她穿的衣服都肥得像口袋：宽幅的上衣，还有下摆宽松的裙子。她轻率地认为，这些衣服能掩盖住自己的肥胖。斑白的头发在脑后打成一个结，就是发型；既不用化妆品也不喷香水，但总会在口袋里装一包撕开口的香草。她相信这包香草能够盖住她身上的特殊气味。

她一直记得季格兰那张扭曲的脸，所以从不怀疑自己身上有难闻的气味，总是想方设法地与别人保持相当大的距离。每当另一个人试图打破这个距离的时候，她就会解释说自己的视力不好："一走近，图像就模糊，这样一来我就什么都看不到了。"她有些歉疚地笑了笑，向前伸出手。"那你为什么不去配一副眼镜呢？"其他人惊讶地问。"我是绝对不会去看医生的！"她先是一口回绝，然后答应改天一定去一趟。因为同样的原因，她从来不去人多的场所，喧嚣的乡镇生活和人们对上流社会的追求都与她无关。二十年来，伊莉莎从没参加过劳动节游行，但集体农庄的其他同事们都会兴致高昂地参加。她拒绝参加婚礼和葬礼，连儿子们的高中毕业晚会都不出席；找了个借口说自己不舒服。男孩们对她的孤僻早已习以为常，就没有抱怨——他们早就接受了母亲的怪脾气，认为她只不过是性格特别而已。

伊莉莎唯一无法拒绝的事情就是看电影。出于诚信，她总会买一张票，但从不在影厅里看电影，而是跑到电影放映室里去，透过那个房间里的小窗户看大屏幕。那个放电影的工人之所以同意放她进去，是因为她每次都会给他带一张土豆饼。就在他拿着土豆饼一会儿蘸盐，一会儿蘸红辣椒面，不住口地称赞她手艺好的时候，她会屏住呼吸，一边为他的多嘴多舌感到生气，一边认真地看着大屏幕。

她可以一遍又一遍地看同一部印度电影，当里面的主人公得到幸福的时候，她真心感到高兴；当那些主人公遭遇不幸的时候，她会流下痛苦的眼泪。有时候她还要带上斜眼瓦尔达努什，看完电影后，两人总会就里面的情节展开热烈的讨论。之后，瓦尔达努什会抱一抱自己的朋友以示告别，走向坐落在马路另一头的家。而伊莉莎则要等到瓦尔达努什消失在转角处以后再回家。瓦尔达努什是唯一一个可以碰伊莉莎的人，除此之外再也没别人了，就连伊莉莎的儿子也不行。

儿子们要出国的计划只瞒了她一人——她是最后一个知道的。大儿子瓦尔丹在大一的时候认识了一个生活在叙利亚的亚美尼亚女孩，这个女孩来自阿勒颇，到当时还属于苏联的亚美尼亚学医。看在两人那段短暂而糊涂的恋情的分儿上，他们一直维持着友好的朋友关系。那个女孩很清楚瓦尔丹的梦想就是去美国，于是建议他与自己结婚——这就给了他前往叙利亚的机会。到了叙利亚以后，他可以再出发去西方。卡连得知了哥哥的计划，也请求加入。对卡连来说，找一个假结婚的对象并不是很难，毕竟在埃里温多的是生活在黎巴嫩和叙利亚的亚美尼亚人。

是季格兰把儿子们的决定告诉了伊莉莎——这是儿子们的请求，因为他俩不敢亲自去说，怕惹妈妈伤心。卡连是这样请求父亲的："你先让她做好心理准备，我们过两天再过去跟她解释。"季格兰学着小儿子的语调，把这些话原原本本地转达给了伊莉莎。然后他无力地摊开双手，说出了自己的心里话："既然他们都这么决定了，还能怎么办呢……"

伊莉莎喘不过气了："什么叫'还能怎么办'？'他们决定了'又是什么意思？你难道不反对吗？"

"我已经试着劝了他们半年，但他们倔得很，怎么都不听。"已经彻底缴械投降的季格兰冒失地补了一句话，使得情况越发尴尬了："你别担心，舒珊的一些远房亲戚就住在美国，他们答应帮衬这两个小伙子，去了以后先帮他们找个工作过渡一下……"

"所以说你半年前就知道这件事了？舒珊也知道？他们把这件事告诉了舒珊，却不对我这个亲妈讲？"伊莉莎伤心得声音都变了。她把放着编织物的篮子（自从谈话开始以后她就没再织东西）推到一边，双手紧紧地抱住自己，左右摇晃着，悲哀地哭诉。

季格兰一边在心里咒骂自己话太多，一边朝前妻伸出手去，想要抚摸她的肩膀，但她习惯性地躲开了，使劲地摇了摇头，表示"没有这个必要"。他用怜悯的眼光打量着她那发胖的身形，灰白的头发，再转头看看自己那双在无数的乡间劳动中弯曲变形的手，懊恼地拍打着膝盖说："把咱们两个人的年龄加起来，已经是老人的岁数了。看看我们现在的样子吧，我们自己看起来也差不多就是两个老人。我们忙活了一辈子，结果得到了什么？你还在牛舍里拼命干活，而我仍然带着一队人在田地里受累，每天佝偻着腰。我从来没去过海边，甚至连买汽车的钱都攒不出来。人们都说美国的生活更好，万一我们的孩子能在那里出人头地、发家致富呢？难道他们不配得到这样的人生吗？你告诉我，我说的对不对？"

"万一他们遇到什么灾难呢？万一他们死掉了可怎么办？"伊莉莎的两片嘴唇都在颤抖。

季格兰耸了耸肩膀："他们在这里也有可能会死掉。你看，你邻居阿鲁夏克的小儿子在阿富汗遇害了。我这么跟你说吧：人们的额头上写着一生的命运，上面写什么，他们就遇到什么。至于命运会把他们指引到何处，这些都是没有意义的。"

伊莉莎痛哭起来。

"我该……怎么办呢……"伊莉莎伤心地说，"没有他们……我该怎么……活下去呢？"

季格兰皱起眉头，从口袋里掏出香烟吸了起来。他想反驳说，心痛的人并不只有她一个，但及时控制住了。她当然更受不了这一切，毕竟等孩子们离开以后，她就会彻底变成孤家寡人。

直到来年的春天，伊莉莎才康复。两个儿子的离开给了她很大的打击，损害了她的健康。她患了很长时间的重病，康复的过程又是那么令人厌烦。在缺席了三个月以后，她终于又去上班了，那副消瘦和可怜的模样吓坏了所有人。衣服像麻袋一样挂在她身上，脸上布满了细小的皱纹，头发彻底变白，从前那双棕色眼睛流露出的灵动神情早已黯然失色，藏到了更深的地方。从前她总是没完没了地对挤奶女工们讲自己的儿子，惹得她们很烦，但现在她几乎不再说话了。她养成了一个奇怪的习惯——嘴唇无声地动。刚开始的时候，人们会安静下来仔细听，试图理解她说的话，但是过后她们明白了，伊莉莎其实是在做无尽的内心独白。唯一一个活着的意义——照顾儿子——也没了，自此她对周围的一切都失去了兴趣，只专注于自己的感受。儿子们偶尔会托回国的学生们捎来信件，只消读一遍，她就能把内容记得牢牢的，一遍遍地在脑海里回想，低声点评里面的每一个词句。她就是这样活着的，从一封信等到下一封信。发生改变的不只是她的外表，还有她的日常生活。她再也不做饭了。从前她那么喜欢吃好吃的东西，吃的分量也大，现在都是怎么分量小怎么来：面包，蔬菜，鸡蛋，偶尔煮点鸡肉。

她不再去电影院，电视里播的那些电影就够让她满足的了。令她失望的是，电视节目里没有印度电影。有一天她给电视台的编辑部写了一封投诉信，但为自己笨拙的字迹和弄出的差错感到羞愧，所以并不打算寄出去。她也很少去看自己的两个姐姐，偶尔去的话，也是帮着干活受累。只要听完了所有的新鲜事，松了一口气的她就会抓紧离开。有时候她会与前婆婆打电话，听她抱怨自己的身体，同情地唉声叹气，随声附和。每到周日，她都要和斜眼瓦尔达努什结伴去墓地。

她一周去两次教堂，特地选晚一点的时间，这样就不会在那里碰到别人。每次她都会在刻着耶稣像的"哈奇卡尔"旁边点一根蜡烛，还会按照小时候的习惯，把耶稣叫作"受难者"。每当她心烦意乱的时候（只要儿子们长时间不给她来信，她就会这样），她总会用自己的方式哭诉——唱起悲哀的歌谣。那些歌词随意地从她口中蹦出来，毫不费劲地组成一个有头有尾的故事。她歌唱自己的孤独，像是在往外倾吐浑浊的泥水。奇怪的、不同寻常的歌谣使她从绝望里走了出来，给予她安慰和疗愈。

某天，西蒙在教堂里遇到了她。

后来伊莉莎问他，为何他会在那么晚的时候去教堂。他很难解释得清，说当时他在侄子家做客，回家的时候已经很晚了。走到岔路口的时候，他本来是打算转身回家的，但是两条腿却走向了相反的方向。他越往前走，心中越恐慌，意识到如果这次赶不上的话，就会发生一件无法挽回的事情。在恐惧的驱使下，最后一段路他几乎是在飞奔。这种恐惧和他小时候的感受相仿——还差几步就到家门口的时候，他总会害怕。"好像有一个恶灵在我身后追赶我似的，"他讲道，"我必须在它的爪子碰到我之前，紧紧地关上大门。"伊莉莎笑着说："也许我就是那个恶灵。"

那个晚上，西蒙远远听到了有人在唱歌，他怕自己的出现会让双方尴尬，意欲离开，但好奇心占了上风。他溜进了教堂，借着微弱的月光看到一个女人的剪影，她将手放在胸前，微微低头，唱着无尽的调子，歌词连贯丝滑，仿佛是穿在线上的珠子。

"你的双手，"女人那高亢的、回响在耳边的音调变得低哑深沉，"我画出你的双手……我看到你透明的影子，罩在婴儿床上……"

她的声音富有穿透力，仿佛是有形的实体，只消你走近便可以触摸得到。这个声音淹没了教堂里的每个角落，瞬间穿透了西蒙的心，适应了他的节奏，游走于他身体的每个角落，所到之处都是燃起的火焰，温暖又治愈。西蒙大为惊奇，毫不客气地溜到女人面前抓住她的胳膊肘，想让她转身朝着自己，这样就可以仔细地看看她的脸。她吓得大叫，向后退了一步，然后在凹凸不平的地面上绊了一跤，直直地摔了下去。疼倒是不疼，就是很丢人——她怎么都站不起来，宽大的裙摆把她缠住了。他朝她走过去，伸出一只手帮她站立起来。就在电光石火之间，他认出了她，在惊讶之余，他傻傻地问道："伊莉莎，是你在唱歌吗？"

"不是。"她语带责怪。

"那是谁啊？"话刚一出口，西蒙就懊恼地咬住了自己的舌头。他为自己是这样的一个傻瓜而感到生气，皱起了眉头。幸运的是，她并没有看到这一幕——她忽略了他伸出来的这只手，自己站起身来，拍打着裙子上的灰尘。

"我自己也想知道是谁。"她直起身来，回答得很冷淡，好让他明白这个对话已经结束了。她朝门口走去，而他则熄灭了热蜡油里的灯芯，烫到了，嘴里骂了一句什么。他一边紧跟着伊莉莎，一边撕着手上迅速冷却的蜡膜。

她停了下来，但没转身，只对身后的人抛下这么几句话："你还是离我远一点吧。外面议论纷纷的，你自己也知道你的名声。我们这里的人就喜欢给别人造谣。"

　　西蒙放慢脚步，然后彻底停了下来。他远远地冲着她的后背喊了一句："你倒是告诉我你唱的是什么呀！"

　　她摊开双手，说："要是我自己知道就好了！"

　　命运曾经把伊莉莎和西蒙引到一起，预先排演，并在各自的记忆里做上记号，这样两人就能回到那一刻。只是他们自己不知道罢了。西蒙早就忘了，当他还是个学生的时候，他曾经推倒了一个瘦小的大眼睛女孩，然后被她突然变白的脸色吓了一跳，用力把她从地上拉了起来，轻轻推了推她的背部，示意她离开。

　　伊莉莎清楚地记得那件事，记得自己心中强烈的委屈，记得自己是如何一边喘着气，一边努力去踢那个高年级坏学生的腿；他又是如何灵巧地跳开，哈哈大笑，露出一排整齐的雪白牙齿。她什么都记得——掀起的裙摆，用来固定棉袜的宽橡皮圈，一瞬间涌上心头的恐惧，害怕被别人看到并嘲笑……她唯独不知道那个男生就是西蒙。

　　伊莉莎不知道什么是女人的幸福。要是有人预言说她会在45岁的时候得到幸福，她恐怕是不会相信的。她不期待命运给她新的东西，也不祈求，唯一的梦想是与日思夜想的儿子们见面。这个梦想应该很快就会实现——谢天谢地，时代不同了，巨大的苏联帝国已经解体，打开了上锁的边界。只要一想到自己很快就能跟搬到美国的儿子们见面，伊莉莎的心里就感到非常温暖。她从没想过什么爱情——不期待，也不想要。她怎么也想不到，就连她这样一个早早就白了头发的女人，这个孤僻又自卑的女人，有朝一日也能得到幸福。

西蒙从前和季格兰是同班同学，两人虽然不是好朋友，但相互之间很友好。西蒙不怎么了解季格兰的私人生活，在得知老同学离婚的消息以后，他不怎么走心地表达了自己的同情，甚至没有费力气摆出一副合适的表情。不仅如此，他还火上浇油地说，他早就知道这一切会怎样收场，因为人们很难忘记像舒珊这样的女人。

他去季格兰家做过两次客，伊莉莎只给他留下了极为模糊的印象：毫不起眼，殷勤热心。她动作很轻，几乎不会发出什么声音，三两下就能摆好一张餐桌。最后，她会向客人说一句"用餐愉快"，以家务繁忙为借口回到自己的房间。她的行为并不奇怪，因为任何一个乡镇女主人都会像她那样做，这是她们从小就知道的道理：一个好妻子应该做上一桌子美味佳肴，然后适时消失，不在丈夫面前碍眼。然而，即便是在这样的情况下，伊莉莎还是成功地给人留下了模模糊糊的印象：缺乏表情，不爱说话，不引人注目，不丑也不美——什么特点也没有！要不是因为偶然听到了她的歌声，西蒙永远都不会注意到她；可一旦听到，他立刻迷失了自我。他一向有些看不起音乐，不认为那些乐曲当中会有什么特别的意义，也就想象不到它能对人类的意识产生多大的影响。伊莉莎的声音让他的世界天翻地覆。他第一次意识到，自己的存在是那样短暂而庸碌，也是第一次感到自己不仅仅是个凡人，还是个极其无用的凡人。他受到的震动实在太大，一整晚都在床上翻来覆去，搞得妻子睡不着觉。快到早上的时候，妻子不满的嘟囔声搞得他非常生气，于是他披上外套，走到阳台上去迎接破晓。4月的太阳从东山的后面喷薄而出，预示着新一天的到来。这时西蒙已经明白，他是不会轻易放开伊莉莎的。

对于他频频表示的好感，她通通避之不及，拒绝了他提供的帮助，甚至没有拿走他送的野花——这束花被他放在了教堂里，就在刻着救世主的"哈奇卡尔"的底座上。然而，西蒙没有放弃。他买了两张电影票，把其中一张放进信封里，做了标记，请她一定赏光去看。结果呢，他发现坐在邻座上的是斜眼瓦尔达努什，甚至有些钦佩起伊莉莎的固执了。第二天，他又买了两张票，心中猜测这次她会打发谁过来。然而，整场电影过去了，他身边的那个座位一直是空的。他离开电影院的时候不仅有些气恼，还更激动了："想玩猫捉老鼠的游戏是吧？行！"

西蒙根本想不到伊莉莎跟"游戏"离得有多远。她靠儿子们寄来的信活着，从这一封等到下一封，除此之外，她什么都不想了解。那个死乞白赖的追求者释放出来的所有好感，她都注意到了，但她不明白他为何要这样做，也希望他很快就会厌倦这个追求她的过程。她在"引诱"这门艺术中根本是个外行，根本不会想到自己的执拗只会让他的好胜心越来越强。每当她发现又一个求爱的迹象（留在阳台上的一罐草莓、一盒糖或一包巧克力太妃糖）时，心里是真的非常沮丧。她只想了一会儿，就把这些礼品拿到栅栏外面，留在路肩上。住在旁边的孩子们知道偶尔可以在她这里捞到好吃的，于是一天要到她院子周围巡逻好几次。

攻防战持续了整整一个月，最后还是以西蒙的胜利告终。有一天，伊莉莎摸黑起床，向阳台上走去，一边走一边穿着睡衣，结果差点撞在那个顽固的追求者身上。她发现了他留在门槛上的那盒印度茶，怒斥道："拿回去给你老婆喝，忘掉到我家来的路吧！"

他什么也没回答，只突然伸手把她拉到自己身边。她惊呆了，没来得及退开，而他则抓住她头脑混乱的这一个瞬间，紧紧地拥抱了她。

"你闻起来像蜜。"他把鼻子埋进她的头发里，瓮声瓮气地说道。

"像什么？"她又问了一遍。

"像蜂蜜，"然后，不知为何，他又补充说："蜜蜂酿的那种。"说完他又生起自己的气来——也许她会以为还有另一种蜂蜜呢。于是他又迅速地说："为什么你每次都能把我变成一个傻子呢？"

她抬起那双闪闪发光的棕色眼睛，看着他："你说我闻起来像什么？"

通过她颤抖的声音和发白的嘴唇，西蒙知道自己这次是击中了痛点。"像蜂蜜，"他又说了一遍，"花蜜。"

到了秋天，伊莉莎简直是脱胎换骨。她突然瘦了下来，更换了衣柜里的衣服，永远告别了那些又肥又大的裙子和宽松的针织夹克衫；剪了短发，露出完美的头型和美丽又细长的脖子线条。她甚至学会了化妆：涂一点点粉底液和散粉，再刷睫毛膏、涂口红。

现在她知道女人的幸福是什么了。她仿佛是孩子们玩的那种手指游戏里面的花喜鹊，给小鸟儿们分粥，凭借自己的爱将一颗心分给儿子们和西蒙，给每个人都留出一块位置。她从前一点也不了解男人，对于生命中缺失了男人的事实，总感到非常遗憾。而现在，她可以找到那么多能让她的心灵充满快乐的理由。伊莉莎不想让西蒙抛弃家庭，不让自己有哪怕一丁点儿这种想法：她跟不忠的季格兰一起生活了那么久，受了多年的折磨，所以不想让另一个女人遭受到这样的苦痛。但就像小时候她从寄给姐姐们的包裹中偷取食物一样，她从别人的生活中，为自己偷来了一小片幸福。

"不会很久了，"每次她赶走西蒙的时候，都会提醒自己，"再过一段时间，这一切就结束了！"她给自己划定了跟他在一起的时间，也就是到 12 月结束。夏天的时候，儿子们寄来了邀请函，还有 12 月 5 日飞往波士顿的机票。她计划与儿子们一起在那边过新年。与孩子们分开的这七年里，发生了巨大的变化：大儿子娶了当地的一个亚美尼亚女人，购置了一所房屋；小儿子暂时还不着急结婚，跟一个中国姑娘住在租来的公寓里。这种情况让伊莉莎很是焦急：不是开玩笑吧，居然跟非亚美尼亚女孩交往！但她细细地看了那个女孩的照片，注意到她那双美丽的杏眼，还有心形的脸部轮廓（和伊莉莎的脸型一模一样），松了一口气。伊莉莎把女孩的名字念了好几遍"梅丽，梅丽"，最后断言道："我的孙子会是半个中国人。"

"你先别忙着做计划，也许他们不会结婚呢！"西蒙反驳说。

"会结婚的，不然卡连不会把她的照片寄给我。他们会结婚，然后生下一个男孩。"

"你怎么知道会是个男孩？"

"我的心能感觉得到。"

"那不如叫他布鲁斯·李①吧！"

伊莉莎怀疑这是个圈套，决定表示一下气愤，但以防万一还是询问了一下这个布鲁斯·李到底是何方神圣。知道答案以后，她颇为赞许地同意了，得出了一个结论：看来，中国人的名字都是以"Li"的音结尾的，比如梅丽和布鲁斯·李。

西蒙大笑起来，被自己的口水呛到了。

她从他身上学到了很多。要做自己。什么都别怕。要会爱会奉献。不要为自己的身体而惭愧，要接受并珍视身体随着年龄的变化，尽管任何一个女人都很难接受这种变化。他亲吻她肚子上那两条白色的伤疤，而她则轻轻地推开他的脸，像道歉一样地解释说，这两条伤疤是生两个儿子的时候留下的。他爱她的气味——有种微微的清甜，味道很淡，不易察觉。他把鼻子埋进她的腋下和脖子的凹坑里呼吸，呼出的气息把她挠得发痒。她笑了起来，但没有退缩。

"我想把你喝掉。"他说。

有时候，拗不过他一次次的请求，她会给他唱歌。她唱得很羞怯，低声轻吟，几乎像是在耳语，羞到头脑发昏。他请求她像

———————

① 译者注：布鲁斯·李，即李小龙的英文名音译。

169

在教堂里那样唱歌，她同意了，但每次都会感到惊讶——在她这种奇怪的表演里，到底是什么讨得了他的欢心？他没有办法向她解释，只能在听完歌以后沉默良久，然后起身离开。

某次两人激烈地亲密时，他低声地说："我希望生我的人是你。"而她则带着无限的柔情，正确地解读了他的话："我希望自己能生下你。"

有一天，她鼓足勇气对他说出了一切：几乎不记得自己的父亲；母亲直到去世也没向她吐露自己的秘密；她曾经憎恨、害怕舒珊，现在却理解并原谅了她；前夫总说她身上的味道不好闻，她一辈子都必须一天洗两次澡，害怕跟人接触……他静静地听着她的倾诉，不去打断，也不对任何人加以指责，只是久久地抱着她。她很重视这一点，因为她倾诉这些不是为了得到同情，而是为了纾解心中的愁闷。

"你的堂奶奶还活着吗？"西蒙终于开口问了一句。

这个出人意料的问题让她摸不着头脑，她谨慎地点了点头。

"那你不如去问问她。他肯定知道你妈妈小时候遇到了什么事情。"他温柔地提醒说。

"她是我父亲那边的亲戚。"

"这没什么。去问就行。"

伊莉莎感到有点气恼——怎么她自己没有想到这个主意呢？她答应会去打听，但是推迟了到堂奶奶家去的行程。离开贝尔德是她无法忍受的事情，仿佛只要她一离开，就会扯断将她与西蒙连接起来的那根脐带。

伊莉莎很喜欢长时间地细看他的双手，注意到他指甲的形状和手指的褶皱。她很想将这双手画下来，但迟迟不敢动手，怕损害到那段关于父亲的记忆。她躺在他身边，将脑袋放在他的肩膀上，双手合十。他则用自己的双手捂住了她的双手。

"你的手掌也不是很宽呀，但是却能盖住我的手，还很暖和。"伊莉莎微笑着说。

"这是我的心。"西蒙答道。

分离给他们两人带来了极大的痛苦、难以忍受的折磨。西蒙那时已经 53 岁，他觉得自己不会再认真地爱上谁了。伊莉莎是他最意外、最动人的爱。她像一个不速之客一样进入了他的生命，在那里待了短短的一段时间，就离开了，只留下足以温暖他余生的回忆。他怎么也无法接受自己再也不能拥抱她的事实，请求她留给自己一点点微弱的希望——万一她某天改变主意，从美国回来了呢……她摇摇头说："为了你，我会永远留在那里。"

临别前，他送了她一瓶香水，以为那是法国产的，结果是地下小作坊生产的——被转售商给骗了。这香水甜得腻人，令人生厌，一点也不适合她。但就在他惆怅到无法忍受的时候，她打开香水喷了一下。气味浓厚，花香馥郁，但很快就散了，一点痕迹也没留下。

在飞往美国的前一周，伊莉莎到堂奶奶家里去了一趟。她不想自己一个人去，就请求斜眼瓦尔达努什跟自己做伴。她买了最早的那一趟班车，这样回来的时候天色不至于太黑。她把自己已经不穿的好衣服打成包袱，买了普通的糖果和油质酥糖，烤了肉。班车行驶在蜿蜒的山路上时，她觉得很恶心，但是瓦尔达努什一直谈天说地转移她的注意力，所以那种恶心想吐的感觉就消失了。

彼时堂奶奶已有 80 多岁高龄，几近失明，早就走不动了，但奇迹般地保有清楚的神志和记忆，所以她立刻认出了已经七年没见的伊莉莎。还没等伊莉莎开口，老人就开口问侄孙女是跟谁一起来的。老人还说，来的肯定不是妮娜或者马里亚姆，否则她肯定能认得出来。没等伊莉莎回答，她又说："没错了，这是你的邻居。"

"确实是我的邻居。"她不想用真实情况反驳老人。

问完老人的身体状况，又认真地回答了老人提出的所有问题，她打算进入正题，又不知该如何开口。她似乎沉默了有一个世纪那么久。

院子里响起了高亢的狗叫声，珍珠鸡们对此报以愤怒的鸣叫。穿堂风晃了晃窗框，抓住了照进玻璃的阳光。路上过来一辆大车，车边蹭在栅栏上，所有的轮胎都吱吱作响，伊莉莎伸长了脖子去看，却只瞥见长长的牛角和压在车上的一捆木柴。她突然想起，一般牛是在被阉割完以后，牛角才开始疯长的。她又一次被自己奇怪的能力震惊到了——她的记忆总是把各种没有用的东西塞给她，将她的思维引向别处。

堂奶奶颇有耐心地等待着，没有打断她的沉默。伊莉莎终于下定了决心。

"奶奶，我来这里其实是有问题要问您，这件事跟我妈妈有关，没准儿您知道答案。她的弟弟是怎么死的？"她怕别人怀疑她只是闲着没事所以好奇，赶紧补上一句："妈妈这一辈子都为她弟弟的事情感到痛苦，就像是没法原谅自己似的。"

老人用褪了色的眼睛细细研究了她几秒钟，然后哼了一声。她语带责备地问道："你为什么要打听一件她不想说的事情呢？"

伊莉莎仔细听听自己的心声。在与西蒙分手之后，她的心空空落落，不知所措。她现在唯一想做的事情就是抱住他，把脸埋进他的手掌之中，感受那股苦涩的、已经永远渗进皮肤里的烟草味。她猛然叹了口气，眨眨眼睛赶走蓄在眼里的泪水。

"我觉得，这样心里会好受些。"

"谁的心会好受？"

"我的。"她说完便不再言语了。

"我一点儿也不愿意讲这件事，但既然你要听……一战的时候，你姥爷没被征兵，因为他有羊癫疯。他去巴库①打工赚钱，然后消失了整整四年，一点儿消息也没有，一分钱也不往家里寄。后来我们才知道，他爱上了一个小演员，把赚来的钱都花在了她的身上。当他离开的时候，你的妈妈刚满3岁，你的姥姥怀着孩子。她生了一个男孩儿，一贫如洗，勉强糊口，甚至偶尔会在教堂周围讨饭吃。我不记得那到底是哪一年了，要么是1920年，要么就是1919年，那年的1月特别寒冷，也没有可吃的东西，因为夏天根本没得到多少收成……"老人说着说着突然停住了，沉重地叹

---

① 译者注：巴库，今阿塞拜疆共和国的首都。

了一口气，抚着自己的胸口，"闺女呀，这件事讲起来可太沉重了啊。好吧，既然已经开始讲了……你的姥姥被逼到绝望了，她心里明白，靠她自己养活两个孩子是根本不可能的事情，就带着两岁的儿子走进又潮又烂的棚子里，把他锁在了里面。他号啕大哭，求妈妈带他回家，然后就没了声音。只用一个晚上就冻死了。"

"为什么姥姥偏偏选了他呢？"伊莉莎问。

"在农民家庭里，人们更重视男孩。男孩长大后可以帮着做农活，也许以后能够出人头地，帮扶其他人。而女孩却是一种麻烦的生物：要像爱护眼珠一样爱护她，收拾嫁妆，送她出嫁……你姥姥的儿子身体特别虚弱，经常生病，她之所以选了他，是因为她觉得自己的儿子活不了多久。可你的妈妈呢，却觉得自己只不过是走运而已。她那时候才多大？五六岁吧？已经挺大了，能明白事儿了。就算她不明白，过后邻居恐怕也会把这件事讲给她听——对于这种事情，人们肯定会说个不停。她的弟弟就这样去世了。

"但是就在第二天，来了一队从卡尔斯撤退到亚美尼亚北部的俄罗斯士兵。他们被安置在各户人家里，每家安排两个人。他们要在我们这里过冬，等格鲁吉亚的那条通路开放后回到俄罗斯。之所以要等通路开放，是因为未经允许，他们无权回国——这群士兵现在成了外国人啦，毕竟沙皇退位了，俄罗斯帝国瓦解了，外高加索地区的人建立了自己的国家。这些士兵的出现拯救了我们，他们多多少少都有些食物，还愿意与我们分享。他们尽全力帮助我们——当时这儿已经不剩多少男人了：有的被土耳其人杀了，有的在战争中倒下了，有的则跑去梯弗里斯①或巴库挣钱了。所以像打猎啦，打鱼啦，砍柴啦，到哈萨克区②（那里有个火车站，还有大集市，可以稍微挣一点钱买点吃的）赚钱啦，所有这些事情都被他们担了下来。可以说，多亏他们，我们才有命活着。当这群士兵来的时候，你的姥姥差点疯掉，毕竟只要再坚持一天，她的儿子就能保住。可是事情已成定局，无法挽回。顺便说一句，埋葬那个孩子的也是俄罗斯士兵——土冻得特别硬，一群虚弱消瘦的女人连个土坑也挖不出来。

"两年后，你的姥爷回来了。据说跟他搞在一起的那个小演员找到了一个有钱的男人，然后他就被扫地出门了。很显然，他是因为没处可去才回家的。你的姥姥知道了他搞外遇的事情，为了报复他，说出了那件事。他把你姥姥打了个半死，半夜上吊自杀了。他死在棚子里，就是你姥姥关孩子的那间。"

伊莉莎坐车回家的时候，感觉自己的灵魂仿佛被剖开了，里面塞满了多刺的飞廉。"说话"变成了一件难以忍受的事情，但"沉默"也一样。她无声地颤动着嘴唇，回忆着儿子们写来的那些信件，手指划过玻璃画出父亲的那双手。

峡谷的底部有缭绕的蓝色雾气，它不安分地旋转着，一会儿在锐利的浪尖上聚集，在那上面镀上一层银色，一会儿又分散开来，

---

① 译者注：梯弗里斯，今格鲁吉亚首都第比利斯。

② 译者注：哈萨克区，位于阿塞拜疆西北部，阿塞拜疆59个区之一，北邻格鲁吉亚，西为亚美尼亚。

给人一种奇怪的感觉，似乎那根本不是雾气，而是饱含愁闷的大海，它不仅厌倦了生活，还厌倦了自己。

在过去的一半路程里，斜眼瓦尔达努什一直坐在伊莉莎旁边，一言不发。突然，她碰了碰伊莉莎的双手，请求女伴把窗户稍稍打开一点。伊莉莎使劲地按了按窗户上的把手，直接敞开了一扇窗户。霎时间，车厢里充满了刺骨的山风，驱散了机油和汗水的刺激味道。

斜眼瓦尔达努什深深吸了一口微咸的空气，问道："你闻到大海的气味了吗？"

伊莉莎猛然回神，不再观察那些弥漫的雾气，而是惊讶地盯住自己的女伴："你怎么知道我在想象峡谷底部的大海？"

瓦尔达努什紧紧地抱了抱装满物资的篮子（一路上，瓦尔达努什一直把篮子放在自己的腿上，里面装着一罐炼过的油，一袋去皮的榛子，几个干苹果和桃子，是体贴的乡村亲戚们给伊莉莎放上的。伊莉莎把这些东西都给了瓦尔达努什），带着动人的信念感说道："既然大海本来就在那里，为什么还要想象呢？"

美国正是伊莉莎想象中的样子：发展迅速，多姿多彩，喧闹嘈杂，像是一个童话。这里充满了节日之前的热闹气氛，被圣诞花环的灯火和金色丝线点亮。这个国家与伊莉莎从小习惯了的世界大不一样，如梦似幻。就连这里的天空也与别处的不同：它并不会将自己的手肘撑在山脊上，也不会怀着孩子般的好奇心窥探每家每户的窗子，而是在无法触及的高度翱翔，若有所思地翻动着云层，对庸庸碌碌的人类和林林总总的琐事漠不关心。

来到这里的第一周，伊莉莎是在半梦半醒中度过的——很难适应时差。她住在瓦尔丹家，那是一座有着四间卧室的小房子，还附带一个打理得很好的花园。她睡得很早，甚至等不到儿子下班回家；醒来的时候则是半夜，睡足了时辰的她精力充沛，只能煎熬地睁眼到天亮，等其他人起床。她很快就跟儿媳安妮找到了共同语言。安妮来自一个逃离了埃尔祖鲁姆大屠杀[①]的亚美尼亚家庭，说着一口西亚美尼亚语，有一种哄婴儿时发出的"咕咕、哦哦"的口音。伊莉莎经常小声地学安妮说话，品味那种柔软的、温柔的上颚音。因为她们的风俗习惯不同，伊莉莎尽量不在年轻人的生活中横插一脚，也不提出各种各样的建议和意见，但她刚到这里的第一天就开始帮儿媳做家务，而且马上把做饭的工作揽了下来，轻轻地把儿媳从灶台旁边推开。不过对于这件事，安妮并不怎么抗拒。

当她第一次来到超市，走过堆放着各种食物的长货架的时候，伊莉莎感受到的不仅是惊讶和快乐，还有酸楚的痛苦。她想起，在巨大而杂乱的苏联国家里，人们普遍过着缺乏物资的贫困生活，仿佛那是一种判决。

"我们是不是被骗了？他们说西方不平等，还穷，这种话我

---

① 译者注：16世纪，遭受侵略的亚美尼亚一分为二，西亚美尼亚被奥斯曼土耳其占领。19世纪末到20世纪初，奥斯曼土耳其多地均出现了袭击亚美尼亚人的暴力案件和屠杀行为。其中在1895年，土耳其东部重镇埃尔祖鲁姆的亚美尼亚人被大规模屠杀。

听了一辈子，现在却发现一切都是相反的。"她小心翼翼地问道。她把一个粗糙的椰子放在手里滚来滚去，很想知道它是什么东西，但不好意思问。

瓦尔丹抱了抱她，然后惊讶地发现妈妈没有像从前那样后退一步，正相反，她还用双手紧紧地搂住了他。他哼了一声，说："妈，从前我们每一天都在受骗。"伊莉莎把耳朵贴在他的胸前，倾听他的心跳。她还没来得及阻止自己，一个问题已经从她嘴里蹦了出来："儿子，我身上有什么味儿？"

瓦尔丹哈哈大笑："妈，你可真行。"他俯下身来，把鼻子埋进她的衣领："是蜂蜜味儿吧？"他有点怀疑地问道。

伊莉莎踮起脚尖，小心地亲了亲儿子的酒窝："我的好儿子！"

有时候她很想对儿子讲讲西蒙的事情，但克制住了，因为她不知道，对于"母亲跟一个已婚男人有关系"这件事，儿子会是怎样一种反应。她受不了儿子的谴责。

她想象自己在给他写一封长信，把美国生活的各种惊人细节描述给他听：各式各样的汽车（亲爱的西蒙，你会喜欢这些汽车的，都特别漂亮，闪闪发光），可口可乐的味道（甜甜的，冒着泡泡，但你要是问我什么饮料更好喝，我会说咱们的"布拉蒂诺"①饮料更好），数量繁多的电视频道和电视节目（我们只有两个频道，但是这里的电视节目一辈子都看不完，他们还搞出来一种体育频

---

① 译者注："布拉蒂诺"饮料是苏联产的一种软饮，柠檬味，是苏联最有名的饮料之一。

道，从早到晚播篮球比赛，我想，要是你看了这种频道，就算拽着你的耳朵，也没法把你从电视机前拽开呢）。

"……我、卡连和卡连的女朋友去了中国餐厅，那里的人吃饭的方式好神奇呀，是用筷子吃。我真是个蠢货，不管怎么学都学不会用筷子，所以他们给我送来了我习惯用的餐具。梅丽特别漂亮，瘦瘦的，像一枝花儿一样，她的声音就像水晶杯一样清脆好听。只是我没法跟她谈心——我不懂英文呀。跟安妮说话就容易多了，她说咱们的语言，所以我对她了解得比较多，而且我跟她在一起更习惯一些，毕竟我们都是亚美尼亚人嘛。跟梅丽在一块儿的时候我有点儿不好意思，所以她的情况我都是通过卡连知道的，可惜卡连不太爱说话，一句多余的话都不说。亲爱的西蒙，你真该看看他们两个人对视时的眼神，真的充满了爱意，他们一定会结婚的，我的心感觉得到。而且他们一定会生下一个男孩。我对卡连是这么说的：'你们可以给孩子起名叫布鲁斯·李，我不会反对的。'他哈哈大笑起来，也像你一样被口水呛住了。看来我又说了一句不该说的话。亲爱的西蒙，我真笨呀，而且这辈子都没法变聪明了。我真不明白，你到底觉得我哪一点好，你爱过我，现在也还爱着我，我能感觉得到，我都知道……

"你想问孩子们在这里过得怎么样，对吗？"伊莉莎强忍住眼泪，继续"写"道，"他们过得很累，为了养家糊口，他们每天都要工作很久，周末也不休息。卡连解释说：'如果你是在美国出生的，那生活会容易很多，但如果你是外来的，那就得一切从零开始。'瓦尔丹说的话就更让人难过啦，我听了简直想大哭。他说：'初代移民是该死的、倒霉的一代，不管他们想要得到什么，都要付出巨大的努力，所以对他们来说，最重要的就是不要沉沦，也不要被淹没，还要好好赚钱让孩子受很好的教育。'我问：'那你们自己怎么办？'他微笑着说：'我们挺好的。'我问他们后不后悔来到这里，他们两个人都坚定地回答说'从来没有后悔过'。我感到很高兴，只要他们自己觉得称心如意就好呀，这才是最重要的！他们进了一家冰箱厂，一天工作十个小时。我们很少见面，因为他们没有多少时间。但是啊，亲爱的西蒙，我一点儿也不担心他们，因为这是一个善良的国度，富有而慷慨，他们会在这里过得好好的。他们的孩子会过得更好……"

过了两周，伊莉莎已经熟悉了这里陌生的环境，有时候会出来散步。她选择的路线从来只有一条：走到马路尽头，然后右拐，走过人行横道以后再往右拐。她的目的地是一座大大的街心公园，沿途会经过一些小餐馆和商店，每个橱窗里都亮着圣诞灯光。节日的气氛在城市的上空盘旋，让人们的心中充满对奇迹的憧憬和希望，而奇迹是一定会发生的。街上的气味甜甜蜜蜜，令人舒心，是刚出炉的点心和热巧克力的味道。有时候，伊莉莎会羞涩地伸出手指点餐，嘴里低声嘟囔着"please（请）"和"sorry（对不起）"（这是她最先学会的英文单词），在甜点店里买上一只甜甜圈和一杯装在纸杯里的咖啡。走到街心小公园，她会在遇到的第一个空长椅上坐下，然后享受地舔着甜甜圈上的草莓果酱，啜饮热乎乎的咖啡，一边观察来往的行人，一边和西蒙不停地说话。马路对面有一座古老的浸礼会教堂，在那里，尖顶的钟楼高高耸立，五颜六色的彩色玻璃窗闪烁着光芒。

伊莉莎很想进去，但又不敢——万一这样不对呢？万一人家不让她进去呢？毕竟她没有受洗，也不怎么了解这种信仰。但是有一天，她终究还是鼓足勇气走了进去。她不敢坐在教堂里的长椅上，更何况那里的座位也不是很多。很快，人们开始做礼拜了，她只好躲在柱子后面躲避别人的目光，抬头细看满是雕刻花纹的木质天花板，同时按照老习惯，无声地将看到的一切告诉西蒙。圣徒们忧伤的脸上流淌着柔和的光，他们的双手交叠在胸前，手指长长的，指尖弯曲，就像是已经忘记如何飞翔的大鸟，无力地垂着翅膀。"还有他们的眼睛……就好像他们已经哭了很久，还没来得及擦眼泪，就变成了石头。"伊丽莎暗自想道，一边想，一边挨个儿观察那些圣徒。

一种力量惊人的声音将她从默默的观察中唤醒，它从四面八方响起，强而有力，甚至没有留出换气呼吸的停顿，可就连衬托的和声也没能盖过它。这声音在伊莉莎上空飞翔，那种原始的力量和美丽让她目瞪口呆、惊心动魄。它从平滑的声音变成断断续续的旋律，像狂风一般席卷了她的灵魂，形成一个旋涡，让四处闪闪烁烁、明明灭灭。伊莉莎此前从没听过圣歌，对它一无所知。可是现在，她终于明白，自己这辈子一直在唱的到底是什么……她高兴地转过身来，想要让西蒙也看到这一切。

她突然意识到，那落到她头上的五个月幸福生活，已经永远留在了过去，她唯一拥有的只剩回忆。在她的生命中，再也不会出现这样一个男人：她能够爱上他……敢在他面前脱掉衣服，不耻于露出自己的身体……她会把自己的一切讲给那个人听，不会退缩，也不会胆怯。她痛苦地哭了起来。

"上帝为我们创造了彼此，但我们这两个傻瓜不知道这一点，所以才走散了。"这是西蒙从前对伊莉莎说过的话。当时伊莉莎不怎么相信，笑了起来，可现在她毫不怀疑地认为他是对的。她突然喘不过气，滑倒在地板上。在渐渐失去意识的时候，她感激地想自己恐怕是要死了。

然而，在她上空飞翔的那个声音却不允许她死去。它抹去了她心中的痛苦，把那里的每个角落都擦得干干净净，用温柔而安静的光辉照亮了她。它扶她站了起来，拍了拍她裙子上的灰尘，用早已被遗忘在童年里的那种动作擦去了她的眼泪，然后轻轻地推了推她的背，祝福道：走吧，放下那一切，活下去吧。

伊莉莎正是这样做的。

珍珠项链

索菲亚·谢夫·穆舍甘茨并不是为爱结婚的，促使她结婚的只不过是愚蠢的冲动罢了——她想穿上美丽的婚纱炫耀一番。1972年，20世纪60年代流行的高腰短裙、蓬松发型和涂得极为浓密的睫毛，终于姗姗来迟地席卷了像贝尔德这样偏远的小镇。老一辈人认为裙子的长度至少得到小腿肚才行（要是长到脚踝就更好了），但年轻的姑娘们故意与他们作对，挑衅地露出膝盖和肩膀，还跑去搞地下交易的地方，花大量的钱购买高品质的法国化妆品。令时髦姑娘们无比痛心的是，苏联轻工业向百货商店供的货都不尽如人意，式样难看得像是专门为清教徒制造的。她们只好自己寻找解决办法：去二道贩子那里购买高级的时尚杂志、上好的布料、配件和纱线。裁缝玛丽娜不仅能够轻松缝制出任何图片上的服装，还能使用一些不怎么听话，但是非常实用的面料，比如卷曲弹力纱、涤纶和锦纶，因此来找她做衣服的人排起了长队。玛丽娜从不拒客，天天不眠不休地缝衣服，因此在短短的三年内攒够了钱，买下了合作社建造的一个两居室公寓。

　　索菲亚是服装缝纫部的一个接待员，她只要有空，就赖在缝纫室里不肯走，观察女工们如何量尺码，如何用一块肥皂在布料上做标记，用线条标出那些要裁剪的地方，又是如何仔细地挑选配件，忙忙碌碌地踩着缝纫机，转动手柄让那个笨拙的机器动起来。玛丽娜发现索菲亚对缝纫感兴趣，开始把一些不怎么繁重的工作交给她，先是粗缝线，然后是缝剪裁好的布料，熨平衣服边角上预留出来的缝头，给衣角和袖子缝边。索菲亚开心地完成了这些工作，让玛丽娜很是满意：索菲亚的手很灵活，工作做得既板正又用心，最重要的是，她很热爱缝纫的活儿。众所周知，"热爱"即便不是获得成功的绝大部分因素，也起码能占到一半。

在服装缝纫部里，索菲亚为未来的婚礼找到了合适的婚纱款式：雪白的短铅笔裙，露出双肩，后背半裸，沉重的裙摆上缀着银珠。

"我想要一件这样的裙子。"她怯怯地指着时尚杂志里的某一页，叹着气说道。

玛丽娜放下手上的活计，眯着近视眼，俯身看着图片上那个穿着鸡尾酒会礼服的、纤瘦漂亮的模特，扑哧一笑："这种裙子只能在嫁人的时候穿！"

"嫁就嫁呗！"刚满 19 岁的索菲亚没有与玛丽娜争辩。

她从来不缺追求者。她漂亮，匀称，迷人可爱，出自一个富裕又有名望的家庭，因此长期以来，年轻男子们一直围着她打转。她甚至还迷迷糊糊地跟其中一个男人短暂地约会过，结果在第一次接吻结束后，她突然与他分了手，连分手原因都没说。受到伤害的追求者试图把她叫出来开诚布公地谈一谈，希望两人能复合，但很快就偃旗息鼓了——他在约定的地点见到的不是自己的倾慕对象，而是她的两个哥哥。

　　当索菲亚请求两个哥哥出面摆脱那个纠缠不休的追求者时，哥哥们异口同声地问道："他是不是欺负你了？"

　　"要是他欺负了我，我就不会请你们替我摆脱他，而是打死他。"她耸了耸肩膀说道。以当地的标准来看，仅在第三次约会时就接吻，这绝对是一件闻所未闻、大逆不道的事情，所以她明智地选择闭口不言，不然哥哥们要臭骂的不仅是那个追求者，还有她自己。

　　分手的原因简单得好笑：索菲亚非常不满意那次的亲吻。这位追求者留了时下非常流行的小胡子，却没在约会前把胡子弄平整。满是口水、散发着烟味还扎嘴唇的这个亲吻没给敏感的女孩留下任何好印象，她只想赶紧去刷牙。"该死的。"她挥了挥手，决定过段时间再考虑人生大事。

　　从小备受宠爱甚至是溺爱的索菲亚，长成了一个非常自私但幼稚软弱的人。她不会保护自己，也不是很想学会保护自己，而且她不愿意为自己的行为承担责任。所以只要出了什么事，她就会求助于自己的哥哥们，而他们就像盘旋在她头顶上的老鹰，爱她胜过爱护自己的眼睛。她的父母明白，从女儿的品性和特质来看，她远远没做好建立小家庭的准备，也就没有为她商量婚事，尽管她早已经到了待嫁的年龄。"她还小呢，还来得及。"母亲语气坚定地发了话，家里的男人们立刻无条件服从。

　　索菲亚家里有五个不同年龄的孩子，她是其中唯一的女孩，于是总能得到特殊的照顾和对待。她不知道"禁止"二字要如何写，想做什么就做什么。顺便说一句，她来服装缝纫部做接待员也是出于自己的任性，本来她考上了电子技术中专，但很快就对这个专业失去了兴趣，辍学跑到自己最喜欢的地方（也就是有漂亮裙子的地方）上班了。她虽然喜怒无常，却是一个非常迷人而善良的姑娘，所以很快就习惯了服装缝纫部的生活。缝纫是唯一一个能够吸引她的工作，索菲亚带着毫不掩饰的满足给女工们帮忙，向她们学习手艺的时候又不惹人厌烦，还因为自己的聪明机智和超高的执行力得到了大家的赏识和惊叹。

有一次，玛丽娜用挑剔的眼光仔细查看了索菲亚缝的褶缝，发现她缝出来的东西针脚细密，严丝合缝，挑不出一点毛病。于是玛丽娜建议道："要不然你去上纺织技术学校吧？"可是索菲亚不在意地挥了挥手，说："这些东西我都能跟你学到，干吗浪费时间去上中专呢？"的确是这样，所以玛丽娜没有反对。

因为渴望穿上梦寐以求的婚纱结婚，索菲亚不假思索地撤回了"暂不考虑人生大事"的决定，开始与每个追求者见面，就连那个已经被拒绝的也不例外。根据精心相看未来夫婿的结果，贝尼亚明·阿沃杨茨脱颖而出：他没有像其他人那样卖力地吸引她的注意，大部分时间都是沉默寡言的，但是他送了她一个手帕套盒，每块手帕上都有用丝线绣成的洋甘菊和小铃铛。第二天，她向玛丽娜炫耀自己收到的礼物，可玛丽娜却扬起眉毛说："不能送这种东西，兆头不好。""为什么？""预示以后的日子里会流眼泪。"索菲亚满不在乎地挥了挥手——"现在已经是20世纪了，谁还信这些兆头呀！"

贝尼亚明的初恋叫佐娅，当初她眼含热泪地把他送去参军，却没等他回来，只在九个月后寄给他一封道歉信，在信中忏悔地说自己与另一个男人订婚了。"亲爱的阿贝，有时候你以为自己爱上了某个人，然后你遇见了另一个人，发现之前的感觉并不是爱，而是孩子式的依恋。你别生我的气，也别骂我，全是我的错，我自己很清楚。"佐娅在信纸中间夹了三朵风干的洋甘菊，这封信从亚美尼亚寄出后几经辗转，没等寄到阿贝所在的服役地点哈萨克斯坦，洋甘菊就碎成了渣渣。他小心翼翼地把那些碎渣渣倒在手掌心里，舔了舔，苦得皱起了脸。他又把那些洋甘菊渣倒回信封里，拿出火柴开始烧，还把佐娅寄来的其他信件和两人的合照也扔进了火堆，眼看着两张相爱的年轻脸庞在火中渐渐发黄、变皱，然后化为灰烬。

　　他没打招呼就擅自离开了军队，独自喝到酩酊大醉。快到早上的时候他回到了部队，去团指挥所自首，用仿佛打了结一样的舌头说自己愿意承担责任，接受严厉的军法处置。连长是个矮壮、严厉的大尉，用厌恶又怜悯的目光打量着他那蜷缩瘦小的身形，生气地对准他的后脑勺打了一下。他没有问贝尼亚明擅自外出的原因——一切都清楚得很，用不着问。最后贝尼亚明被罚关一天禁闭室（"这不是惩罚，是为了让你这个大傻子清醒一点儿"），还失去了下一次短期休假的机会。面对这些惩罚，贝尼亚明看起来漠不关心，规规矩矩地服完了剩下的兵役，但复员后没有回到祖国,而是在阿拉木图①的一家机械制造工厂里当了一名普通工人,经过学习后成了机械调整工。他住在宿舍里,和一位心地善良、喜欢说话的楚瓦什②同事同住一间屋,排队等着分房。过了三年,他一边责怪自己为何没有尽早脱身,一边突然离开这里回到了亚美尼亚——父亲骤然去世,他要回去参加葬礼。

他的母亲不想在没有儿子的情况下度过晚年,也不愿意搬到哈萨克斯坦。在母亲的苦苦哀求下,他留了下来,很快就在当地的一家继电器工厂找到了工作。拆散他与佐娅的第三者是他的同班同学,他仍然和这位同学保持来往,但顽固地不肯搭理佐娅——假如在街上碰到她,他会走到马路的另一边去。那时她已经生下了两个孩子,身材走样很严重,深深地为自己的肥胖而担忧。每次发现他扭头走开的时候,佐娅都会流下眼泪。"我又没骗他,都诚实地写在信里了。感情这东西是没法控制的呀。"她颤抖着嘴唇向朋友抱怨道。"你别往心里去。"朋友一边安慰她,一边怜悯地想,既然前男友的态度把佐娅伤得那么深,看来她其实并没有完全放下他。

贝尼亚明是在银行里遇到索菲亚的。她站在柜台前排队,无聊地转过脖子去看墙上挂的招贴画,好几次踮起脚尖看队伍长度,想要算一算自己还要等多久。这一切都让他不由自主地微笑起来。他入迷地看着她包裹在夏季西服裤套装里的好身材:美丽的双肩,

---

① 译者注:阿拉木图是哈萨克斯坦最大的一座城市。

② 译者注:楚瓦什,指楚瓦什共和国,现在是俄罗斯联邦主体。

细窄的腰部，优雅的脚踝。她有着典型的古希腊雕塑式的轮廓——额头没那么鼓，鼻子窄窄的，稍微有点长。双唇饱满，孩童式的圆下巴线条很是动人。索菲亚提前从手提包里拿出了收据条，但心不在焉的她不小心把收据撒了一地。贝尼亚明弯下腰去捡，脑袋却撞在了她凸起的尖头膝盖上，只得红着脸不住口地道歉。她揉了揉受伤的地方，毫不在意地挥了挥手。"我叫贝尼亚明。"他一边把从地板上捡起的纸条交给她，一边自我介绍道。她则用一种和自己的年龄很不相符的成熟蜜嗓说道："那就叫你'阿贝'好了。"她没有说出自己的名字。

亲人们违心地接受了索菲亚的选择——这桩婚事对她而言是彻头彻尾的下嫁：贝尼亚明出自一个贫穷的、普普通通的农民家庭，没有车，没有积蓄，也没有受过很好的教育，只从去世的父亲那里继承了一座小房子和一块只有顶针那么大的花园。他有两个亲人——妈妈和姐姐。姐姐嫁到了一个偏僻的村庄，一年只到贝尔德镇来两次，一次是在悼亡日[①]，另一次是在新年假期。

"他哪怕学成个工程师也行呀……"索菲亚的妈妈失望地说。她一逮到机会就要吹嘘自己的两个高等教育证书——一个语言学学位，一个历史学学位。通常，只要事情跟索菲亚有关，家里的男性成员从来都不会忤逆索菲亚妈妈的意志。他们正准备附和她，家中小儿子出于青春期的固执，用嘶哑难听的声音说："阿贝起码还有一个机械调整工的证书，而索菲亚连张破纸都没有。"他

---

① 作者注：悼亡日是每年的 5 月 2 日，人们会在这一天携全家人去扫墓。

的话引来了众怒，不过大家认为这个结论还是比较公平的，在心中给贝尼亚明画了个对号。最后，索菲亚终结了大家的深思熟虑，说这就是她的最终决定，她一点也不会退让。

"你们肯定不希望我跟他私奔吧？！"她扬起眉毛，补了一句吓唬人的话。

妈妈管她叫"小恐吓犯"，翻了个白眼，肉眼可见地显出了极度疲惫的样子，垂头丧气地瘫在了圈椅上。大儿子们被她苍白的脸色吓坏了，纷纷想要训斥索菲亚，但妈妈朝他们做了个很有权威的手势："不必了！"索菲亚的母亲是党内工作者的女儿，从小就学会了父亲那种派头，一有机会就扮演区委员会书记的角色，要么像父亲那样关心自己的下属，要么正相反——因为一点小错误把下属撕个粉碎。就像现在一样，她生气地制止了儿子们，又把女儿数落了一顿，做出了最终判决："既然你这样决定了，就依你。但是你以后千万别来这里诉苦！"

索菲亚没等她说完就打断了她："绝对不会！"

婚礼举办得特别仓促，甚至有传言说准新娘怀孕了。一般举行婚礼的流程是这样的：先订婚，然后是紧张的准备，直到差不多一年之后才会办婚礼。可索菲亚的婚礼办得像雪崩一样快，4月订婚，5月办婚礼。5月根本不是一个适合办婚礼的月份，因为民间有一种迷信的说法：若在5月嫁人，漂泊穷苦一生。

但索菲亚实在是忍不住了。玛丽娜用创纪录的速度（只用了一昼夜）赶制出的那件婚纱，现在正挂在她的柜子里，外面罩着一层防尘纱，等待着出场的时刻。她不得不坐车去巴统①买鞋子和提包（在港口城市里，什么东西都买得到），而且整整去了两次，因为第一次她看中的鞋尺码不合适。也是在那里，索菲亚将自己的长发剪短，长度只到背部的中间。她还学会了梳"芭贝特发型"②的技巧，因为她不愿意让本地发型师给自己梳头，毕竟那些笨手笨脚的师傅们只会把头发梳成高高堆起的圆蓬头，再厚厚地刷上一层定型胶。

婚礼举办得异常豪华——选了镇上唯一一家体面的餐厅，外表看上去像是一座古老的石头城堡；请了乐队来表演，桌子上堆满了昂贵的食物。新娘是被一辆伏尔加GAZ24汽车送进新郎家的，按照她任性的要求，汽车的车厢里面都缝上了白色的凸花边，还在红色的轮毂上贴了新婚夫妇的小相框。车顶装饰着用同样的凸花边做成的巨大蝴蝶结，发动机罩上安着昂贵的德国玩偶，车的副驾驶位置上放了一个篮子，里面堆满了她最爱的果仁糖。护送新人婚车的车队浩浩荡荡，有半座城镇那么长，喇叭按得震天响，在坑坑洼洼的窄路上颠簸摇晃，扬起一团团的灰尘。

新郎的妈妈和姐姐被这样的排场震住了，为自己朴素的外表感到难为情，只好想尽办法不让大家注意到自己。贝尼亚明此前轻率地把筹划婚礼的事情交给新娘一家人包办，所以尽管现在的他无法忍受这样铺张显摆的场面，也只能咬牙忍耐。而索菲亚呢，

---

① 译者注：巴统，格鲁吉亚城市。

② 译者注：芭贝特发型，指电影《宝贝从军记》中女主角芭贝特的发型。

光彩照人，年轻漂亮，穿着奢华的婚纱，精心梳起的栗色头发上系着丝带，手上戴着缎子长手套和沉重的珍珠手镯，看起来像是从时尚杂志上掉下来的一张照片。贝尼亚明一边偷偷地欣赏她，一边担心自己的样子显得很可笑。但是在往她的手指上戴戒指的时候，他还是没有忍住，先亲了亲她的手背，然后珍惜地翻过她的手来，亲了亲她的手掌。她笑了，顽皮地在他的脸颊上啄了一口。

婚礼过去将近一个月之后，两人才度过了初夜。一开始，年轻的妻子坚持拒绝和丈夫同床共枕，解释说是因为自己没有准备好。她确实没有准备好，还没踏进丈夫的家门就已经意识到，是一时的愚蠢冲动让自己落到了这样的境地。婆婆按照传统将盘子放到新婚夫妻脚下，让他们用鞋跟将盘子敲碎图个吉利。索菲亚高兴地照办了，但当盘子的碎片散落在四周时，她清楚地意识到，自己的行为有多么仓促，又是多么没有意义。这件事已经无可挽回了——这让她感到恐慌。她转过身来，在人群中寻找母亲的身影。母亲的表情上明明白白地写着"我知道你后悔了"。如果妈妈给她一个信号，或者哪怕是微笑一下，索菲亚也一定会推开周围的人扑向她，请她带自己回家，可母亲并没有这样做——也许是觉得没有必要，也许是没理解女儿无声的恳求。儿子们站在她的两边，哥哥们沉默不语，弟弟们兴奋地讨论着什么，笑了起来。高大的父亲站在母亲身后，一副犹豫不决、充耳不闻的样子，像往常一样想着一些远离现实的东西。索菲亚觉得，亲人们现在已经不管她了，她委屈地想："不该这样的。"然后怀着沉重的心情转过身，踏入了新家的门槛。

事实证明，她完全不是一个合格的主妇。无论是烹饪饭菜，还是打扫卫生、洗洗涮涮，她都不会。她熨出来的床单有多差呢？根据婆婆不满的说法，别说睡在那上面了，哪怕只是想到要睡上去，也会非常难受的！索菲亚把婆婆的指责都当作耳旁风——她愿意唠叨，那就唠叨去呗！不过，有时候她也会忍不住顶嘴："您看不出来我已经很努力了吗？"

　　"那就是努力得还不够！"婆婆一边把她刷过的碗重刷一遍，一边生气地说。索菲亚哼了一声，用厨房用的毛巾擦湿盘子，想象个头矮小、毛发蓬乱的婆婆就像一只小麻雀，在一场不平等的斗争中失去了一块面包皮，而她则将一桶面粉倒在了麻雀身上。想到这里她终于忍不住了，转过身去捂住嘴，"扑哧"笑了出来。婆婆怀疑这其中有什么猫腻，仰起头来从下往上盯着她看（两个人之间的身高差距非常大），眼神像鸟一样犀利尖刻："你在笑话我？"

　　"可不是嘛！"

　　婆婆的双眼里满是愤怒的闪电："真是个坏东西！"边说，边用沾满洗洁精的双手拍着自己干瘦的大腿。

　　一开始的时候，吵架往往是无害的，可随着时间的流逝，一旦吵成了习惯，这种行为就会变成无法平息的"军事行动"。索菲亚还年轻，想不到这一点，但是贝尼亚明对此非常清楚。他从不干涉女人之间的斗争，但会分别劝说母亲和媳妇对彼此低头忍让。他用的理由只有一个：年纪。

　　他劝说生气的索菲亚："跟一个老女人吵有什么意义呢？"

索菲亚嶡了嶡嘴，表示同意："确实啊，我图什么呢？"她坐到丈夫的膝盖上扭了一阵，然后稍微退开一点，开始讲自己的事情——工作啦，时尚的式样啦，还说她终于学会了缝裤子。他逗她："这有什么难的，剪开布缝起来就行。"她立刻生起气来："你去缝缝试试，我倒要看看你能缝成什么样！"他把她抱进怀里，吻她的唇，吻到喘不过气。她则热情地回应他，搂着面前的男人，用嘴唇去触碰他脖子上火热的凹坑，一边吻，一边低声说着温存的话语。她掀起自己的上衣，允许他抚摸自己的胸部，但是当丈夫的手向下滑去的时候，她坚决地抓住了它。

"我可忍不了那么久。"贝尼亚明抱怨说。

"不会让你等很久了，我保证，很快了。"她恳求道。她声音中充满了真切的恐惧，使他非常不安。于是他让步了。

他又去劝自己的母亲不要跟儿媳吵架，说媳妇还很年轻，只要给她一点时间，她什么都能学会。母亲对儿子发表了长篇演讲，主要包括这几个控诉：她什么都不会做；她也根本学不会，因为一个人要么有做家务的天分，要么一点天分也没有；这姑娘长得像瞭望台似的，哪有这样的？不知道儿子到底看中她什么了！身高有两俄尺半①，还有一双39码的大脚！（索菲亚正肆无忌惮地在门后偷听，听到这里她本能地蹲了下来，蜷起脚趾，低声地反唇相讥："你自己照照镜子去吧，侏儒！"）母亲这个长篇大论的结尾永远只有一个："你还替她说话呢，她都不愿意跟你睡在

① 译者注：一俄尺大约是 0.71 米，推算可得索菲亚的身高大约为 1.78 米。

一张床上，算什么妻子？"

索菲亚之所以屈服于贝尼亚明的爱抚，不是因为她自己愿意，而是因为她想惹婆婆生气。早上的时候，她把那张带有无可辩驳的证据的床单带到客厅里来，放在最显眼的位置上。快要走出家门的时候，她听到身后传来一声惊叫，得意扬扬地挺着肩膀去上班了。到了服装缝纫部，她一整天都只能站着——坐在那里会有点不舒服，甚至有点疼。玛丽娜注意到她幸福的慌乱和眼中兴奋的光芒，眯起了眼睛："你不会是怀孕了吧？"

"没有。"索菲亚很是害羞。她没有承认自己一个月以来一直拒绝履行夫妻义务，因为她很清楚，别人不仅会笑话她，说不定还会把这件事传遍全镇。她倒是不在乎，但她老公肯定会觉得很尴尬。

初夜留给她的是无比复杂的感觉——贝尼亚明的裸体让她既快乐又尴尬。注意到他健壮漂亮的体格，她抓住机会，摸了摸他成熟的男性躯体上的那个粗笨荒谬的东西。

"怪不得奶奶管你们男人叫'打着花结领带的小东西！'"她扑哧笑了起来，用手指戳着贝尼亚明的那个部位，引得他爆发出一阵大笑。

"你有什么好惊讶的，你有四个兄弟！"他故意做出生气的样子。

索菲亚把手指头戳在太阳穴上转了转，做出一个嘲讽的手势，说："傻瓜，他们又没有光着身子在我面前走来走去！要是他们真那样干了，你想想那是什么场景！一共四个人呢！"一边说，一边下床在房间里跑来跑去，左右摇着屁股，搞笑地把手掌放在下腹部晃来晃去。等她跑完一圈以后，贝尼亚明突然跳起来搂住了她，和她一起倒在了床上。她用两只手顶在他胸前，撑出一点距离，央求道："我那里还疼呢！"他反驳说："只是亲一亲，不会疼的。""好吧，不会疼的。"她同意了。

从那天起，索菲亚开始了新的人生。人类情感中私密的那一面迷住了她，将她拖入此前从未经历过的情感旋涡。让索菲亚真心感到快乐的是，她如今也得到了那种隐秘的幸福——老一辈的女人们习惯于不去宣扬它，假装她们的生命中不存在这种幸福，而年轻的女人们羞耻地窃窃私语，低声和同伴们咬耳朵，一边说，一边羞红了脸，眼神游移。索菲亚则不同，她完全不理解为何要对这件事感到羞耻，既然它会让女人变得完整而圆满。她享受生活中饱含肉欲的一面，丝毫不觉得这有什么可耻的，只后悔自己此前一直在抗拒这件事，没能早点开始。

接下来的三年，两人是在狂热的爱里度过的。索菲亚和贝尼亚明一有时间就会躲进他们的房间里，沉浸在身体上的快乐里。婆婆受不了他们这种过度的激情，搬到了自己女儿那里去住，表面上的托词是去照顾不久前生下的第二个外孙，实际上是想去那里尽情地抱怨儿媳脾气不好、不知廉耻。

"一个有教养的亚美尼亚女人怎么可以这样做？"她生气地模仿着索菲亚的声音，摇晃着紧紧包在襁褓里的婴儿，就像在摇晃一个嘎嘎作响的玩具。女儿长得活像母亲的翻版，是个身材干瘦、鼻梁凸起的小个子。她从母亲怀里接过孩子，讨好地附和道："那些从小就被宠坏了的女孩子就会变成这样！"可她自己却悲哀地想起了眼前平淡乏味的日常生活：要照顾那些年龄只相差1岁的孩子们，负担很重；丈夫是长途汽车司机，所以常常不在家。

母亲把厚厚的嘴唇抿成鸡屁股的形状，用干净的河沙乒乒乓乓地清理铸铁锅，把锅擦到锃光瓦亮，然后放进餐具柜里。

"你的弟弟也真够厉害的！"她火气不减，"只看她的眼色做事，不管她提什么任性的要求，都会满足！'亲爱的，这是给你的戒指''这是送给你的手镯'，"她一边学儿子说话，一边弯曲着关节粗大的手指，"所有工资都给她花了，连一个子儿都不剩！邻居家有人卖地，他也不知道把地买下来，扩充家业、翻修房子！什么都要给她！都给了她！"

女儿小心翼翼地为弟弟辩护说："可是他也从来不会跟你对着干啊，而且他也给你送了那么多礼物。你过六十大寿的时候他送给你的那件狐狸皮短大衣，差点花掉了他所有的积蓄！"

母亲立刻愤怒地驳斥道："你不该向着他，应该向着我，懂了吗？我都快被折磨死了，都怪你的弟弟，怪他那个闲不住的淫荡媳妇！他们真得生个孩子，或许到那时候，两个人就消停了！"

女儿咂着舌头，责备地摇了摇头：不该提起生孩子的事情，就在前两天，索菲亚刚刚遭遇了第二次流产！母亲脸色顿时暗了下来，闭上嘴不吭声了。

索菲亚第一次流产是因为她身体虚弱——刚从严重的支气管炎和流感中恢复过来。医生鼓励地说，在这种情况下流产是好事，毕竟她在生病期间服用的强效药物很有可能会对胎儿的健康产生不可逆转的影响。听了医生的话，索菲亚很快就从悲伤中走了出来。可一年半之后她第二次流产了，这次的流产没有任何来由，简直像在平地上摔了一个跟头。索菲亚真的吓坏了。她很想要一个女儿。她想象中的女儿，是她儿时照片上的样子：圆鼓鼓的，胖胖的脸上有小酒窝，金色的卷发上系着大大的蝴蝶结，身上穿着华丽的小裙子。她不仅把这样的小裙子画了下来，还预留了一块昂贵的布料，缎子的质地，石榴红的颜色。她无数次地想象过这样的场景：在女儿过5岁生日的时候，她裁剪、缝制出了一件裙子，圆圆的领子是用丝线缝制而成的，泡泡袖上还带有翻袖口，腰身很短，蓬大的裙摆刚刚遮住女儿胖乎乎的膝盖。她经常对贝尼亚明述说自己的想象，详细地描绘缝纫的细节，连褶边和扣子的数量都说得清清楚楚。他安慰道："你别担心，万物各有定时，什么都会有的。"她没有打断他，而是在他说完之后爬上了他的膝盖，扭了很久。她没说话，只是叹息。

她没有想到，生命中发生的那一个个事件，就像彩色纸带一样绕成了一个循环：几年前，她因为喜欢英国时尚杂志里的那条婚纱，燃起了结婚的念头，现在又梦想为尚未出生的女儿制作一件小裙子。

25岁的索菲亚发生了巨大的变化。年少时的冲动和棱角已离她远去，她放慢了脚步，内心充满了动人的光芒。但她同时也是怯懦自责的，因为一直没能成为妈妈而焦虑、压抑。作为一个对自己的美感到无比自信的年轻女人，她的一举一动都显示出优雅和妩媚。她的身体日渐圆润，就连呼吸的方式也变了——更深，更无畏。还有，深爱着她的丈夫在她耳边再三保证说，她会在黑暗中发出温柔的光芒。索菲亚从来没发现自己还会发光，但她很愿意相信丈夫的话。她虽然及时丢掉了自己的幼稚和孩子气，但别人的夸赞仍然会让她心里泛起天真的喜悦。那些夸赞或许带有渲染夸大的成分，或许只是为了迎合她，讨她欢心，但她都注意不到。

她还在服装缝纫部工作，不过现在已经当上了裁缝。论手艺，她远远比不上玛丽娜，但她并不为此事烦心。她还像往常那样快快乐乐地去上班，但渐渐地，下班的她常常变得无比抑郁——同事们不通人情世故，总是关心地询问她的身体状况，只要她一有不适，就立刻说她终于迎来了期待已久的宝宝。索菲亚多次请求她们不要打扰自己，但每次她们信誓旦旦地做了保证以后，没过多久就又忘掉了。她并不怎么生气，但有时候也会对玛丽娜抱怨说："她们倒像是比我自己还痛苦似的！"

路上遇到的男人总会转过身来看她。她习惯了他们的赞叹，把这看作理所当然的事情。男人们向她问好，她倒是很愿意回应，因为可以把这件事当成笑话讲一讲。但她顽固地把男人们的赞美抛到脑后，就连最纯粹、最不带妄想的那种赞美也不例外。同时，她像所有的已婚女人一样，在身边划出一片空间，这空间看不见摸不着，但谁都无法穿透。她听到人们说，当地的美人舒珊已有家庭，但和另一个男人保持了多年的肮脏关系，这把她吓坏了：她根本无法想象，一个人怎么能背叛自己的丈夫呢？

与婆婆的预言相反，索菲亚最终学会了做家务，而且很好地完成了自己的职责。不过，她大大缩短了家务清单，放弃了那些需要大量体力劳动、责任重大的家务活动。他们吃买来的面包，卖掉了母牛和母羊，只留下了家禽。她在相熟的卖乳制品的女人那里买黄油，把木质搅油器藏得远远的。再制奶酪是她去大哥家里要的，因为大嫂喜欢把事情揽到自己身上来，什么东西都要自己做。为了表示感谢，索菲亚总会送给大嫂一串美味的自制核桃加塔①，还有用雪白的缎纹布缝制而成的衬衫——大嫂在学校里教书，衣着制度很严格。

　　索菲亚挂起来风干的衣服现在已经成了一道亮丽的风景线，那些衣服经过她的漂染和浆洗，看起来赏心悦目。不过她怎么都不喜欢熨烫，因为在服装缝纫部里的工作总会用到熨斗。所以有时候贝尼亚明会接手熨烫的工作，而且他做得不比妻子差。

　　那一个个奇迹，一次次惊人的死亡和复活，仁慈的森林居民，残酷的邪恶势力，美丽而聪慧的公主……都给她留下了深刻的印象。当她做一些无聊的工作时，会像洗牌一样把那些童话人物混在一起，赋予他们新的性格，给那些烂熟于心的故事改变结局。不过，她从来不对自己最爱的童话人物"智者瓦西里萨"②做任何改动。她甚至决定给自己尚未出生的女儿（等待女儿出生的过程

----

① 译者注：这是一种常见的阿塞拜疆、亚美尼亚甜食，用黄油和糖粉制成。

② 译者注：出自俄罗斯童话故事《青蛙公主》，讲述一位聪明、善良、美丽的公主"智者瓦西里萨"被变成了一只青蛙，但她凭借自己的聪明才智给予丈夫伊万王子帮助，最终也在丈夫的帮助下重回人身，获得了幸福。

不仅折磨着她自己，也把她的亲人们折腾得够呛）取名叫瓦西里萨。

1978 年的秋天，贝尼亚明决定前往哈萨克斯坦。在此之前，索菲亚又经历了两次流产，最后一次流产时，胎儿已经有五个月大了。出院后她在床上躺了好几天，除了丈夫以外谁都不见，就连自己的亲妈也不例外，只托丈夫转告妈妈说"不要担心"。婆婆想要回来，但她同样托丈夫转告说："现在不是时候，除非你希望自己又像从前一样，过着没有快乐可言的生活。"

贝尼亚明有点儿委屈，为自己的母亲辩护道："她只是想来帮帮忙。"

索菲亚转过身来，看着垂头丧气地坐在床沿上的贝尼亚明，动了动，把自己紧紧地裹在沉重的羊毛毯子里。以前她从来不怕冷，哪怕在寒冷的冬天也只穿一件薄薄的羊毛外套，可现在她总觉得自己冷得厉害。贝尼亚明在她身边躺下，搂着她叹了口气。他痛苦地发现，即便是隔着一层厚厚的被子，他也能感觉到她瘦得厉害。索菲亚把头埋在他胸前，发出的声音平静而低沉："要是你妈妈来了，她会想尽办法让咱俩分开的。如果我是她，我也会这样做。你需要一个真正的家庭，有孩子的家庭……可我不能……为你……生下孩子……"她简直是硬逼着自己说完了这句话，然后陷入无言的沉默，像是停止了呼吸。

让贝尼亚明恐慌的不是那些话语，而是她说话的语气。那些厌倦了抗争、最终认命的人，都是用这种无所谓的冷淡口吻说话的。

"我们离开这里吧。"为了打破难堪的沉默，他不假思索地说出了自己想到的第一个主意。

她顿了顿，问道："为什么？"

他明白，他的回答决定着自己的未来，因此仔细斟酌着说出每个字眼："我爱你，永远不会抛弃你。在这里，所有人都在给你压力，所以不如去一个没有人认识我们的地方，重新开始生活。"

她紧紧地依偎着他，断断续续地叹着气，仿佛她一直在号啕大哭，只能时不时地停下来叹口气。

"你真的永远不会抛下我吗？"

"真是个小傻瓜。"

沉默仍在延续，但贝尼亚明并不急着打破它。终于，她用胳膊肘撑着自己抬起上半身，亲了亲他的额头说："好的。我们离开这里吧。"

回到从前的岗位并不难。曾经跟贝尼亚明住同一个房间的同事为他说了几句好话，更何况他还有继电器厂（他在厂子里工作了八年）给他的优秀推荐信和荣誉证书。他还做从前的工作——船舶设备制造车间的调整工，分到了家庭宿舍里的一间小房子。一拿到房子钥匙，他立刻着手做了些装修的工作，贴了新的墙纸。他本以为索菲亚会亲手布置房间，但服装缝纫部不放她走：有个裁缝秋天的时候去休产假了，所以索菲亚至少要工作到 6 月中旬，到那时候另一个裁缝的假期就休完了。所以搬到哈萨克斯坦的计划不得不暂时搁置。

没有了丈夫的陪伴，索菲亚非常想念他，只能透过城际电话的噼啪声和嗡嗡声，向丈夫倾诉自己的孤单。

"没关系，夏天很快就会悄悄地来到我们身边。"贝尼亚明保证道。为了岔开话题，他故意逗她说："我没有买窗帘，等你来了，你自己去买需要的布料缝起来吧。或者……要不然我还是自己去买窗帘得了？"

"你敢！我自己去买，你压根儿不懂布料！"索菲亚立刻生起气来，那暴躁的样子把他逗乐了。

她极度想念自己的丈夫，睡在他从前的位置上，穿着他的毛衣和袜子在房子里游荡，写下一封封长信，事无巨细地描写发生的各种小事。有时候她觉得这根本没有必要，因为就在她往信纸上写句子的时候，他已经知道了信的内容。

为了找点消遣，驱散忧愁，索菲亚养成了在周末时去做客的习惯。幸运的是，她的三个兄弟已经顺利地结了婚，有了孩子，只有最小的弟弟还要在军队里服最后一年兵役。她温柔地爱着侄子侄女们，但格外喜欢大哥的女儿，因为这个小姑娘简直是她的翻版。和小姑娘玩够了以后，她回到家，从衣服箱子里拿出那件早就备好的石榴红缎子，铺在床上，想象跟贝尼亚明相聚以后，自己一定会生下一个女儿，而她会给女儿缝制漂亮的裙子。她坚定地相信，在 1980 奥运年①，这一切绝对会发生。她制订了计划，玩着手指头数出怀孕的九个月份。

———————————

① 译者注：1980 年莫斯科夏季奥运会是第 22 届夏季奥林匹克运动会，于 1980 年 7 月 19 日—8 月 3 日在苏联的首都莫斯科举行，其主会场为莫斯科的列宁中央体育场。

"等我坐飞机到你那里，我接着就会怀孕。而且这次我一定能把孩子怀到出生。要是一切都像我计划的那样顺利，那她会在2月出生。还好我挑了红色的绸缎做小裙子，冬天生的孩子很适合穿鲜艳的颜色呢！"她觉得自己非常明智。

这段时间以来，索菲亚大大缩小了自己的交际圈。从前她特别喜欢喧闹的宴会，在那里她可以吃很多美味佳肴，喝下家酿的葡萄酒或是温热的桑葚酒，然后用醇厚的煮咖啡和白兰地搭配甜点，用乡下的方式，尽量轻松自然地低声传播流言蜚语。而现在她只想让最亲近的人留在自己身边，因为只有他们不会问一些压根没有用的、多到让人厌烦的问题，也只有他们不会露出那些同情而无耻的眼神。索菲亚现在非常清楚：纠缠不休的同情甚至比冰冷的漠然更伤人。

但无论如何，她还是参加了玛丽娜的生日宴，因为她不想伤害到自己的好朋友。贝尼亚明听说这件事以后，也建议她不要错过这次宴会："她帮了你那么多！"他语带责备地提起，妻子此前只在工作场合送过玛丽娜一些礼物。索菲亚勉强同意了。

生日宴在那家看起来很像10世纪古堡的餐厅里举行，就是她曾经举办婚礼的地方。来的人有很多，索菲亚松了一口气，隐没在欢闹的人群里。随后，她直接跑到了凸出来的弧形阳台上，躲在角落里啜饮白兰地，看着华灯初上后的窗户一个接一个地亮起来，仿佛是慢速摄影。寂寞无聊的她开始消遣时光，试图猜测下一个亮起灯光的会是谁家的窗户。就在她玩这个游戏的时候，西蒙出现了。他走向她，询问她是否觉得冷。她摇摇头，让出一块位置，使他能够靠在自己身边的栏杆上。

西蒙是玛丽娜的堂哥，有时候他会顺便到服装缝纫部去一趟，转交一些需要的东西，比如短缺的食材，带有详细图样的外国杂志，或者是一团团马海毛——玛丽娜用这些马海毛织出了轻盈的夹克和毛衣。他是个天生的泥水匠和屋顶工人，几乎和所有的机构都建立了联系，所以，在物资总是短缺的苏联，他能轻轻松松地搞到别人都得不到的东西。索菲亚刚来上班的时候就认识了他。西蒙看到堂妹温柔地吩咐这位年轻的女同事去做这做那，自然而然地开始像父亲一样关怀索菲亚——毕竟他与索菲亚的年龄相差15岁。索菲亚一直喜爱他的好脾气和幽默感，但从来没有发现他作为男人的吸引力，尽管有传言说，这份吸引力已经让好几位正派的贝尔德镇女人受了害。

他们聊了很久。他问起贝尼亚明和搬到哈萨克斯坦的事情，而她则问起梅拉尼娅，得知梅拉尼娅生病了，没能参加生日宴。他没有征求索菲亚的同意，就把自己身上的夹克外套披在了她的肩上，却不小心碰到了她的脖子——他冰凉的手指灼痛了她。"你自己也很冷呀。"她一边抗议，一边试图把外套还给他，但是西蒙紧紧地攥住她的手腕，不让她这样做。她"哎呀"一声，被他手臂的力量吓坏了，抬起眼看着他，惊讶自己从前为何没有发现他那种克制的男性之美。他也用同样惊讶的眼神看着她，发现她不仅美丽，而且诱惑到令人难以抗拒。他像被震到了似的，晃了晃脑袋，呆呆地叹息道："原来你是这样的女人！"

一切都是从那天开始的。

35 岁时，艾伊南茨·梅拉尼娅已经学会了认命，装作不知道丈夫搞外遇的事情。她终于对这件事失去了兴趣，明白西蒙是一只爱偷腥的猫，这是他的天性。从前她总会大吵大闹，看起来着实"令人愉快"，但现在她只会挥挥手，心想：反正怎么也改变不了一个好色的男人，干吗要浪费自己的尖叫、毁掉自己的健康呢？更何况，她也没时间去折腾。儿子们一个接一个地出生，就像是撒落出来的小豌豆，占去了她所有的时间。大儿子不久前刚满 6 岁，二儿子才 4 岁，小儿子刚一岁半。她要给孩子喂饭、擦鼻涕、擦擦洗洗，还要打发他们上床睡觉，这样一来，她不光没有时间吵闹，连炉忌的时间都没有了。

除此之外，她还要照管家务，把一切都打理得井井有条：家里有一块菜圃花园；鸡舍里有各种各样的家禽；还有一头母牛，三只母山羊，每天要给它们挤奶，白天放它们出去吃草，晚上接回来；要洗衣、熨烫、做大扫除，还要做饭。要是她闹起来，难道肉会自己剁成肉馅、裹进葡萄叶子①里吗？马楚纳和大蒜会自己变成浓稠的酱汁吗？就算你使劲盯着石头炉子的炉门看，难道面包能够自己烤熟吗？

她长期以来的疲惫反倒成了西蒙无情的借口——他说自己出轨是因为缺乏性生活。每天累到极点的梅拉尼娅常常拒绝他的亲

---

① 译者注：这是阿塞拜疆等地的一种食物，名叫"多尔马"，是将肉馅裹进葡萄叶子里蒸熟。

热，但她坚信婚姻是一条牢不可破的纽带，所以面对西蒙的行为，她总是摆摆手说："随他去吧，反正他哪都去不了。合法妻子的地位岂是那么容易动摇的？"不过，她每个月都会雷打不动地闹一场，有时候就连邻居们也会跑来看热闹。若有旁人在场，她非但不受打扰，反而更起劲了，能够尽情挥洒，把普普通通的家庭争吵变成一场戏剧表演。这场表演是没有幕间休息的，也就是说，她连喘口气的时间都不需要。在这之后，受到震惊的邻居们会花很长时间讨论那些印象深刻的场景，用自己的方式将它们描绘出来。在这方面，退役军人叶尼纳茨·萨科格外卖力，对于梅拉尼娅的每个行为，他都有军事化的解读：

"这盘子摔得好！分三次摔，而且一次比一次摔得响！冲击波就是这样的，一波更比一波强！

"看哪，她往窗户上扔了一把扫帚！简直是在扔手榴弹，只是忘了拔保险栓！"

西蒙承认妻子确实有权发泄，所以带着坚韧和耐心忍受着妻子的一次次吵闹。他先在房间深处躲上很长时间，等到时机成熟了再出现在舞台上，让梅拉尼娅演完这出戏。等戏演到尾声的时候，西蒙觉得她马上就要筋疲力尽了，就拿拳头大声地（就连院子里的人都可以听到玻璃橱中的大高脚杯上下震动的声音）敲桌子："停手吧，够了！"梅拉尼娅立刻安静下来，哼了一声，故意迈着很响的步子走到阳台上，伸手在裙子口袋里摸索香烟和火柴。

在她打算吵架的那一天，她会先把孩子送去自己母亲那里，这样那些尖叫和吵闹就不会伤害到孩子们的心灵。等到了晚上，她与丈夫和好了，面色红润、一脸满足，就像什么都没发生一样地接回孩子，向妈妈保证说今后的生活一定会大变样，而西蒙则会再三发誓说自己以后再也不会出轨了。

"你爸每次把我打个半死以后，也会一个劲儿地赌咒发誓！"母亲哼了一声，抻了抻小外孙的外套。

"你干吗当着孩子的面说这个！"梅拉尼娅小声地责备道。

"他们懂什么啊，我说的话他们一句也听不明白！"

"他们当然明白！孩子们会用自己的方式去理解，但无论如何，他们明白！"

"你别说那么多话惹我烦！"母亲打断了她，给每个外孙各发了一根公鸡形状的棒棒糖，送他们出门。

临别的时候，她总会说同样的话："女儿，相信我，女人这一生会遇到很多考验，'丈夫出轨'远远不是最残酷的那个。所以啊，你不要闹得太厉害，别太伤神。"

梅拉尼娅早已厌倦了这没完没了的说教，每次都想反驳母亲，但及时刹住了车。妈妈当然是对的：出轨不是最可怕的考验，有的考验比这可怕百倍。

索菲亚和西蒙之间这段轻松快乐、幸福无比的恋情只持续了短短的三个月，到5月底就彻底宣告终结。距离启程的日期越来越近，是时候分手了，但是两个相爱的人一直拖延着时间，推迟这不可避免的分离。他们将每一次见面都说成是"最后一次"，可每次见面都不是真正的"最后一次"。他们一边盲目地被情感支配，一边还能保持清醒，不去相互怀疑、传染忧虑，努力让在一起的每一分、每一秒都充满快乐。让西蒙震惊的是，在索菲亚身上精准地混合了不可抑制的激情和如蜡一般的柔顺。他断言，正是因为有了她这样的女人，才会有了文明的毁灭和化为灰烬的城市。

"你不是夏娃的后代，而是莉莉丝①的孩子。"他确信不疑地说。索菲亚脸红了："你又胡思乱想些什么！"但她内心深处其实同意他的观点。多亏了生命中出现的另一个男人，她看到了自己的另一面——若她一直忠实于贝尼亚明，她将永远看不到这一面。七年的婚姻生活使她非常相信自己的魅力，她很清楚，丈夫永远不会背叛她，因为他不仅将她视作灵魂伴侣，还把她当作自己身体的一部分。从前她认为，她与丈夫之所以灵魂契合且"房事和谐"，是因为奇迹般地撞了大运：她正好选中了那个命中注定的男人。但是她与西蒙的第一次结合是那样地水到渠成，毫无尴尬，这让她的心中产生了怀疑：也许，她之所以轻而易举（几乎不费吹灰之力）地走进了另一个男人的心里，是因为她最厉害的天赋是"爱的能力"？还有，也许并不是她碰巧挑中了命中注定的丈夫，而是她能够仅凭直觉，精准地捕捉到男人们身体的声音，然后配合着这些音调，奏出准确无误的和声？西蒙在不经意间证实了她的这种怀疑——他承认，以往的那些女人从来没有像她这样，

---

① 作者注：传说莉莉丝是上帝用火焰造出的第一个女人，她背叛了自己的丈夫亚当，与堕天使私奔，给丈夫带来了无法忍受的痛苦。

与他如此配合迅速、步调相同。

"我好像已经与你一起生活了整整一年，你的每一个细胞我都了解得清清楚楚。"在两人度过第一个夜晚后，西蒙这样说道。让索菲亚高兴的是，她了解并承认了自己的一个意料之外的能力，但同时她也感到非常难过，因为她知道，了解到的这些对她而言没有任何用处。已婚女人的世界必须是封闭的，只能对一个男人敞开。索菲亚很清楚，她再也不会遇到第二个西蒙，发生第二段故事，更不会允许自己再次用出轨的方式来伤害贝尼亚明。

为了防止自己改变心意回到西蒙身边，也为了让自己不再受良心的折磨，她开始全身心地为旅程做准备：列了好几次需要带的衣服清单，又狠狠地做了缩减。她把房子收拾得井井有条，因为婆婆打算在她离开后搬回来居住。她还让经常去伊杰万的大哥帮忙买了一张火车票——因为恐高，她不打算坐飞机过去。

离出发只剩两周的时候，她怀疑自己怀孕了。去医生那里检查完以后，她证实了自己的猜测。她压根儿没有动过不要孩子的念头，决定想办法摆脱窘境——说到底，不一定非得告诉贝尼亚明真相。她继续沉着冷静地收拾行李。但是离原定的出发日期只剩五天的时候，她把整理好的东西放回原位，出发去邮局给丈夫发了一封电报——她口授内容，邮局的电报员操作。她自己也不知道为何要这样做。在电报里，她承认自己怀上了另一个男人的孩子，求他尽快回来办理离婚事宜。电报员玛露丝不动声色地敲完了她口授的内容，但没过多久就把这件新闻传遍了全镇，震惊了所有人。

第二天早上，愤怒的梅拉尼娅出现在索菲亚家门口，想来大闹一场。索菲亚早就猜到会有这么一场见面，所以早早地起了床，忍住最开始发作的几次恶心，匆匆忙忙地揉面烤了一串加塔。她在凉台上接待了这位不请自来的客人（梅拉尼娅拒绝进屋），再三保证说，她对西蒙没有任何要求，而且如果她能把这个孩子怀到生，那这个孩子只会是她自己的孩子。她塞给梅拉尼娅一串坚果加塔，将这位客人送到了楼梯边。梅拉尼娅坚定地认为这个孩子也会流产，走到篱笆边才意识到：自己要离开了，可是怀里居然抱着一串别人烤出来的、沉甸甸的面包。

"你留着自己吃吧，噎死你个不要脸的！"她一边出言侮辱，一边笨拙地以自己为圆心转着圈儿，试图把这串加塔扔到屋顶上去。然而，加塔没能飞上屋顶，而是在房檐上撞了一下，歪歪地弹了出去，飞过栅栏落在了索菲亚邻居的脚边。这位邻居不是别人，正是斜眼瓦尔达努什，她正像往常那样冲出来给人帮忙。

索菲亚从敞开的厨房窗户里看到了"客人"的举动，立刻毫不客气地挖苦道："你是想打破法伊娜·梅尔尼克①的纪录吗？"

梅拉尼娅没搭理她，转身离开了，故意把篱笆门摔得很响。然后她回家尽兴地发泄了一场，用最高级别的吵闹（摔盘子，把他的衣服扔出窗外。不过扔出来的并不是所有的衣服，而是需要洗的那些）把西蒙烦得够呛。稍微歇了一会儿以后，她下楼到院

---

① 作者注：法伊娜·梅尔尼克，苏联田径运动员，曾两次获得欧洲冠军，参加掷铁饼和掷铅球两个项目。

子里去捡衣服，遇到了站在栅栏后面的斜眼瓦尔达努什。

"亲爱的梅拉尼娅，我怕正好撞在你的枪口上，就一直在这儿等你出来，"她一边说，一边笨拙地挥舞着那一串加塔，用讨好的语气解释说："索菲亚不愿意把它们拿回去，说这是专门为你烤的。"

梅拉尼娅气哼哼地捡着丈夫的裤子，生气地丢下一句："你自己留着吧。"她非常讨厌斜眼瓦尔达努什，因为这个傻子总希望自己能帮上所有人的忙。她在心里偷偷地管瓦尔达努什叫"救护车"。

斜眼瓦尔达努什犹豫不决地推开栅栏门，走进院子里："我倒是很愿意自己留着，但是谁来吃它呢？我不喜欢吃甜食，我妈妈不能吃，她有'糖的病'。"

梅拉尼娅默默地伸出两只手，拎着被院里的尘土弄脏的衣服，心想："真没听说有谁把糖尿病叫作'糖的病'。"她使劲儿地把身子探到阳台围栏外面，仔仔细细地抖干净衣服上的灰尘，然后转身去烧水——就这样用手洗吧，犯不着为一条裤子、两件衬衫搬出那台沉重的洗衣机。

梅拉尼娅忙活的时候，斜眼瓦尔达努什就在栅栏旁边呆呆地站着，重心一会儿放在左脚，一会儿放在右脚，腋下还夹着那串沉甸甸的加塔。曾经撞在房檐上的那处包裹皮裂开了，露出了边缘破碎的加塔，碎掉的地方还在不停地掉着金色的糖馅渣。瓦尔达努什时不时地用手掌去接这些碎渣，结果手里很快就攒出一把馅料，只好无助地转着脑袋，盘算着要把手里的东西扔到哪里。直到最后她也没想出什么办法，只好把手里的碎屑扔到栅栏下面，希望鸡群能过来把它们吃掉。

"还是过来喝点咖啡吧！"梅拉尼娅终于对她开恩了。

斜眼瓦尔达努什向来不会让别人对自己三催四请，她把礼品抱在自己胸前，煞有介事地走进屋子里。

梅拉尼娅在阳台上摆好桌子，端出一碗成熟的草莓、去年割的带蜂巢的蜂蜜、冰凉的马楚纳和柔软的山羊奶酪。她还嫉妒地在加塔旁边放了一罐自己最拿手的核桃酱——她是贝尔德镇最会做核桃酱的人。还没等她们开始吃东西，大大的雨点已经落了下来。夏天的雨都是这样的，匆忙、仓促，虽然时间不长，但足够缓解午间的炎热。从峡谷里吹来一阵微风，在人们的嘴唇上留下微咸的味道。从那次大洪水过后，这片地方再也没有过海洋的踪迹，真不知道这带着咸味的风是从哪里来的。

"也许曾祖母说得对，它确实存在，只不过我们看不见它？"梅拉尼娅若有所思地说道。这句话与其说是讲给斜眼瓦尔达努什听的，倒不如说是讲给她自己听的。

"就算看不见，也不代表它就不存在！"瓦尔达努什耸了耸肩膀，从碗里拿起一颗富有光泽的草莓，捏着它的秆儿放进梅拉尼娅面前的碟子里。

"你怎么知道我在说什么？"梅拉尼娅嘲讽地眯起眼睛。

"说的是海呗，还能是啥！"

梅拉尼娅屏住了呼吸。不管怎么样，她的客人并不会读心术吧！她换上一副冷酷的表情，把两人的碟子换了个位置。

"你自己吃草莓吧，我不爱吃。"

瓦尔达努什抬起绿色的眼睛看着她，那眼睛分得很开，眼珠子不是直直看着前方，而是盯着不同的方向，给人一种感觉，似乎她不仅能看到前方，还能看到两侧。她斜眼凝视着梅拉尼娅，时常愚蠢地眨眨眼，还用鼻子大声地抽气，拽拽自己的下嘴唇。梅拉尼娅松了一口气，安心地想：这蠢女人不可能读别人的心思，她连自己的想法都理解不了呢！

"她往里面放了什么？小豆蔻？似乎还有丁香？"

"都不是。要把用来做馅的面粉烧成金黄色。还要炒坚果，不过这个窍门你肯定早就知道了。"

"很好吃。"梅拉尼娅叹了一口气，把加塔吃了个精光。

一只蜘蛛悄悄爬上了斜眼瓦尔达努什随意扎起的细辫子。梅拉尼娅惊讶地注意到，蜘蛛走路的样子是那样奇怪：每次蜘蛛想要迈步的时候，都会高高地抬起一条腿，然后迅速地缩回去，仿佛脚下踩着的东西烫得厉害。她想伸手拂掉蜘蛛，但又改变了主意——反正它也不会造成什么危害，爬一会儿就会掉下来的。

三天后贝尼亚明坐着飞机回来了。他沉默又厌恶地绕着害怕的妻子转了两圈，小心地给猎枪上了子弹，去收拾那个混蛋。西蒙不在家，他只好退而求其次，打烂了西蒙那辆崭新的"莫斯科人"牌小汽车的窗玻璃和头灯，打掉了后视镜，在车身上（连每扇车门都不放过）划出斗大的字母，那字体花里胡哨、歪歪扭扭，都是粗鲁的骂人话。与此同时，斜眼瓦尔达努什被索菲亚的哭声扰得惊惶不安，设法召集起他所有的朋友。他们抓住了这个痛苦的罪犯，扭住他的手，抢走枪支藏了起来。他们把贝尼亚明扭送到当地的警察局，请求警察临时拘留他一段时间，这样他就不会犯事儿。警长稍加思索，决定把贝尼亚明关上 15 天。

为了使拘留的理由令人信服，他要求下属编造一份违法指控，就说拘留犯违规穿过马路，怀着"非故意的目的"造成了事故。

"违法者"合理地提出疑问，说既然是怀有目的，怎么可能是"非故意"的呢？警长生气地啐了一口："乖乖坐好了，别卖弄聪明，不然我们就治你一个毁坏财物罪，到时候你就得坐牢！"只能说，贝尼亚明被关得非常及时，因为发疯的西蒙很快就赶到了警局，要求警察们放他进去找被关押起来的贝尼亚明。

此时工作日已经结束，一个值班警察孤零零地留在局子里，摊开双手，挥舞着自己的警帽说："干吗找他？"汗珠从他剃得干干净净的脸上流下来，消失在衬衫领子后面，衬衫的前两个纽扣还是解开的。天花板上，泛黄的塑料风扇嗡嗡转着，赶走 6 月份炙热的空气，扇叶被苍蝇弄得脏脏的。

"你看见了吗，他把我的车弄成什么样了？"

"你跟他老婆乱搞的时候，就没想到会有今天？"值班警察提出了一个合理的问题。

"你干点人事儿吧，放我进去！"

"为什么呢？"

"你管那么多干吗？放我进去就行了！"西蒙大吵大闹，用拳头捶墙吓唬人，管值班警察叫"蠢驴"。

"那就听你的！"警察没再反对，把他带进了拘留室——不过是另一间。

西蒙也被关了 15 天，罪名是公然侮辱正在执行公务的警察。

失败的凶手和他的"受害者"被关在相邻的两个隔间里，两人状态良好地接见了各自的妻子。她们带来了吃的东西和替换用的床单被褥。索菲亚透过铁栅栏门劝说丈夫与自己离婚："阿贝，你干吗要承受这样的耻辱！"贝尼亚明不说话，咬着牙走来走去。没得到丈夫答复的索菲亚呆呆地站在原地，把额头靠在满是网纹的铁栅栏条上，低声叹气；离开的时候，栅栏条的图案印在了她的脑门上。梅拉尼娅想要尽量避开她，所以快到傍晚的时候才过来。

她仔仔细细地对丈夫讲了最近的新闻，夸奖他们的小儿子——他一下子长出了两颗牙。"什么，一下子长出两颗吗？"西蒙擦掉感动的眼泪，又问了一遍。"是的，最重要的是，他的体温终于降下来了！可怜的小东西真是受罪了。""那二儿子怎么样了？""还能怎么样！这笨蛋把火鸡的尾巴扯掉了。""哟呵！"西蒙的声音中明显带有骄傲的感觉，他为淘气的儿子感到自豪。"你还在这里'哟呵'，那只火鸡的光屁股把整个院子都照亮了！"梅拉尼娅吵个不停。

"你给它缝一条棉内裤，让它遮遮羞。"西蒙提议道。隔壁拘留室里的贝尼亚明不由自主地微笑起来，想象一只穿着内裤的火鸡。但他立刻又沉下脸来，在心里暗暗地朝地上啐了口吐沫。最后他点起一根烟，生气地吸了一口呛人的烟气。

梅拉尼娅离开后，贝尼亚明清了清嗓子，对西蒙喊道："听着，蠢货！我早晚会从这里出去的，一出去就杀了你。所以你别高兴得太早。"

西蒙一直没回答，贝尼亚明在这段时间里熄灭了手中的烟屁股，抽起了另一根烟。西蒙的声音终于响了起来："等你下葬的时候我一定会非常高兴的，明白了吗，白痴？"

"你——说——什——么？"

"就说这个！你想谈谈是吧？那就拿你的脑袋去撞墙吧，可有用了。"

值班警察没有去训斥他们——反正他们怎么也不会闭嘴的。不过，这两人的对骂把他烦得够呛，于是他打开了窗户，还把电话机摆在了窗台上（万一有电话打来的话就不必跑去办公室接听了），跑到警察局的后院，在一张被雨水冲刷得凹凸不平、严重变形的长椅上坐了很长时间，用胳膊肘撑着膝盖，漫无目的地看着自己的脚。他偶尔会把目光从自己的靴子上移开，抬起眼睛看向天空。正值夜晚，热气退散，蝙蝠在他头上盘旋，角鸮撕心裂肺地叫着，星星们互相放射光芒。可是，无论星星们怎样努力，那光芒最终也没碰到对方，它们只好在黑暗中闪着注定熄灭的光。

"每个星体都是一颗被拒绝的心。"值班警察突然想出了这么一句话。他是个40岁的胖子，头秃得像他自己的脚后跟一样光溜，平日里喜欢炸土豆、腌猪肉和喝啤酒。他像突然开了窍一样，被这个动人的猜想弄得神魂颠倒：原来他也能得出这么有文采的结论呀！

他心想："得把这句话记下来，讲给老婆听。"一边想，一边还在挨个儿看星星。他的老婆是一位肥皂剧"鉴赏家"，总是

219

不知疲倦地在他耳边念叨，说他不解风情，没有浪漫细胞。

"梅毒病人，你给我听好了，我挖地三尺也要抓住你！"贝尼亚明仍然在自己的隔间里拼命喊叫。

"你先抓住自个儿的屁股好了，傻帽！"西蒙不太情愿地反唇相讥。

愤怒和怨恨撕碎了贝尼亚明的心，使他喘不过气、疲惫不堪，要求他立刻实施报复。他真的非常想抽烟。拘留室的角落上躺着一个皱巴巴的香烟盒子，旁边是月光照亮的一方地面，上面坐着一只完全不怕人的肥老鼠，它的两个爪子搭在肚子上，用黑珠子一般的眼睛打量着他。贝尼亚明惊讶地观察了一会儿——他怎么也想不到，老鼠居然能够摆出这种姿势坐在地上。随后他朝老鼠扔出一只凉鞋。老鼠一下子蹿进角落里，但几乎没过多久又回来了，坐在从前的位置上全神贯注地凝视着他。

"真见鬼！"贝尼亚明骂了一句，翻了个身不再言语了。他就这样在地上躺到了清晨，一夜未合眼，心里想着：自己原本简单明了的生活，已经变成了怎样黏涩泥泞又寸步难行的痛苦啊。

也许，要不是因为索菲亚遭遇了不幸，恐怕"谋杀"会是难以避免的事情。她想从餐具柜的最上层拿出一个沉重的白铜托盘，爬到了椅子上，结果失去重心摔在了地板上，倒霉地摔断了两个手腕。医生们不让她出院，给她的手打上石膏以后，立刻让她住院保胎，因为担心她有流产和脑震荡的风险。

前来探望丈夫的梅拉尼娅把索菲亚摔伤的事情告诉了贝尼亚

明——之所以是梅拉尼娅前来通知，是因为斜眼瓦尔达努什不敢出现在贝尼亚明面前。曾经他威胁说，要是瓦尔达努什以后再敢多管闲事，就挖出她的脊椎。贝尼亚明隔着栅栏听完了梅拉尼娅的汇报，请求警察们允许他给医院打电话。医生们证实，他妻子的处境确实很危险，确诊了脑震荡，而且流产的风险非常高——病人有出血的症状，并且自诉腰部疼痛。警察立即释放了贝尼亚明，他直接从警察局跑去了医院。可是索菲亚并不想见他，只请人转告说一切都是她的错，她愿意一个人担负起所有的责任。索菲亚还让医院的卫生员帮忙跟贝尼亚明提起离婚的事情，她对卫生员重复了好几遍，还逼卫生员发誓说一定会向贝尼亚明提起此事。可前来与贝尼亚明谈话的卫生员，一看到他憔悴的样子就举棋不定起来，根本开不了口。

贝尼亚明回到家，发现斜眼瓦尔达努什的老妈妈正在那里等着他。她给他熬了热汤，拿走他的脏衣服去清洗，临走之前还说她给浴室生了火："孩子，你去洗洗吧，你闻起来好像掉进了一个臭茅坑！"

他用硬刷子仔仔细细地擦洗了很久，把滚烫的水浇在自己身上，冲刷掉最近几天的失眠。他回想起，自己读完电报以后，不太能理解它的含义，仿佛半睡半醒一样冲出去买票，然后坐过了站。从电车里走出来的时候，他无法立刻辨认出自己所在的位置：这座城市变得无比陌生，已经到了完全认不出来的程度。自己仿佛置身于一个平行的维度，抑或是一个黏稠痛苦、无法挣脱的梦。他把霓虹灯招牌上那变形的字母念了好几遍，才认出那是航空售票处的字样。机票自然不是自由售卖的，他不得不付出三倍的价格，购买一张需要换乘两次、航线弯弯曲曲的飞机票，才能在第二天的夜里回到家中。他又想起，上了飞机以后，他在身上盖了一张报纸，呜咽着啃咬自己的手指头，只有这样才能不让自己哭出声音。他使劲地咳嗽，拼命地咽下哽在喉咙里的硬块。只要一想到发生了的事情，他的心就痛得难受，可若是不去想，心里只会更痛。

洗完澡后，他用浴巾把自己擦得干干净净，穿上衣服，走进地窖里去拿桑葚酒。他喝了不少，正好够醉一场，但还是控制了量；又坐在窗台上抽了很久的烟，背靠在敞开的窗户上，看着斜眼瓦尔达努什晾晒他那些已经洗好了的衣服。夕阳的余晖照在她的脸上，她眯起眼睛、踮起脚尖，够到晾衣绳，忙忙碌碌地用手指头抚平衬衫的边缘，再用木质的夹子把衣服夹在绳子上。突然，她的印花裙边掀了起来，露出苗条结实的小腿肚和动人的膝窝。贝尼亚明冷漠地想，她若不是这样傻得厉害，一定能成为一个很好的妻子，而她的孩子会长得很像她：红色的头发（因为红头发的基因总是能盖过其他的基因），浅色的眼睛，鼻子纤细，颧骨很高。可瓦尔达努什一直是单身：就连她漂亮的脸蛋和窈窕的身材也丝毫吸引不来男人的注意，因为她的蠢笨是显而易见的事实，只会招来人们的疑惑与毫不掩饰的排斥。

挂好衣服后，瓦尔达努什拿着炼奶色的搪瓷盆子离开了。索菲亚就是用这种盆子煮覆盆子果酱和杏子酱的。如果遇到丰收，她还会制作醋栗果酱，放在樱桃叶上。阿贝抽噎着叹了一口气。要想回忆起过去的生活，他必须付出难以想象的努力。曾经那些灿烂幸福、无忧无虑的日子（至少，和现在相比，曾经的忧虑简直是毫无来由、凭空想象出来的，最多只能让他露出一点苦笑），变成了无穷无尽、暗无天日的痛苦折磨。

太阳散发出成熟的光线，透过洗净的衣服发出琥珀色的金光。空气中弥漫着烧灼后的百里香味道，还有甜到醉人的桑葚香，是贝尼亚明从小就无比熟悉的味道。他深吸一口气，将它长时间地留在自己的肺里，就像是要提前吸足好几年的量。好一会儿，他才慢慢地呼出气。第二天他离开了，走之前把身上所有的钱都转交给了斜眼瓦尔达努什，请求她不要让索菲亚无人照管。

索菲亚生下了一个女儿，而且，正如她猜测的那样，小姑娘是在 2 月出生的。不过，她出生的日子比预计的推迟了两周，正好是 2 月 29 日的清晨。索菲亚不希望只能每四年给女儿过一次生日，就请求工作人员将出生证上的出生日期登记为 2 月 28 日。"要不然登记成 3 月 1 日吧。在春天出生不是更好吗？"民政局的工作人员挑起细细的眉毛（这眉毛是拔过的，细得几乎看不到了）说道。"不，她是个冬天生的女孩。"索菲亚斩钉截铁地说。

索菲亚安安稳稳地度过了这次的孕期，没有遇到任何并发症。骨折伤养好后，她出院了，打算收拾东西回到父母家，但是大姑子不允许她这样做，专门从大老远的村庄里赶过来，劝说她至少待到贝尼亚明认清自己心意的时候。

"为什么呢？事情已经很清楚了，不是吗？"索菲亚耸了耸肩。

"没有我弟弟的允许，你不能离开他的房子！"大姑子用坚定的声音表示了反对。

贝尼亚明的母亲觉得受了很大的委屈，宣布与儿媳妇断绝关系。与母亲不同，大姑子表现出了惊人的敏感与谅解。在她与索菲亚共同居住的那一个星期里，她没有说过哪怕一句谴责的话。不仅如此，她还帮索菲亚收拾家务，做菜，甚至制作了十罐桃子罐头。她对索菲亚讲了很多自己小时候的事情，说她与弟弟那时候经常淘气，惹得母亲头痛不已。作为惩罚，母亲剥夺了他们吃蜂蜜的权利——那是他们这个贫穷的小家庭里唯一能吃到的甜食。

"然后阿贝就直接从蜂箱里偷蜂蜜吃。他小心翼翼地掀开盖子，拿出蜂巢框，抠下一块蜂巢再重新盖好蜂箱。令人震惊的是，他从来没有被蜜蜂蜇过，也从来没被人逮住过。不过后来我父亲觉得非常奇怪——不知道为什么蜂巢框里总像秃了一样，东一块西一块的。"

索菲亚从小就特别害怕蜜蜂，害怕地喊了出来：就算有人严刑拷打她，她也绝不会靠近养蜂的地方。

大姑子继续讲道："我和阿贝先把偷来的蜂蜜吃掉了，一人一半，分得很公平；然后舔他的手掌。他总是把右手让给我舔，说右手上沾的蜂蜜比左手上的多！"她害羞地笑了起来。

索菲亚听到自己的心痛苦地呻吟着，流下了眼泪。为了不暴露自己的内心感受，她转移话题说："难道父亲没有猜到是你们偷了蜂蜜吗？"

大姑子眯起眼睛，半晌没说话，沉浸在往事的温暖中。

"他当然猜到了，只是不想向母亲告我们的状罢了。"她终于从幸福的回忆中回过神来，回答道。

过了一周，大姑子收拾东西打算回家。临走前，她踮起脚尖，亲了亲弟媳的脸颊，逼对方发誓说"在与阿贝谈完话前，不会从这里搬走"，还摸了摸弟媳的肚子以示告别。若不是因为这个感人的动作，索菲亚是肯定不会留下来的。

在整个怀孕期间，她一直在服装缝纫部工作，丝毫不在意其他工人向她投来的不太友好的目光。玛丽娜仍然与她保持着朋友关系，不过从不谈起发生的这些事情。为此，索菲亚真的非常感激她。西蒙现在再也不在服装缝纫部露面了，但会往她家里打电话。接到电话的索菲亚冷淡地感谢他的关心，并再三保证说自己什么也不需要，还请求他不要再打扰自己。他后来又尝试着联系了她好几次，但她一听到他的声音就挂上了电话。

她生下孩子以后，西蒙让玛丽娜给她送了一些钱来，但是索菲亚坚决不收："请你转告他，我不需要他的任何东西。"

玛丽娜照办了。

贝尼亚明直到一年半以后才回来，而且他的样子变得很厉害——头发白了，愁眉苦脸，脸上满是皱纹，眼睛里的光都熄灭了。在分开的这段时间里，他没有给妻子打过哪怕一次电话，对于她寄来的两封怯怯的信和生日贺卡，也都没给回复。不过，他每个月都会给她打钱。

有时他会与斜眼瓦尔达努什打长途电话，她在那头夹缠不清、颠三倒四地说那些新闻，而他一边听，一边用肩膀夹住听筒靠在耳朵上，漫无目的地看着那些到邮局办事的人——他们正耐心地排队。最后他会给瓦尔达努什道声感谢，然后立刻挂掉电话，毫不理会她慌乱地问出的那句："你有什么要转达给索菲亚的话吗？"

他坐在邮局的台阶上，一根接一根地抽烟，把烟灰抖在栏杆后面。哈萨克斯坦的太阳比亚美尼亚的太阳热一百倍，像扁平的磨盘一样，沉入白石房子的后面。法国梧桐哗哗作响，一辆紧紧贴着电线的蓝白相间的电车驶向车站。贝尼亚明慢慢地朝电车走过去，一边走一边不紧不慢地把手中的香烟抽完。他不担心自己赶不上电车，反正也没有急着要去的地方。

每一次，瓦尔达努什都会逐字逐句地将电话的内容转告给索菲亚，最后总会说一句同样的话："这次他也没有要转达给你的话。"索菲亚把嘴唇咬得生疼，眼神躲闪。她非常想要回到父母身边，更何况父母也一直不停地劝她回去，可是每次临到离开时，她都会想起自己对大姑子的承诺，想起瓦尔达努什那些翻来覆去的劝告——什么时候想回家都来得及，不必急于一时。想到这些，她又打消了念头。几年后，每当她回想起那些黑暗的日子，都会暗自里承认：尽管有父母的无私帮助，但是真正帮助她苦苦支撑下去的只有两个人，一个是瓦尔达努什，另一个是她的女儿。

小女孩刚生下来的时候，看起来简直就是西蒙的翻版，慢慢地，她的相貌发生了改变，到 1 岁时已经和索菲亚的大哥长得毫无两样了。这使索菲亚的大哥感到非常满足，他常常开玩笑，说自己和妹妹不约而同地互换了长相，暗指他们两个人的女儿长相与他们非常相似。索菲亚没有争辩，她高兴地看到自己的孩子长着高高隆起的额头、仿若透明的大眼睛，微笑时也像哥哥那样歪着嘴角，微带嘲弄。她松了一口气。还没等到女儿过 5 岁生日，她就用早就囤下的布料做了三件小裙子，一件比一件漂亮。穿着这些裙子的女儿就像盛装打扮的洋娃娃，但是她很不喜欢那些褶边和花里胡哨的装饰品，总想把它们抠下来，一旦抠不下来，就会耍小孩脾气哭闹不休。索菲亚并不觉得怎么失望，把裙子收进了箱子（主要是用来存放各种穿不着的衣服）里，等有机会的时候转交给大姑子——她会帮忙把衣服送给有需要的人。

斜眼瓦尔达努什有一种惊人的能力，那就是别人什么时候需要帮忙了，她立刻就能出现。她每天要到索菲亚家里跑好几趟，了解她是否需要帮助。她将索菲亚特别讨厌的熨烫工作完全承担了下来，拿走的是堆成小山的尿布和婴儿服，归还回来的是熨烫得整整齐齐的一沓沓衣服。

索菲亚不放心将女儿交给她，瓦尔达努什自己也不敢把婴儿抱在怀里，不过经常帮着给孩子洗澡，小心翼翼地用长柄勺舀水浇在孩子身上，帮着递毛巾。女儿七月大的时候开始长小乳牙，受尽了苦楚——一直发烧，痛得哇哇大哭，连奶都不喝了。索菲亚为了稍微减轻一点儿孩子的痛苦，折腾得精疲力竭，但都没有用：医生们开的药、洋甘菊油、用来涂抹在凸起牙床上的稀释过的苏打溶液……全都不起效果。有一天，不知该如何是好的索菲亚把女儿紧紧地抱在怀里，号啕大哭起来。

瓦尔达努什正巧过来拿下一批要熨烫的衣物，看到这一幕后，她犹豫不决地走上前来，朝哭闹不休的宝宝俯下身来，将双唇贴在她滚烫的额头上，保持这样的姿势站了几秒钟。小姑娘突然停止了哭泣，这可把索菲亚吓坏了——不会是昏过去了吧？她粗鲁地推开瓦尔达努什，然后惊讶地发现孩子居然睡着了。

"你是怎么做到的？"她小声问道，震惊地一会儿看看女儿，一会儿看看邻居。瓦尔达努什的面部表情非常丰富："我做什么了呀？"然后抱起又一堆要洗的衣服、尿布离开了。要不是索菲亚有无穷无尽的事情要操心，她肯定会好好思考一下这件怪事，但她很快就把这件事抛到脑后去了——脑袋已经晕头转向的了，根本没空去想。

贝尼亚明回来前没有通知任何人。他走进房子里的时候，脸上的表情是那样自然，仿佛他这两年从没消失过。他把惊呆了的妻子搂进怀里，用微弱的声音突然发问："你一直在等我吗？""在等。"索菲亚回答说。

这时候小姑娘已经走得很稳当了，嘴里还嘟囔着一些简单的词语。她是个胆小的孩子，从不让陌生人靠近自己，但是面对贝尼亚明张开的双臂，她只稍微犹豫了一会儿就走上前去了。他抚摸着她那卷曲的婴儿头发，笨拙地拿粗糙的手指头划过她柔软的粉色小脸蛋。她皱起了眉头，但是没有向后退。

"她叫什么名字？"

"瓦西里萨。"

"叫、叫什么？"

"你听到什么就是什么！"索菲亚赌气地说。她的这句话使

228

丈夫不由自主地微笑起来。"从前就是个爱顶人的小山羊,现在还是那样。"他一边这样想着,一边把自己的脸凑近小姑娘,立刻被她那胖乎乎的小巴掌打了好几下。

"她跟了谁的姓?"他状若不经意地问了一句。

"你的,"索菲亚简单地答了一句,哭了起来,"我还以为你不会回来了。"

他沉默了一阵。

"我答应过你,不会抛下你的。"

就这样,他们重新住在了一起。贝尼亚明从来不提过去的事情,有次妻子稍微提到了一点,被他严厉地制止了:"别揭伤疤!"她话说到一半刹住了车,过后骂自己说话没有分寸。丈夫的性格倒也没有多大的变化,只是变得严厉了些,可这份严厉像是故意装出来的,使他看起来非常脆弱。也正是因为他的脆弱,她以一种新的方式爱上了他——那是一种珍惜的、胆怯又内疚的爱,同时这份内疚也让她更坚定、更忠诚。

过了五年,他们又生下一对双胞胎男孩,两人不约而同地用孩子爷爷和姥爷的名字,给这对男孩命名。贝尼亚明对待几个孩子的态度没有差别,都一样疼爱。索菲亚看起来非常幸福,实际上也确实是幸福的,但有时候,当四下无人的时候,她会从深深的木箱中取出一叠床上用品,掏出偷偷藏起来的一个椭圆形的小盒子,里面装着一条人造珍珠项链。她从没戴过这条项链,但很珍惜地收藏着。这项链是临别时西蒙送出的礼物。他请求她戴上,向后退了一步,用了好长时间像孩子一样赞叹地欣赏着她,管她叫"女神"。索菲亚毫不怀疑，若不是因为与西蒙有了这段感情，她这辈子都不可能生下孩子的。有时候她觉得贝尼亚明也知道这一点，这种想法使她的心中充满了怯懦的快乐。她久久地坐在原地，漫不经心地打量着整个房间，但认不出它的全貌；伸出手拨动那圆圆的、闪着光泽的珠子，对着自己的回忆微笑。就在这时，她的脸突然变得更年轻、更美丽了，内心温柔的明辉使她容光焕发。

瓦西里萨很晚才知道贝尼亚明不是她的亲生父亲，但她不在乎这个消息——这让她的父母非常开心。她一劳永逸地做出了决定，认为父亲应当是那个把她养大、一直陪伴着她的人。她从未表现出想与西蒙联络的愿望，也不暗自怀恨，每当她与西蒙在路上偶然遇见的时候，她都会语气尊重地打声招呼。但是关于她出身的流言蜚语传得非常难听，就像盘旋在腐烂水果上的蚊蝇一样挥之不去，令人讨厌。这摆脱不掉的流言跟随了她一生，但瓦西里萨从不在意。同样地，她也不在意很久以后出现的第二个不肯消散的流言——据说她那个有名的城里人丈夫，因为长期以来一直受到众多女人的关注，所以被宠坏了，为了一个很有前途的年轻女演员抛弃了自己的妻子。

她没有否认这个谣言，也禁止母亲与其他人谈论此事，只与弟弟们（那时他们的年纪已经足够大了，已经能够正确理解所有的事情）讲了自己家庭破碎的真实原因。兄弟俩一会儿撇嘴，一会儿咬牙切齿，沉默着思考接下来要怎么办，然后让瓦西里萨收拾好东西，和他们一起回贝尔德镇。还没等她同意，两个小伙子已经来埃里温接她了。瓦西里萨的丈夫没有阻止她离开，只请求她一年至少让自己跟儿子见两次面。

"你想一年跟儿子见五次面都没问题，但见面时必须有我们在场，懂了吗？"双胞胎弟弟给他提出了条件。与深思熟虑、从容不迫的哥哥不同，他性情暴躁，做事、做决定都很快。

"这是为什么？"对方觉得自己受了很大的侮辱，这样问道。

"还要给你解释原因吗？"双胞胎弟弟皱起眉头，把指关节捏得咔咔作响。

瓦西里萨的丈夫是一个全国知名的小提琴演奏家，在30岁时发现自己对同性很感兴趣。他把双手藏在背后，害怕地朝墙边退去。瓦西里萨站在他俩中间，恳求说："别碰他，发生这种事也不是他的错，他不是故意的！"

"你别妄想蒙混过关，赶紧去……'对岸'花天酒地吧！"双胞胎弟弟一边说着，一边做了个非常不雅观的手势，指出了"对岸"的位置。瓦西里萨"啧"了一声，拽着弟弟的耳朵喊："小混蛋。"

"你去收拾东西，我到楼下等你。"双胞胎弟弟含混地丢下这么一句，双手托住外甥的腋下抱起来，飞速冲进院子里，就像没看见电梯似的。他沉重的靴子敲在入口处的石头台阶上，发出响亮的声音。"快一点！再快一点！"3岁的外甥兴奋地发出尖叫。

"你去收拾东西吧。"双胞胎哥哥叹息着说，然后毫不客气朝姐夫的肩膀撞了一下，走进了房间。

回到贝尔德镇后，瓦西里萨没有烦恼太久，立刻在音乐学校找到了一个工作，开始组织儿童乐队。工作之余的一半空闲时间都是在镇管理局度过的，一会儿申请给自己照管的孩子们挑选新乐器，一会儿组织游览，一会儿又搞巡回演出。有一次，她甚至把学校的乐队带去了挪威，这趟旅行成了其他音乐学校众口议论、妒忌万分的原因。这些学校的校长怎么也不明白她为何能办成这样的事情。瓦西里萨耸耸肩，不断地说："要想成功需要两样东西：一个是毅力，一个是对所做事业的热爱。"管理局的人虽然很怕她，但也敬佩她的毅力和对工作的责任心。

因为工作的原因，她每年要去埃里温出差好几次，每次去的时候都会带上自己的儿子，让前夫跟儿子好好交流一下。这让她的两个弟弟感到非常不高兴——他们怎么都不能原谅前姐夫的那些"变化"。索菲亚有着女人天生的机警，已经猜到了女儿离婚的真正原因，一直守口如瓶，不去问一大堆问题使她烦心。此时的贝尼亚明已经有过一次中风，在医生的坚持下，他过起了爱惜身体的生活，日子无忧无虑。有时候，他为女儿的孤独感到难过，就埋怨女儿为何不努力守护家庭的完整。

"下一次我一定努力。"瓦西里萨开玩笑地回答。

"还有下一次吗？一共才只有几个男人啊，就那么一两个，别的再也没有了！"贝尼亚明怎么都平静不下来。女儿抱住他，脸颊贴在他胸前，倾听父亲的心跳。

"你老是唠叨我，老头儿。"她微笑着说。

"确实是这样。"贝尼亚明轻易地妥协了。

瓦西里萨的第二个意中人是老卡廷卡的曾孙巴格拉特。他的朋友们想到阿德里安·保罗演的那部电视连续剧，开玩笑地管他叫"高地人"[1]，暗指他生命力顽强。所有贝尔德人都毫不怀疑，巴格拉特命中注定要长寿。而且他们说起这件事的时候是自信满满的，有时候还带有一点点微不可察的妒忌，毕竟不是所有人都能接受这样的事实：你的同龄人会比你活得更长。他们只在"巴格拉特到底能活多久"这个问题上有争议。在众人口中，这个数字在100到150之间波动，每个参与的人都坚信自己说的是正确的，这很难解释得清。有时候，更无法解释的是那些年龄的数字都非常精确，比如，斜眼瓦尔达努什坚信巴格拉特会活128年零4个月，在夏至那天死去。可是一个出生在5月的人，怎么可能在6月满128岁零4个月呢？就连这个事实也没法使瓦尔达努什放弃这个神秘的数字（她坚持说自己是在一个月圆之夜梦到了这个数字）。邻居索菲亚绝口不谈瓦尔达努什梦里的内容。索菲亚相信，人不可以说出自己的梦，否则梦不仅不会实现，还会给跟梦有关的人招来祸端。她很疼爱自己的女婿（在贝尔德镇的家庭中，有时候确实会发生这种事情），所以每当瓦尔达努什说起这件事的时候，她总会摆摆手，说不相信这种无稽之谈。但是等邻居离开之后，她一定会念两段祷告：第一段用来祈愿女婿身体健康，第二段则是为了让瓦尔达努什以后不要乱说话。

"耶稣基督，请让她别把自己的梦告诉任何人！"她一边祈祷，一边抬眼看向天空，仔仔细细地在自己身上画十字。

---

[1] 译者注：《高地人》是阿德里安·保罗主演的电视剧，主角的寿命非常长。

然后她总会斜着眼朝侧面看，害怕地将双手放在胸前，遮住画十字架的那个位置，补充说："要是她突然想说自己的梦了，那就让她的舌头麻痹说不出话来吧！"

　　多年来，瓦尔达努什那种令人讨厌的天真和她到处管闲事的习惯让索菲亚有些厌烦。不过，她小心地掩饰了自己的不满，还经常感到有些内疚——毕竟这个瓦尔达努什没有恶意，她唯一的罪过就是太希望对所有人施以善意。

　　"别忘了，她为你的家庭做了多少事情啊！"每次看到瓦尔达努什匆匆忙忙赶去某个地方的时候，她都会这样提醒自己。索菲亚学会了根据邻居的表情和走路的方式来判断她是否正急着去给人帮忙：眼睛有点眯缝，看东西的时候就像上了膛的手枪口；像母鸡一样张开手臂；尖尖的胳膊肘前后摆动，好让自己走得更快、更自信，同时给过路的人发送了信号：让路！上了年纪以后，瓦尔达努什变得消瘦干瘪起来，不过她倒是没有驼背，正相反，她像船尾的桅杆一样高高竖立着，脸上还带有不健康的红晕——是高血压搞的鬼。她不听医生的建议，坚持用一些植物的根和药酒（这是她自己煮的，泡的是山茱萸酒）。在她母亲去世以后，她彻底变成了一个怪人，很少跟人交流，好几天都不愿意出门。不过，人们从来不让她一个人待着，总会有邻居过来看她是否安好。

　　索菲亚一周给她送两次面包和煮熟的肉，还会送一点炖菜和一小块山羊奶酪（虽然小，但瓦尔达努什一个人保证吃不完）。瓦尔达努什的精神虽然还不错，但就这样一天天地憔悴了下去，似乎如果把她放到日光下面，光线会毫无障碍地穿过她的身体。"连影子都不会有的。"索菲亚担心地想。她同情地看着邻居那薄到透明的皮肤，那上面甚至可以看到突出的静脉血管和毛细血管。

斜眼瓦尔达努什感受到索菲亚的目光，咧着有豁口的嘴微笑了起来："很漂亮，对不对？""是很漂亮。"索菲亚叹息着同意道。"小瓦西怎么样了？"每次瓦尔达努什都会这么问。贝尔德人觉得瓦西里萨的名字很拗口，所以就按照自己的方式叫她。"挺好的。"索菲亚振奋了精神——她时刻准备着讲自己孩子的事情，尤其爱讲自己的女儿和儿子们。"那巴格拉特呢？"瓦尔达努什小心地打听道。

"别再讲你的梦了！"

瓦尔达努什用干燥的手掌擦拭自己的脸，透过手指露出与世隔绝的目光。曾经的红发被衰老镀上了暗淡的铜色，她的眼瞳失去了色彩，脸上是一副痛苦的、注定死亡的表情。

"我们每个人，总有一天都会死去。"索菲亚想道。松了一口气的她离开了邻居的家。看望瓦尔达努什一直是件非常困难的事情。

后来她朝贝尼亚明抱怨说："就像是到墓穴里走了一遭似的。"

人们之所以那么确定巴格拉特会活 100 多岁，是因为当地有一个传说：只要一个人能够成功地逃脱过七次死亡，活到 30 岁，那么他的寿命会是其他人的两倍。从巴格拉特死里逃生的次数来看，他能活得像《圣经》里的族长诺亚一样长。如果相信《圣经》里的说法，那么诺亚只差一点就能活到 1000 岁了。

巴格拉特出生的时候就差点儿死掉——他不光是腿先出来的，还被脐带紧紧地缠着，为了不让他窒息而亡，助产士只好把脐带胡乱剪开。5岁时他已经得了小孩子会得的所有疾病，麻疹和水痘差点儿把他送去见上帝。两次差点淹死在小溪里，而这溪水只能没过成年人的膝盖。他曾经头朝下从树上摔下来，摔掉了两颗门牙，还好没有得脑震荡。差点儿死在一个小小的、像个盘子那么大的沼泽里，贝尔德周边从来没有出现过沼泽，但就在那年的9月，一整个月都下着闻所未闻的大雨，沼泽就这样出现了。还有一次，他不小心把一盆无花果果酱倒在了自己的身上。刚从烧伤中恢复过来，他又吃茄子酱中了毒。最重要的是，除了他那个风烛残年的曾爷爷以外，全家人都吃了茄子酱，但只有他一个人中毒。上七年级的时候，巴格拉特被一辆重型卡车撞了。到了十年级，他在高中毕业晚会上被狠狠地电到了，留下了一辈子都无法去除的深红色伤疤，从食指延伸到小臂。他在一个环境很残酷的山隘上服亚美尼亚的兵役，有一次，他所处的地方刚好遇到了雪崩。就在士兵们从积雪的一端挖他的时候，他从另一端逃脱了——活得好好的，几乎没受什么伤，只是左脚的脚趾头被冻伤，锁骨骨折。他拒绝转到安全的部队，在高山上服完了剩下的兵役，但就在快要退役的时候，他染上了某种病毒，患上了非常严重的肺炎。也正因为患病，复员后过了一个月他才回到家中，看起来像一个苍白透明的影子。斜眼瓦尔达努什前来探望他，回去以后对所有人说这个可怜的男孩肯定活不了多久了。

　　"你们真该看看，他的眼睛都塌陷了，肋骨高高地突出来！"

她悲哀地垂着嘴角，边哭边讲，还要用手捶自己那瘦得皮包骨头的胸膛。

就在那时候，人们想起了那个传说，相信只要巴格拉特能够成功地活到30岁，就不会再出事了。

"一定要活到那个时候呀，小巴格！"巴格拉特遇到的每个人都会拍拍他那消瘦的肩膀——那肩膀尖尖的，并不是向两侧突出，而是向前突出。巴格拉特总会微微地笑起来，承诺不会让大家失望。令人惊讶的是，他居然守住了自己的承诺，渐渐好了起来，后来还去了埃里温赚外快。最后他直接搬到了埃里温，去那里学习牙科技术，再回来的时候，他已经变成了一位高大帅气的青年。在他那几个冻伤的脚趾头惨遭截肢以后，他变得有点跛，但就连这个也算不上什么缺点，而是他迷人外表上的一点额外的特色。

待嫁的女孩们一致为他害起了相思病，但都不急着跟他恋爱。巴格拉特自己也不怎么着急，因为那个迷信的说法，他很怕自己让一个年轻的可怜女孩成为寡妇。他对担心着急的母亲开玩笑说："等我满了30岁，就派媒人到你相中的那个女孩的家里去提亲。"母亲塔玛拉叹了一口气，在脑海中细数她这个大儿子注定遭受的那些磨难，只祈祷他能够健康平安。结婚什么的都不重要，只要能活着就谢天谢地了。

或许是母亲的祈祷上达天听，或许是死神遭受了太多的失败，挥了挥手走开了，又或许那个古老的传说已经生效了（为什么不呢？），从巴格拉特满30岁开始，他的命运终于迎来了幸福的安宁。他是个极为优秀的专家，所以从来不缺工作和钱，而且还能赡养母亲，帮助那个嫁给穷苦中学教师的姐姐。他终于恢复了健康：要是不算那几次轻微的着凉感冒，那么他直到去世都没再生病。他的家庭生活很幸福——这是相当少见的事情。他和瓦西里萨是完美的一对，两人都怀着一种感激的态度对待生活，就连外表和性格也非常相像：身材高大，爱说爱笑，长着一双闪闪发光的黄褐色眼睛，厚实的头发打着大大的卷儿。塔玛拉刚知道儿子选了谁做伴侣的时候，感到非常失望（很明显啊，有那么多未婚的姑娘可供挑选，他居然更喜欢一个离婚带孩子的女人），但还是接受了这个儿媳。随着时间的流逝，她更加了解了瓦西里萨，这时的她只要一想到儿子当初很有可能会选择别人，就真诚地感到后怕。

一年半之后，瓦西里萨生下了一对双胞胎，这是一对小姑娘，长得和奶奶简直是一个模子里刻出来的。双胞胎的出生让她们的奶奶感受到了无边无际、超越一切的幸福，她终于松了一口气，可以毫无顾忌地开怀长乐，不必再担心自己的儿子了。

人们认为，不幸的事再也不会发生了，可是命运却有自己的决断。双胞胎姑娘出生后的第五年，一个粗心大意的小男孩过马路，迎面开来一辆小汽车。千钧一发之时，汽车紧急拐向路边，开出了车道，撞断桥栏冲进河里。开车的人是巴格拉特，而那个小男孩是西蒙的大孙子。

夏至那天的清晨，苦于失眠的索菲亚在自己家的院子里遇到了哭泣的斜眼瓦尔达努什。她没能在第一时间发现瓦尔达努什，因为对方正坐在桑葚树下的长椅上，宽大粗糙的树干遮住了她的视线。时间还很早，一夜失眠的索菲亚困倦地走到阳台上，想在破晓前的寂静中坐一会儿。她坐在圈椅上，在腿上披了条厚毛围巾，双手交叠放在胸前，好像在哄自己睡觉似的。有时候，被失眠折磨坏了的她会直接这样睡过去，贝尼亚明准备去上班的时候会小心翼翼地不发出任何声音。他匆匆忙忙地吃过早饭，小心地关好身后的门，离开前还不忘亲亲妻子轻盈的发丝。她一般会因为这次亲吻醒过来，但不会睁开眼睛，直到篱笆吱吱呀呀响起来再"砰"的一声关上以后，她才会起床，喝掉自己早上的那杯咖啡，开始做家务。而就在那个倒霉的清晨，她被失眠折腾了一夜累坏了，走到阳台上去，希望能稍微睡一小会儿。她在圈椅上舒服地坐下，腿上裹着厚毛围巾，刚闭上眼睛就睁开了——不知从哪儿传来的一阵痛苦的抽泣声吓坏了她，她这才发现了长椅上的瓦尔达努什。她看到那个可怜的女人坐在那里，重重地弯着腰，双手垂在膝盖上大哭，也不知道擦一擦潮湿的脸。不停流淌的眼泪在她那透明的、蒙着皱纹的脸颊上留下了粉红色的小条，刺激着她那薄得像纸一样的皮肤。

"发生什么事了，亲爱的小瓦？"索菲亚吓坏了。

她的邻居把脸埋进手掌里，痛苦地叹了一口气："我做了一个噩梦，亲爱的索菲亚。跟你的家庭有关。"

索菲亚立刻吓坏了。她在瓦尔达努什旁边坐下来，要求对方复述那个梦。瓦尔达努什摇了摇头说："我不能说，不然这个梦会变成真的。我对水讲了，对炉灰讲了，还对打鸣的公鸡讲了——反正这只公鸡也是要上屠宰场的，它老是大声打鸣，把人折磨坏了。

我是不会对你讲的，你不要问了……"她离开长凳，朝栅栏门走去，抽噎着说："我最好还是离开这里，我不该来的，我要走了。"

"你暗示一下这个梦跟谁有关也行啊！也许我可以把他救下来！"索菲亚祈求道。但是瓦尔达努什就是不说话。

"那你到这里来做什么？"索菲亚生气地在她身后大喊大叫。瓦尔达努什耷拉着肩膀，垂下了脑袋，但是并没有转过身来。

索菲亚当然没能睡好觉，跑到教堂里点了几根蜡烛。回来的时候，尽管时间还早，她还是给所有的孩子们都打了电话，确认他们每个人都好好的，请求他们保护好自己。双胞胎兄弟纷纷开起了玩笑，而瓦西里萨则打着哈欠，小声地（双胞胎女孩们就睡在旁边）训斥她："妈妈，你怎么能信这些乱七八糟的东西呢？"

"不是我，是瓦尔达努什。"索菲亚为自己辩护说。

"你怎么能听她的话呢！一个傻子的话也能信吗？"

"说得也对啊，闺女。"索菲亚高兴起来，平静地摆起了早饭桌。

快到晌午的时候，巴格拉特已经不在人世了。

刚办完巴格拉特的四十天祭日，瓦西里萨就打算带着孩子一起去埃里温。她的前夫得到了皇家爱乐乐团的邀请函，搬去了伦敦，把自己的房子留给了她。亲人们求她不要离开，但她拒绝得很坚定——留在这样一个小镇上是很痛苦的事情，因为她会一直想起自己失去了多么重要的东西。索菲亚为了留住女儿，就说西蒙这些年一直在偷偷帮助她，还请求她不要把这件事告诉自己的父亲和弟弟们。

"女儿啊，你看，这里有多少人爱你啊。我，你爸爸，你的弟弟们。就连西蒙也很爱你，虽然你看不到，但他一直在你身边。他让瓦尔达努什帮他转交过许多钱。有给你的钱，给双胞胎的钱，还有给巴格拉特买墓碑的钱……"她弯着手指头数数。

"妈妈，不要说了。"瓦西里萨轻声请求道。索菲亚第一次发现，女儿看起来真的很像贝尼亚明，脸上的表情、姿势还有沉重的眼神，都像极了。索菲亚好像突然清醒了似的，有些可怜女儿，连忙移开了眼。

后来，就在女儿搬走以后，当索菲亚按照自己的老习惯坐在阳台上，一边倾听大自然醒来的声音，一边试图打盹时，她的脑海中突然浮现出自己与斜眼瓦尔达努什的那段关于预知梦的对话。这个梦不能讲给别人听，否则巴格拉特就活不到原定的年纪。

在黏滞的睡梦中，索菲亚想："难道她不小心说漏了？"但她立刻赶走了这个想法：就算她说漏了嘴，难道仅凭这些东西就可以改变一个人的命运吗？

至于贝尔德镇的人们……他们多次聚在一起，悲伤地摇着头，发出"啧啧"的声音，讨论"天意"在生命的画布上留下的奇异图案。他们都认定，多年前西蒙与索菲亚之间的那段短暂的联系，就是为了在某一天，让命运交织在一起，得到这样一个痛苦的结局。但他们都没能从这个痛苦的结局中看出上天降下的判罚，哪怕一丁点儿也没有。整个人类的生活都是由这些悲哀、快活又充满磨难的日子构成的，又能有什么判罚可言呢？

图
画

第三个药店里也没有防噪耳塞卖。药剂师是个胖胖的姑娘，长着一张圆圆的娃娃脸，嘴唇上方有不太显眼的小胡子。她抱歉地摊开手说："昨天都卖光了。"

"从什么时候开始，亚美尼亚人居然喜欢上防噪耳塞了？"苏珊娜没有掩饰自己的愤怒。

"倒不是他们喜欢耳塞，只是供货比较少。人们现在要坐着飞机到处跑嘛。"

"那你们就多进点儿货啊！"

"我们订货的呀，可这又有什么用呢？最多也就送来十几包。"

苏珊娜想说一些挖苦的话，但又忍住了——供货的事情又不是药剂师能说了算的！但不管怎样，当她走出药店的时候，她还是幸灾乐祸地想起了药剂师的肥胖和胡须。这姑娘还年轻，但已经患上了激素的病。这样等她40岁的时候，她会变成一个痴肥、多汗且被哮喘病折磨的发面桶。要是她已婚的话就更好了，她的老公恐怕会在万花丛中流连忘返，一有机会就背叛自己的老婆。好在让她妒忌的理由也不多：药剂师的老公也不是什么大帅哥阿兰·德龙^①。像阿兰·德龙那么帅的人是不会娶这种胖子的。

　　一场风暴正在阿拉伯沙漠中肆虐，被飓风捉住，带到了亚美尼亚南部。太阳把房顶炙烤到了白热化，令人无法忍受的热空气刮破了上颚（似乎只要划一根火柴，这空气就能在顷刻间燃烧起来）。沙子从所有的缝隙中钻进来，这凶猛的顽固激怒了所有人。路边的咖啡厅把露天凉台上的小桌子收走了，不然沙粒能在服务员给客人上菜的那短短的时间里破坏掉菜肴。在封闭的房间里，因为一直有风扇旋转的缘故，人们会觉得稍微舒服一些。桌子必须每隔五分钟清理一次，上菜的时候要罩一个盖子，而饮料必须装在一俄升的酒瓶里，咖啡则是直接装在细口长把金属咖啡壶里端上来的。人们把咖啡倒在各自的杯子里，即使被烫到了，但仍然在短时间内将咖啡喝光，还要咒骂夏天这令人无法呼吸的炎热。

　　苏珊娜走进她遇到的第一家咖啡厅，买了一瓶冰水和一个柠檬酱千层面包。她直接在店里吃掉了千层面包，把冰水带走了。她要去的地方离这里倒是不远，但要在最热的地方走，头巾和阳伞都拯救不了这种炎热。她常常从瓶子里啜饮冰水，这样就不会脱水——若是脱水了，头会痛得厉害。在她回到家之前，剩下的水已经被加热到了令人恶心的温度，只能把它们倒进盥洗盆里，还要把瓶子放在洗手池下面柜子里的一个遥远的角落里，不然婆婆一旦发现它，就会皱起一张脸说："又浪费钱买这些乱七八糟的东西！"苏珊娜一般都会保持沉默，这样就不会引起冲突，但

---

① 译者注：阿兰·德龙，1935 年出生在法国，法国男演员，长相英俊帅气。

有时候也会说一些明目张胆的粗话："跟您有个屁的关系啊，这是我自己的钱，我想怎么花就怎么花！"

婆婆张开嘴，就像手风琴拉到了最大，开始演奏自己熟悉的《乡下儿媳之歌》，不明白她那个头脑不清的儿子到底是犯了什么罪娶到这样的老婆。苏珊娜好像正在那儿等着婆婆发难似的，进入战斗模式，开始用网球运动员的精准度进行反击，努力打得更疼一些。婆婆明白自己不是她的对手，就试图提高音量，但很快就喘不上气来了，只好重重地摔上门去找邻居诉苦。苏珊娜则给自己滴了半杯子舒缓情绪的缬草滴剂，调整好呼吸去工作。她预先打开窗户，把丝绸拉到木架子上，在底下铺上带有图案的模板，用着色剂勾勒出细细的轮廓，待丝绸干燥后，再用特殊的染料在上面作画。那些来埃奇米阿津旅游的客人们很愿意购买这些画着石榴、杏子和陶罐的手帕。埃奇米阿津有座主教堂——亚美尼亚使徒教堂，所以这里一年四季游客不断。苏珊娜卖手帕赚来的钱养活了全家人：婆婆、两个女儿和患有严重脊椎疾病的丈夫。

苏珊娜发现了一个角落里的小房间，以前婆婆用它来存放一些没有用的东西。她把这个房间当成了自己的工作室，将彩色玻璃门换成了厚实的橡木门（这是为了不让颜料的气味传到其他的房间），能够一连在那里面待好几天。每隔两个小时她就会稍微休息一下，让自己发麻的手缓过来，再吃一点点东西，喝一杯咖啡，抽一两支香烟，然后继续回去工作。带有腐蚀性的着色剂灼伤了她的脸，汽油的蒸汽毒害了她的肺，但她不顾头部的晕眩和眼部的刺痛，继续画画。如果不算上婆婆那一丁点儿退休金和丈夫微薄的薪水，她的工作就是家里唯一的收入来源。

大部分的画作都是在秋末和冬天创作完毕的，这时候游客相对较少，可以多画一些以备日后卖。4月的时候，由于过敏发作，苏珊娜只能停止作画。没有了习惯做的事情，她感到非常愤怒，就跟婆婆吵架，对上小学的女儿们（两个小姑娘学数学很吃力）高标准、严要求。但丈夫才是最受罪的人，他不得不听她没完没了地抱怨，比如身体越来越不好啦，日子总是这样不见天日啦。她尽情地发泄着自己的指责和不满，甚至会管他叫"没有主见的畜生"或是"软饭男"，这些话狠狠地伤到了他。他越来越忧郁，一句话也不说。有时候他也会忍不住，火冒三丈地说："你也看到了，我能做的都做了。"这时候她又觉得难为情，不说话了。他并不会责怪她，但每次都会变得更阴郁，更沉默。对他来说，少有的几次上班的机会变得像一个节日，他会尽量在汽车修理厂（他在这里找到了一个兼职）多待一段时间，工作到很晚，等妻子睡着以后再回家。但是他很爱她，如果她真的离开了，那么他定会非常想念。他是最懂她、最理解她的人。

20多年前，苏珊娜搬到了埃奇米阿津，但一直没能适应这里的气候。极度炎热的夏日，无雪的冬日里潮湿刺骨的风，都令人绝望和惆怅。她的健康状况也不是很好：从小就困扰她的过敏，越来越变得像真正的刑罚和试炼，一到花季她就得把自己紧紧地关起来。苏珊娜不停地咳嗽、打喷嚏，膝窝里和肘弯处都覆盖着湿疹的硬皮，她把这些地方挠到出血。无论是吃药还是严格控制饮食，都没有用；去海边旅行过，也去疗养院治疗过，但都没有得到缓解，有时候症状还会变得更加严重。到了 5 月中旬，过敏终于消退了，但还会时不时地来点儿刺激性的干咳和皮疹，提醒苏珊娜这个病会在下一个春天重新大发作。

阿拉伯沙漠的沙暴将亚拉腊山谷①变成了人间地狱。热浪推着轧轧作响的轮子在干裂的道路上滚动，扬起尘土和沙子。鹳鸟们离开了巢穴，挤在屋檐下面。这时日渐强壮的小鸟儿们已经学会了自信飞翔，但还是拒绝自己找水喝，逼着父母用喙从饮水器里取水来给它们喝。热气从窗户的缝隙里钻进来，像毒蛇一样嘶嘶作响。乌鸦们都不叫唤了——这群"雨的信使"躲藏在地下室里，缔结了暂时休战协议。院里的猫猫狗狗也都不说话。

女孩子们早就被送到了住在博尔若米②的堂姊家——这是非常明智的。婆婆很快也要被送去与她们团聚了。丈夫几乎整日整夜地工作，但没往家里带回多少钱。苏珊娜忍着酷热画手帕，画好以后把手帕分送到小摊上。她穿着又湿又沉的和服工作，脑袋上缠着湿漉漉的头巾。她从小就受不了外界的声音，所以她养成了一个习惯：不仅睡觉的时候要戴耳塞，工作的时候也要戴。她会尽量多买一些储备用的耳塞，几乎在每个房间里都存了几副。但在炎热的 8 月里，人们显然是调整了医疗物品的运送计划，所以这已经是她买不到新耳塞的第二周了。苏珊娜一边责骂自己不小

---

① 译者注：亚拉腊山在土耳其厄德尔省的东北边界附近，离亚美尼亚非常近，在历史上曾是亚美尼亚领土的一部分。

② 译者注：博尔若米，现格鲁吉亚城市。

心扔掉了旧耳塞，一边回家。到家以后，她做的第一件事就是用自己的方法自制耳塞。这个方法是她多年前想出来的：隔水熔化蜂蜡，加入少量的石蜡和棉球一起搅拌，放入冰箱里凝结。自制的耳塞大大逊于买来的耳塞，但是也能将她从生理上无法忍受的噪声中拯救出来。

　　如果沿花园路一直走到中间，背对着哈里卡尔山，那么在左边的一段小路上，可以看到三座不同寻常的建筑，与其他的居民房大有不同。其中一个建筑看起来像一个半塌了又不知道用什么方式修复好了的椋鸟巢，侧面有腐烂倒塌的栅栏，凉台和满是灰尘的窗户上都钉着没有粉刷过的木板。必须非常努力才能看到房子的正面，它几乎全都隐藏在植物疯长的荒凉花园里。第二幢房子是无意义地堆在一起的建筑，篱笆的北侧靠着带刺的木莓丛，如果仔细观察，可以在冬天寻找到冻透的浆果，味道非常甜。不过，木莓丛不会轻易屈服于战斗交出果实，会把人的双手刺出血。另一边则是插进地里的木桩的尖头，绿豆苗攀附着这些木桩尽情向上生长。那里也有玉米茎和紧密编织在一起的火红色果穗。后院被网围得紧紧的，仿佛围了一片兽栏，里面养着家禽：普通鸡、珠鸡、火鸡、鹅。无论何时，篱笆总被锁得严严实实的，这在当地是从未听说过的现象。除了上锁的篱笆以外，这幢房子的阴沉外表（毫无意义可言的建筑、封闭的空院子和紧紧插好的护窗板）也让人只想绕着走。这里很少有客人，就算有，也都是偶然现身的。

　　第三幢房子结合了其余两幢房子的特点：既荒无人烟、惹人讨厌，又荒凉衰落，让人看不到希望。它藏在一条小斜街的遥远的角落里，躲避栅栏（是用各种随手可以拿到的材料钉起来的）后面的那些无所事事的目光。有时候，孩子们厌倦了那些喧闹的游戏，跑来这里待上一小段时间，带着他们天性中对破坏的渴望，试图挖出这个栅栏的一些零件：一个生锈的旧式车的车门，破烂铁桶的桶底，铁锹头，还有一个从垃圾场捡来的废弃钢筋。在多次尝试失败后，这群孩子跑掉了，一边大声狂笑一边吹着口哨。当他们的脚步声停掉以后，这座只有一层的阴沉房子开了门，从里面溜出一个又高又瘦的白发男人。男人走到街上，用锤子敲了一会儿栅栏，把孩子们弄弯的各种零件敲直，然后迅速回到家中，用油迹斑斑的裤子擦拭满是汗液的双手。窗帘已经很多年没有洗了，褪色的边缘翘起。总有人在窗帘后不停地观察这个男人，现在这个窗帘垂下去了。男人穿着脏靴子走过黑暗的通道，小心地关好自己身后的门，然后这幢腐坏的房子（看起来就像是钉得很烂的棚子）又陷入了惯常的沉默。

多年后回想自己的童年时，苏珊娜越来越相信，在任何一个人类定居点，无论是偏远的小村庄还是大城市，都能找到一个被诅咒的地方，就像百慕大三角一样。在那里，偷盗、疯狂和脏污的概率都是其他地方的好几倍不止。人们只想屏住呼吸、垂下眼睛，尽快离开这样的地方——当人们在路上发现了被汽车轧过的动物尸体的时候，就是这样做的——抵挡住进入喉咙的恶心感，禁止自己同情那些动物，迅速地转过身去，找一些小事分散自己的注意力，打断苦涩的回味。出于同样的原因，被著名学者们多次证实过的复杂自我保护机制，也在花园路上的这个小角落（如果站在花园路的中间，背朝哈里卡尔山，那么可以在左手边发现它）里起作用了。当地人会绕着这个地方走，而外来的人只要感受到那种令人抑郁不快的气氛，一定会尽量迅速地离开。这个角落的第一幢房子属于一个孤独的无名女人。她当然是有名字的，但所有人都管她叫"无名氏"。第三幢房子属于一对被遣送回国的兄妹。而在那幢由许多毫无意义的建筑堆起来的房子里，住着苏珊娜一家：她的爸爸妈妈，小弟弟和奶奶，奶奶还带着两个大龄的未婚女儿。人们把花园街上的这一小段路叫作"被诅咒的地方"，并假装世界地图上没有它。

房子里有三间卧室。其中两间住着苏珊娜的两个姑姑，奶奶则带着自己的孙子孙女住在第三间。奶奶的卧室是最宽敞的，但窗户朝向后院，所以每到早上，不安的鸟鸣声就会叫醒苏珊娜。她给3岁的弟弟整整被子边缘（两个孩子头脚相对地睡在一张狭窄的钢丝床上），把头埋进闷热的枕头下面试图入睡——这努力睡觉的几分钟真的非常漫长。熬了一段时间后，她终于接受了这样的事实：睡意已经一去不复返了。她从枕头下伸出头来，翻了个身侧躺着，希望这样就不必看到睡着的奶奶。透过窗帘之间狭窄的缝隙，她注意到夜晚的黑暗敌不过苏醒的太阳，正在渐渐退向天边。院子里的火鸡咕咕嘎嘎地叫着，仿佛有所要求，鸡群咯咯叫唤，引得公鸡发出几声自恋的颤音。在某个地方，一头母牛拖着长音哞哞叫，呼唤女主人来挤奶，山羊们也颇感不安，跟着母牛有样学样地叫唤。

最后，一阵穿堂风把一小圈甜甜的炉烟卷进了房间，苏珊娜立刻心花怒放起来——这说明妈妈起床了，还坐上了茶壶。她小心翼翼地从床上爬起来，拿上衣服，沿着宽阔的木地板朝门口走去，小心地不让地板发出吱吱呀呀的声音。眼睛的余光瞟到了奶奶身体的轮廓：凹陷的嘴半张着，两只手交叠放在大肚子上，睡衣的下摆掀了起来，脚趾的骨节粗大，看起来非常可怕，脚底板上覆盖着粗糙的硬皮。苏珊娜想要把奶奶那床卷在一起的被子弄平，盖住她的脑袋，这样醒来的弟弟就不会看到奶奶这副乱七八糟的样子，也就不会被吓到。但苏珊娜又怕吵醒奶奶——这是她非常不希望看到的事情。奶奶睡着的时候一句话也不说，而在这个世界上，她最渴望的就是"奶奶的沉默"。

奶奶总是不住口地唠叨，声音单调且富有节奏，如果不仔细听的话，会以为是雨在敲打窗台。她的声音使人昏昏欲睡，所以苏珊娜为了不让自己打盹，就会想象在夏天的时候，有一条冰凉的小溪，太阳光斑在墙壁上跳来跳去。她做梦都希望自己能学会睁着眼睛睡觉。但是奶奶非常希望成为所有人关注的焦点，所以她会心怀妒忌地管着别人，一会儿看看对面的这个人，一会儿看看那个，希望所有人都听她说话。那是一种像唱歌一样的抱怨，内容是她生活在一群不知感恩的亲戚中间有多么难，这些亲人一点儿都不重视她付出的一切；她很不走运，儿媳、儿子和两个女儿都不好；更不走运的是遇上了那个早逝的丈夫，留给她的只有属于寡妇的孤独和痛苦。她对孙子和孙女倒是没有什么要求，但总是斥责他们，怀疑他们不爱自己、不够尊重自己。长大以后，苏珊娜知道了很多关于奶奶的事情，但她知道以后只想赶紧忘记。奶奶是个爱吵架爱到不可思议的女人，她成功地破坏了自己与其他所有亲人的关系。在家里，只要随便碰上什么事情，她就会歇斯底里大发作，然后像表演一样宣布说："我要去阁楼了，上吊去。"孩子们把她团团围住，但她还是固执地爬上了阁楼，一会儿赶走这个孩子，一会儿赶走那个，把自己在阁楼里关了好几个小时，听着门那边传来的悲痛的哭声。苏珊娜想象三个小孩子——自己的父亲和两个姑姑——躺在楼梯的最高层台阶上，流着眼泪恳求自己的妈妈不要自杀。一想到这些，苏珊娜就很想用自己的脑袋去撞墙。随着时间的流逝，儿子把妈妈看透了，不再关注她的那些行为，可两个女儿在她这种可怕性格的威压下，永远成了她的人质，长成了没有主见、受伤很深、病态地依赖母亲的人。这两个女孩从来没想过结婚，一辈子忠诚地为母亲服务，纵容她的那些任性和吵闹。

不过，就算女儿们温顺又忠诚，也无法获得她的好感，而且不得不听她那些无穷无尽的抱怨和指责。她跟儿子建立起了非常复杂的关系——她知道，无论是吵闹还是恐吓，都无法让儿子臣服于她，就找到了另一种策略：她抱怨自己身体不好，女儿们又笨手笨脚的，所以让儿子承担了全部的家务活。首先是逼迫他做了很多年没有意义的建筑劳动，逼着他为这座房子建起一个又一个附属建筑。然后又抱怨家里贫困——这种贫困是暗无天日、不见希望的——逼他把房子周围的空间都变成菜地。从那时开始，儿子在做完集体农场的工作以后，剩下的所有空闲时间都在搞自己的农业生产。他不太记得自己的父亲，只知道他死于一种奇怪的慢性疾病，这种疾病多年来一直困扰着他的健康。而他母亲则利用了父亲早逝的事实，把这当作一种额外的理由，一直不断地提醒儿子他是这个家里唯一的男人，所以到死都必须为母亲和姐妹承担起责任。儿子倒是顺从了，但仍然顽强地坚持自我。当他违背母亲的意愿打算结婚的时候，母亲威胁说要用老鼠药毒死他的妻子。他疯了，把母亲赶到阁楼上锁了起来，宣称她只有两条路可以走，要么上吊自杀，要么接受他的决定。两个姐妹流着眼泪苦苦哀求他，过了一个小时，他只好让步，把母亲从阁楼里放了出来。消停下来的母亲没有抬眼看他，宣布同意他举办婚礼。可是，她当然从未忘记这些侮辱，把所有的愤怒都发泄在了年轻的儿媳身上，发动了一场你死我活的战争。

儿媳是个沉默寡言的女人，一直默默忍受着婆婆的攻击，她认为（或者说，她希望）只要自己一直不反抗，婆婆终有一天会停止闹事的。但是她的希望注定要落空——沉默只会让婆婆更加恼火，让她变本加厉地生气。儿媳也试着做过几次小小的反抗，但都失败了：有好几次，婆婆粗鲁地骑在儿媳身上，永远地打消了儿媳反抗的念头。当绝望到极点的儿媳决定迈出那可怕的一步时，苏珊娜才 4 岁。儿媳在旧货商人那里买了一瓶用来漂白床单的次氯酸钠水溶液，把自己关进浴室里喝了下去，想要了结自己的生命。幸运的是，她很快被救了下来，但酸性物质还是烧掉了她的食管。当她作为重病患者出院时，她拒绝回到丈夫身边，但丈夫向她保证说再也不会有人敢欺负她了。他承诺攒钱买新房子，最终搬离这个地方，然后在房子的一侧建了一座小储藏室，和妻子一起住了进去。与此同时，他与母亲断绝了往来，不再跟母亲进行任何交流。在一天当中的大部分时间里，苏珊娜和弟弟都与父母在一起，直到晚上奶奶才会把他们接到自己身边——小储藏室里面没有孩子们睡觉的地方。母亲出院以后就再没踏进大房子的门槛，只会不断询问孩子们受到了怎样的对待，面对这样的询问，苏珊娜总会回答说：不必担心，他们受到的待遇很不错。

他们也确实得到了不错的对待：两个姑姑非常宠爱侄女侄儿们。她们是门门都很在行的工匠，给苏珊娜和她的弟弟缝了很多衣服，每到周六就用木头炉子烤萨利①——这是苏珊娜他们最爱的甜食。如果不是因为奶奶抱怨起来没个完，而大人们之间的关系又非常紧张，小小的苏珊娜多半会在很多年以后才能猜到家里的情况不对劲。她没得比较。家里人不允许她走到这条伸出来的小路以外的地方，她也不跟其他的孩子们来往——奶奶坚持不让她去上幼儿园。从她在篱笆后观察的那一切来看，邻居们的生活跟她家的生活也没什么不同。那对被遣送回国的兄妹，从被战争毁掉的欧洲回到了属于苏联的亚美尼亚，他们本来梦想着在祖先们的家园找到庇护所，结果呢，在铁幕拉开之后，却成了那个可怕时代的人质。那时候，每个从国外回来的人都被看作叛徒和人民公敌。他们只好从埃里温搬到这座偏远的小城镇，在这里隐居起来躲避迫害，但是他们无法逃脱心中那份寒冷的恐惧。这恐惧把他们关

———————

① 作者注：这是一种甜甜的乡村烘焙食品。

256

在四面是墙的房子里，将他们渐渐磨成疯子。房子既是他们的监狱，又是唯一一个让他们感到安全的地方。

他们一般会在夜晚的时候溜出房子，在镇上的垃圾箱里翻寻衣服器皿。有时候旧货商人会来找他们交换破烂儿，想给他们留下一点食物，但这对兄妹总是坚决拒绝。后来旧货商人想到，他俩是害怕别人投毒，于是不再提议给他们送吃的。他们两人只吃菜园里自己种的菜，但一直没有学会打理菜园的正确方法。他们的生活不仅仅是"贫穷"这么简单，那是一种令人无法想象的极度贫困，充斥着邋遢和杂乱。在妹妹因为大出血被送往医院之后，那群无所事事的女人们开始传播一些肮脏的流言，男人们听了都生气到不停摆手。尽管卫生员再三保证说妹妹并没有流产，女人们还是不肯罢休。沉重而恶劣的气息盘旋在他们家上空，让他们越来越烦闷忧愁，仿佛连空气都是有毒的。

不知何故，苏珊娜在孩提时代养成了一个习惯：与这对兄妹的房子玩"对视"①的游戏。她爬上窗台看着房子，希望房子能稍微动一动（挥一挥油迹斑斑的窗帘啦，让房门吱吱作响啦），让她看到。可房子总能赢过她。不管在一天中的哪个时辰，如果不把在院子里乱跑的那些家禽计算在内的话，房子看起来像是完全没有人住似的，唯一有变化的，是它年复一年破败下去的可怜样子。没过多久，那些家禽也消失了——有一天，苏珊娜跟房子玩"对

---

① 译者注：这是一种小孩子玩的游戏，两个人互相注视着对方，先动的人是输家。

视"游戏的时候，发现奶奶走到邻居的栅栏旁边，在鸡食槽里撒了两把种子。那些家禽当天就死了。奶奶欢天喜地地跑到卫生站，说邻居家的鸡不知道得了什么病，都死掉了，必须对此做些处理，否则会感染其他的家禽。很难说那两个隐居的兄妹更害怕什么——是卫生站工作人员的来访，还是不知道从哪儿冒出来的"瘟疫"？但他俩从此再也没养过家禽，只吃自家菜园种出来的那点单调的收成，再去集市的垃圾箱里捡点腐烂的水果和蔬菜。苏珊娜不敢把看到的事情告诉任何人，但就是从那天开始，她开始觉得奶奶有点不太对劲儿。

她不记得母亲尝试自杀的事情，尽管她本来应当记得的——母亲自杀的时间比鸡群中毒的时间还要晚一些。同样地，她不知为何也忘记了父母搬去小储藏室的事情，但她清楚地记得自己如何帮助母亲收拾简单的包裹。她也忘记了吐得天昏地暗的母亲如何被送去了医院，但她眼前一直有这样的图像：母亲怀抱着一瓶包着报纸的次氯酸钠水溶液，朝着浴室走去。父母搬走后，苏珊娜的记忆里出现了巨大的裂缝，从裂缝中爬出来以后，她发现自己处在难以忍受的漆黑夜晚之中，黑夜里充斥着令人难以理解的各种声音。醒来后，她侧过身去，脸颊贴着弟弟的小脚丫（他的腿微微动弹着，在梦里嘻嘻笑），闭上了眼睛。很快，她意识到那些声音并不是她想象出来的，立刻睁大了眼睛朝黑暗中看去，接着分辨出了奶奶的身影。奶奶坐在床边，有节奏地摇晃着，说着一些可怕又恶心的话。她管自己的儿媳叫"出来卖的畜生、破烂货、婊子、母狗"，诅咒她的子子孙孙永远不得安生，在火焰地狱里受苦。"就让你永永远远吞吃毒药，把你所有的肠子都烧掉，身上的肉都腐烂，发臭的肉一片片地掉下来。就让坟墓里的虫子把你的眼睛都吃掉，让流浪狗分吃掉你所有的骨头……"

苏珊娜很想尖叫起来，让她闭嘴，但她做不到——她的喉咙里发出来的不是尖叫，而是喑哑的"呼哧"声。她害怕将奶奶的怒火引到自己身上，只好把被子的边缘塞进嘴里，不敢发出声音。奶奶停了一会儿，向前探过身子，紧张地侧耳细听黑暗中的声音，发现没有什么异样之后，从被打断的地方开始继续讲自己的"独白"。苏珊娜无声地哭泣着，满脸都是热泪。她害怕的不是奶奶的诅咒，而是奶奶在向外喷涌这些可怕的污秽话时，表现出来的那种激烈癫狂、无法掩饰的享受，她仿佛在鉴赏、品味着每个词语。在这一切当中，似乎能感受到一种深刻的、无法表达的、来自阴间的力量。奶奶的喉咙里似乎打开了一个通往暗黑灵魂世界的通道，那些黑暗的东西终于得到了释放，从通道里蹿了出来，让空间里塞满了散发着恶臭的许多种声响。苏珊娜宁愿死，也不愿意看到、知道这一切。

直到公鸡开始打鸣以后，奶奶才会停止咒骂。可是哪怕在梦里，她仍然不停地小声说着诅咒的话。苏珊娜尽量不动弹——她用只有孩子才有的那种动物般的直觉猜到，她已经得到了属于自己的判决：从今往后，每天晚上都必须听这种可怕的独白。她没有把这件事告诉爸爸和妈妈，因为不想让他们伤心难过；她也没有告诉小弟弟，因为不想让他感到害怕；她更没有把这件事告诉两个姑姑，因为怕被她们出卖。为了保护自己的家庭，她唯一能做的就是尽量不暴露自己，等待奶奶终于骂完、进入梦乡的那一刻。苏珊娜觉得，若是自己提前睡着了，那么奶奶就会伸出长指甲，展开黑色的翅膀，飞出去杀掉自己的亲人。苏珊娜毫不怀疑，奶奶第一个杀掉的肯定是她最恨的儿媳。

　　14 岁的阿南卡一家人（三个兄弟、两个姐妹、父母、祖母、外祖母、曾祖母和祖父）全患上了伤寒。这场伤寒疫情发生在 1937 年的夏天，亚美尼亚东北部的村庄无一幸免。连日来一直高烧、说胡话的阿南卡突然清醒了一些，费尽力气睁开眼睛，极度想要喝水，但没有叫来任何人。最后，累到脱力的她又陷入了昏迷。一大群苍蝇落在她的脸上、手上，让她恢复了意识。浓烈的垃圾臭味和身体腐烂的味道瞬间刺入了她的鼻孔。她努力地翻过身来，俯身爬行，用透明的手指头抓住家具的边缘。她爬了仿佛有一个世纪那么久，一会儿昏过去，一会儿又奇迹般地清醒过来。她什么也没想，也没为任何人哭泣，唯一让她担忧的只有那扇沉重的前门，她必须想办法打开这扇门：前一阵子这扇门卡住了，祖父满口答应把它修好，但没来得及。

　　终于爬到了门廊。阿南卡在那里躺了一会儿，平复心跳。呼吸时，从胸腔里发出的呜咽就像玻璃，划破了她的喉咙。她真的非常想喝水，使出全身的力气去推门，却没有推开。于是她又试着用手肘支撑起上半身，想用肩膀去顶门，但还是失败了。她认命地接受了无法逃脱的事实，躺在门槛上，脸贴在门下的缝隙里，试图呼吸一点夜间凉爽的空气，但又咳嗽起来，失去了意识。

阿南卡醒来的时候已经在院子里了。她被抬了出来，放在一个木头长凳上。她家的女人们很喜欢坐在这个长凳上度过傍晚的时光，要么给玉米剥皮，要么缝补磨破的床单。下雨了——这是温柔的 6 月雨。桑树那心形的叶子在她头顶沙沙作响，她张开嘴去接那些大大的雨滴，垂下手去摸身下的草茎。她使劲把草从土壤里拔了出来，放进嘴里去嚼，但怎么都咽不下去。

"亲爱的阿南卡，你醒了？"一个她模糊记得的老年男性朝她俯下身来。她花了好几秒钟才认出这是她的一个邻居。在生病的这段时间里，他瘦了很多，看起来几乎像一个老头了。

"还有谁……活下来了吗？"她轻声问道。

他摇了摇头。

"只有你活下来了，亲爱的阿南卡。在我家，只有我的小儿子活下来了。哦对了，还有我。"

她闭上了眼睛。

"好吧。"

他摸了摸她的脉搏，摇了摇头，把她细瘦得像绳子一样的手臂放回身体两侧。夏日里温暖的雨不停下着，洗去了她瘦削身体上生病的痕迹。就在她睡觉的时候，邻居和儿子一起把她家去世的人搬了出来，放在推车上运到了墓地——去世的所有人，被埋在了几个巨大的坟墓里。三年后，邻居也不在了，死于心脏病发作；他的儿子前去打仗，再也没有回来。最终，阿南卡的手中只剩四封折成三角形的信。在最后一封里，她找到一根卷成环状的细铁丝，信中写道："真遗憾，战争之前我们没来得及结婚。哪怕只能亲一亲你也好啊。"阿南卡把信装进了箱子里——在这个箱子里装着各种各样的小东西，都是她亲人们留下来的纪念：爷爷的念珠，曾祖母的纺锤，母亲的宝石吊坠，还有绑在绣花绷子上的一片棉布，上面有大姐绣的一串葡萄……她一直珍藏着那些信件，直到那两个被遣送回国的兄妹买下了邻居家的空房子。在他们搬进去的那一天，她把信带到院子里烧掉了，而那根卷成细环的铁丝则被她埋进了菜地。

那时她已经过起了与世隔绝的生活——如果出门看医生的那寥寥几次不算在内的话，那么她几乎从不离家；别人叫她名字，她也从不回应；面对其他人的各种询问，她都会忽略掉，假装自己根本没有听见。她只吃家里菜园的菜，尽管她耕种得乱七八糟，但菜园里总能结出不错的收成。荒芜的花园里，各种植物疯长，还能结出果实，比如酸酸甜甜的大榅桲果和大石榴。秋末的时候，她会拖着一袋子水果和核桃，放在隐居的邻居兄妹的栅栏下面。到了夜里，那对兄妹就会把吃的收走——他们只吃阿南卡送的东西。住在远方村子里的亲戚们有时候会托人顺路送来一些蜂蜜和炼过的油，而作为感谢，她会回寄一些轻盈的餐巾和桌布，是用普通的缝纫针织出来的，上面的图案很是新奇别致。渐渐地，人们不再叫她的名字，提到她的时候只用一个简单的代词称呼她，还要小心谨慎地点点头。后来人们直接给她取了个名字叫"无名氏"。曾经有个男人经常去找她，但没过多久就再也不去了。面对人们的盘问，这个男人回答说，他不愿意和一年最多洗一次澡的疯女人生活在一起。自他离开以后，无名氏与外界的联系彻底中断了。

她本来也不怎么需要外部的世界，而现在呢，对她来说，"外界"根本是不存在的了。

然而，那群爱说话、好夸张的贝尔德镇妇女们不肯让她好过。她们编造出了一些传言，说她的家里满是一团又一团的灰尘和堆积成山的垃圾。她们其中有些人甚至打着包票说，那些多年未清理的垃圾已经有了自己的意识和自主的行为，不受世界秩序的管束。她们毫不怀疑：无名氏的家里满是悲痛的灵魂，正是那些灵魂发出的声音让她发了疯。也许她们说得没错。无名氏不仅是疯了，她甚至成了"疯狂"的化身。她是在生完孩子以后疯掉的——那个虚弱的小姑娘没有活太长时间，没到早上就咽气了。无名氏给女儿洗了澡，包在三角巾里，然后把她放进了那个保存家人物品的箱子里。当熟悉的肉体腐烂的味道再次充斥整座房子时，她在埋铁丝指环的那个位置刨了一个坑，把那个箱子和里面所有的物品都埋了进去。她唯一给自己留下的东西是曾祖母的纺锤。就在埋葬箱子的那个夜晚，她把纺锤卷在破布里，把纺锤当成小孩一样抱着出了门，一边摇晃一边给它唱摇篮曲，就这样漫无目的地走遍了整个贝尔德镇。快到早上的时候，她空着手回来了，不仅不记得自己把纺锤放在了哪里，还彻底忘记了她曾有过一个纺锤。

从那天起，时间停滞了，仿佛是与沙漏里落下的最后一颗沙子一起消失了似的。房子渐渐破败下去：栅栏腐烂了，倒塌了；房顶残破不堪；阳台的栏杆轰隆一声垮了下去。无名氏把客厅的地板拆下来，用拆出来的木板补在了阳台上。这样一来，日光就进不来了，于是她自己搬到了门廊里去住，还把白铁炉子和一些厨房用具也拖了过去。年复一年，荒芜的花园悄悄靠近了这座房子，树枝压碎了多年未清洗的窗户，钻了进去，就像血管一样在家具、天花板和墙上生长。燕子在半塌的房顶屋檐上垒了窝，巨大的老鼠家族在地下室里安了家，阁楼上则住着一大群蝙蝠。房子受了潮，上面覆盖着一层霉菌，闻起来就像是一个快要死掉的重病患者。不过，无名氏倒是一点儿也不担心，她从很久以前开始就生活在另一个维度，那里没有悲伤，也没有遗憾。

如果天气不错的话，她会到院子里来，坐在长凳上（从前家中的女人们很喜欢坐在这个长凳上消磨时光），然后花上好几个小时的时间用缝纫针编织桌布和餐巾。若是饿了，就把手工制品放在一旁，走进花园里摘几颗果子或是一把绿叶菜，漫不经心地吃完后，用磨得发亮的袖子擦擦嘴角。若是编织得累了，就缩着身子坐在那里，用失焦的眼神看着某个方向，从很久没洗的脖子上搓下泥垢，再用手指头揉成小球。

有时候，苏珊娜玩累了那个"与隐居兄妹的房子对视"的游戏，就会将自己的注意力转移到无名氏的身上，观察她的一举一动。尽管她是个疯子，但是她从不让苏珊娜感到讨厌，也从没吓唬过小孩。苏珊娜对她有一种专属于儿童的兴趣，除此之外没有体会到其他的感情——毕竟即便是作为一个孩子来说，她的年纪也算小的，还无法分清"清楚"和"模糊"、"寻常"和"丑陋"之间的差别。在她的世界里生活的都是同样受苦受难、遍体鳞伤的生物，她根本没有见过别样的世界。她的母亲经常吐血，为了缓解嗓子里的灼痛，有时会皱着眉头喝下一两勺葵花油。随着年头的增长，母亲的腿越来越瘦，所以总是尽量不动，把所有东西都放在一伸手就能够到的地方。苏珊娜一天要帮她倒好几次便盆，先倒掉里面的东西，再用浇菜地的水龙头仔仔细细地清洗一遍。父亲每天上班累死累活地工作，也只能勉强养家糊口。他没再提起过买新房子的事情，而母亲也不再期待什么了——他们每个人都在痛苦中挣扎了太久，认清了一个现实：光明永远不会到来。

苏珊娜的弟弟在幸福和适意中长成了一个安静温柔的孩子，他有些病态地依赖着自己的姐姐。但是直到 6 岁的时候，他还是不能开口说话，只能用一些手势和单音节词来表达自己的想法，这让苏珊娜很是失望。而姑姑们则活成了两个透明又忧伤的影子，无论是吃饭睡觉还是呼吸，都协调一致得像是在唱二重唱。有时候，两个姑姑会在奶奶看不到的地方偷偷流眼泪，但若是问她们为什么哭，那么两个人根本没法做出什么解释。她们的行为中有一种固定的规律，苏珊娜一开始并没有发现这一点，后来经过多次观察，终于确定自己是对的：总是小姑姑先做出某个行为，然后大姑姑再盲目地跟着重复。当小姑姑在吃午饭时伸出手去拿一块新的面包时，大姑姑就算还没有吃完先前那块，也会跟着伸出手去拿一块新的面包；如果小姑姑去上卫生间，那么大姑姑就会跟着她去，很有耐心地在门边等着她出来，然后自己接着进去。紧接着，大姑姑上完卫生间以后又会急急忙忙地跟上妹妹，赶在妹妹离开洗手池之前洗完手；若是大姑姑醒得比妹妹早，那么她会等到妹妹的房门"吱呀"响起来以后再出门。苏珊娜瞥见过一次——大姑姑坐在自己房间的椅子上，双手放在膝头，专心致志地等待妹妹起床。但是大姑姑摇了摇头说："你先去吧，我待会儿再过去。"小姑姑似乎没有注意到姐姐的行为，又或许她注意到了，但并没有觉得这有什么奇怪的，所以她并没有试图打破这种封闭的循环。是啊，她怎么可能打破这种循环呢？两个姐妹在长大的过程中，都病态地依赖着专制的母亲，根本不知道人生还有另一种活法……

小苏珊娜的生活变成了无穷无尽的沉思。她会花好几个小时观察这古怪离奇、仿佛诞生于博斯[①]笔下的世界，既感受不到它明显丑恶的那一面，也不会努力去找借口为它辩解。

小苏珊娜的夜晚仍然充斥着冰冷的耳语和音调，挡不住，逃不掉。过了几年，这些声音成了她最大的噩梦，哪怕只有一点点外来的噪声，她也会受不了。只有等到奶奶停止诅咒以后，她才能睡会儿觉，而奶奶往往直到快要天亮的时候才会停下来。她在睡梦中仍不安宁，没睡多久就会被窗外那些喧嚣纷乱的声音吵醒——院子里的那些家禽实在太爱吵闹了。

苏珊娜 7 岁的时候，被送到一所新建的学校里上一年级。学校设在一座用橙色凝灰岩建造的三层小楼里，若想上学，就要在她一点也不熟悉的小城镇里走上整整半个钟头，不过她很喜欢走路上学，每次都会伸长了脖子，高高兴兴地打量周围的事物。作为一个以前从没离开过花园路小岔路的小孩子，她把这样的旅程

---

① 译者注：耶罗尼米斯·博斯，16 世纪尼德兰画家，一般被认为是超现实主义画的创始人。代表作有《地狱之光》《七死罪》等。

视作节日的庆典，当作是在访问一个巨大而神奇的边疆——她从前只是模模糊糊地猜到有这样一个地方，而现在，她的猜测终于得到了证实。这个未知的世界里什么都有：铺着小条石的窄路；若有所思的骡子套在四轮大车上；毛茸茸的驴子睁着悲伤的大眼睛；有人为了一件小事跟邻居争吵，站在篱笆后头狂怒地叫骂；抽着烟斗吞云吐雾的老人；尖叫的小孩；还有留着大胡子、皮肤黝黑的男人们……这一切让苏珊娜感到非常快乐，让她的生命中充满了新鲜美好的思绪。她仍然沉迷于习惯性的沉思，带着一种特别的热情和细心，像收集漂亮的小石头一样，收集崭新的感受和情绪，这样等她回到家里的时候，就可以把这些"石头"拿出来翻来覆去地观察，陷入长久的回忆之中了。

可是，尽管她非常愿意观察这个美丽的世界，却根本学不会如何在这个世界里生存。上学对她来说是一场巨大的考验。那些她头一次遇到的东西，都是同班同学们再也熟悉不过的：书本、墨水瓶、羽毛笔、铅笔和卷笔刀、地图、挂图，还有用来往黑板上写字的粉笔。音乐课上，老师使用的留声机已经很旧了，总是吱吱作响，但就是这样的东西让她感动到流泪——她不明白，为何能用这个奇怪的物件弄出如此美丽的旋律。总是突然响起的上下课铃声是那样的震耳欲聋，把她给吓坏了。有时候她会意外地叫出声来，有的时候甚至会吓得从课桌后面跳起来，搞得班里的同学尖声大笑。她不懂得同学们玩的那些游戏，不知道要怎样和他们相处，也理解不了他们的玩笑，甚至不知道该如何正确地回答问题。她感觉自己整个人都是孤立无援的，只能讷讷地开口说话，流着眼泪把自己封闭起来。

同学们发觉苏珊娜是个无依无靠的小孩，就开始无情地对待她，一边嘲笑她，一边把手指头放在太阳穴上转来转去，用这个动作来讽刺她是个傻子或是疯子。苏珊娜完全不知道要如何处理这种事情，因为她不懂得保护自己。孩子们拽她的辫子，用墨水弄脏她的裙子，拿脚给她使绊子，从她的手上抢夺用来装学习用品的布包，管她叫"怪人""糊涂蛋"。每当她回到家里时，都会把脸埋进枕头里，等憋气憋到了极点才会稍微透口气。

她找不到人倾诉。父亲总是从集体农庄待到很晚，有时候甚至根本不回家——在收获的季节里，人们总是不分昼夜地劳作。母亲经常生病，姑姑们自己就够无助的了，弟弟年纪还小，而奶奶是苏珊娜最不愿意求助的人。哭够了以后，她自己换上家常衣服，尽量洗掉校服裙子上的墨水斑点，重新编好辫子，吃完午饭后坐下来做功课。对她来说，学习是一件再轻松不过的事情了。她的每门功课都能拿满分，练习本上能够保持绝对的整洁，没有涂改，也没有墨水点。等到奶奶入睡后，她能够迅速进入梦境，这样就能在火鸡打鸣后醒过来，草草地吃个早饭，出发去探索那个美丽的大世界。观察世界的习惯给了她安慰，让她的内心重归安宁，但是每次快到学校的时候，她都会不由自主地放慢脚步，害怕地缩起身子——前方等着她的，是没有丝毫快乐可言的几个小时，必须想办法熬过去。

西蒙对人文学科嗤之以鼻。作为一个青少年，他的观点非常草率，认为人文学科与精确学科不同，人文学科建立在没有根据的假设和虚构的基础上，所以它们无法清晰明了地阐释这个世界，只能给出毫无意义可言的情感爆发。他咬牙忍耐着上文学课，公然忽视社会学课，并且极度鄙视历史课——他认为，历史不过是一个避难所，专收骗子和爱编故事的人。当老师挂起中世纪欧洲的地图，讲述百年战争或是十字军东征的时候，西蒙无聊得很，总是往窗户外面看。10月的天气小心翼翼地摘着树上的叶子，闻起来有水果成熟与温和雨滴的气味。它玩得很开心，吵着闹着打开窗户，让房间里充满了峡谷的咸湿空气。学习是一件痛苦的事情，而学习一些不喜欢的科目就更痛苦了。尽管老师手里拿着教鞭，在墙上挂的历史地图上指指点点，但是西蒙仍旧固执地移开目光，伸长了脖子观察窗外的生活。如果他被请到黑板上去做题，他就会立刻宣布说自己没认真听课。每次被请到校长室去的时候，他都会好好地表演一番——像老年人一样慢慢地呼吸着，从课桌后面走出来，拖着步子走向班门口，一边慢慢悠悠地走，一边做出滑稽透顶的鬼脸。老师们训斥他，但从不给他打不及格的分数，还容忍他这些出格的行为，因为他是精确学科的优等生，有时候还可以在小学和初中老师生病的时候帮他们代课。

有一天，就在他被又一堂历史课折磨得精疲力尽的时候，他看到一群孩子把小姑娘赶到了院子的小角落里。这件事情本身并不能引起他的注意——归根结底，到处都有压迫者和被压迫者，要么学会反抗，要么只能被人们踩死。引起他注意的是那个小姑娘，她摆出一副逆来顺受的样子，像是准备牺牲自己一样。别人戳她，她没有反应，甚至不知道用手挡住自己；其中一个施暴者狠狠地抡起胳膊来，推了她的肩膀，而她呢，虽然早就看出了那个人的意图，却连躲都不躲。看样子，若是那个欺负人的小孩没有算好攻击的方向，不仅没打中目标，自己还倒在了地上，那么她会是第一个冲上去把他扶起来的人。

他突然出现在了院子里，快得连他自己都没反应过来。当他跑到那群孩子身边时，他们已经牢牢地在小女孩身边围成了一个圈，抢走了她手上的书包，扔到了栅栏外面。西蒙准确地找到了带头闹事的人——一个长着歪牙齿和大耳朵的小男孩，满脸都是雀斑。西蒙抓住了他的领子，把他拽得双脚离地，来回摇晃着，仿佛他是个叮叮响的铃铛。受到惊吓的小男孩把牙齿咬得咯咯作响，还咬到了自己的舌头。直到这时，西蒙才把他放了下来。

"看见了吗？"他又朝那群小孩走了一步，一边走一边卷着衬衫袖子，"还有谁想欺负我的妹妹？"

带头的小男孩又委屈又害怕，尖声哭叫起来，最先跑掉了。剩下的孩子们也跟着他跑远了。最后，这里只剩下两个小女孩，一个是受欺负的那位，另一个小女孩则跑到栅栏那边，找回了那个被扔出去的书包，可不知为何，她却把书包交到了西蒙手上。

"把书包给她！"西蒙命令道。

小姑娘把书包递给了苏珊娜。

"我没有欺负她。"她紧盯着西蒙说道。

"她没有欺负我。"苏珊娜证实道，"她劝那些人放了我，但是没有人听她的。"

"很好。"西蒙懒洋洋地夸了夸自称没欺负人的那个小女孩，瞬间对她俩失去了兴趣，转身回学校了。

苏珊娜常年离群索居，已经习惯了万事靠自己。她很难想象得到，居然会有外人为自己出头。以前从来没有人愿意保护她，父母性格封闭，姑姑们沉默寡言。她对发生的这件事感到无比震惊，一边慢慢地朝家里走去，一边答应自己，等做完了功课就好好琢磨一下这件事。另一个女孩走在她身边，手里拎着一个四角弯曲、沾了墨点的笨重公文包，这个包正好到她膝盖的位置，看起来很明显是个男士包。

"我怎么不知道你有一个年龄这么大的哥哥？"她一边让苏珊娜先走出了校门，一边半信半疑地问道。

"他不是我的哥哥。我压根儿不认识他。"

另一个女孩惊讶地扬起了细细的眉毛，但是立马挥了挥手，放弃了追问。她还有更重要的问题要问。

"他们说，你们的邻居无名氏会在夜里变成狼，然后吃人。这是真的吗？"她提心吊胆地问道。

苏珊娜发出了"嗤"的声音："别胡扯了！"

她就这样和梅拉尼娅成了好朋友。

16岁时，苏珊娜的生活中发生了许多变化。她的大姑姑去世了——睡着觉以后就再没醒过来。小姑姑从自己的卧室走出来以后，没有等到姐姐，怀疑出事了，就去姐姐的屋里看了一眼，却发现姐姐早已断气。苏珊娜感到格外震惊，但并不是因为这件事发生得非常突然，也不是因为它难以转圜。让她震惊的，是大姑姑那张被尿和粪便弄脏的床。她生前非常爱干净、爱整洁，可死亡却对死者好好嘲弄了一番，让她在生者面前呈现出最丑陋的一面——只有疯子才会这样不体面。她看起来比苏珊娜从前观察、了解到的一切都更加恶心醒齪。

　　葬礼是在 11 月的毛毛雨中举行的。来的人很少，只有苏珊娜父亲的几个熟人和梅拉尼娅的父母。奶奶站在墓坑的前头，双手交叉在胸前，随着嘴里念叨的独白有节奏地摇晃着。苏珊娜没有听她说了什么，她早就学会了闭起耳朵不去听奶奶说的话。她的眼紧紧地盯着躺在棺材里的大姑姑，心想她那张脸已经变得让人一点儿都认不出来了。弟弟就像读懂了她的心思似的，在她耳边小声问道："这真的是她吗？"她把弟弟的脸颊贴在自己的肩上，叹了一口气。最近这一年，弟弟的个子突然长高了许多，甚至比她还要高了，而且他的肩膀也变得更宽，声音也变得嘶哑难听。他抱住她表示安慰，还笨拙地拍了拍她的后背。她正想轻声对他说自己没事儿，但突然注意到远处有一个孤独的身影，就没再说话。她细细地看了看，发现那个人是小傻子瓦尔达努什。正值 11 月，她身上穿的却很少，只有一件薄薄的印花布连衣裙，光腿穿着一双靴子。裙子被雨水打湿了，粘在她细瘦的身上，脑袋上的头巾是她自己笨拙地缠上去的，总是不停地滑到她的额头上。她很有耐心地一遍遍整理头巾，紧张地看着远处的景象，仿佛在等待着什么。苏珊娜顺着她的目光看了过去，却没有发现任何人的影子。

当棺材被放在墓穴的底端时，奶奶开始大声号叫起来，声音像是从腹腔里发出来的。她还不停地用手指甲抓挠自己的脸。小姑姑之前一直用手挽着奶奶的手肘，此时则试图把奶奶的双手拿开，但是失败了。送行的人只好不知所措地看着一个疯狂的老女人一边号叫，一边喊出一些可怕的诅咒，还要用自己的手指甲撕扯脸上松弛的皮肤。掘墓人迟迟等不到死者的亲属朝棺材盖上撒土，只好开始动手填坟墓。苏珊娜往旁边让了让，这样就看不到奶奶了。她比其他任何人都更了解自己的奶奶，所以对这场表演漠不关心。在前来送行的这稀稀拉拉的几个人里，弟弟是她温柔地爱着的人，梅拉尼娅的父母则是真心对她好的人，除了他们以外，没人能引起她一丝一毫的同情和怜惜。在剩下的人里，有脸色阴沉、没刮胡子的父亲，正一根接一根地抽着香烟；有佝偻着腰、脸色苍白的母亲，她终于有幸离开了那个小储藏室；还有小姑姑，她是唯一一个稍微有点能力管事的人，但除了自己的母亲以外，她对谁都不感兴趣……对苏珊娜来说，这些人都成了彻头彻尾的陌生人。她倒不是不爱他们，但确实感受不到对他们的依恋。若明天他们之中有人去世的话，那么她连一滴眼泪也不会掉的。

她站到一边去，等待掘墓人做完自己的工作。天气骤然变冷，潮湿的空气钻进了骨头缝里。苏珊娜紧紧地裹好大衣，朝冻僵的手指上吹气，试图用自己呼出来的气温暖它们。她想起了瓦尔达努什，朝四下里张望着寻找她，最后发现她就在坟墓的另一边，正仰着头向上看，富有节奏地用手腕画着圈。苏珊娜认真地看了看，发现瓦尔达努什的手里有一个长椭圆形的小玩意儿。坟墓突然被盖上了，从峡谷而来的尖锐气味刺痛了人们的鼻子，熏得人们眼发花。瓦尔达努什打了好几个喷嚏，然后突然把手甩到一边，就像是扯断了什么似的。

苏珊娜摘下脖子上的围巾，朝瓦尔达努什走了过去："快把围巾围在你的肩膀上吧，不然你会感冒的！"

没等瓦尔达努什回答，她就开始动手围围巾。但是一碰到对方，她立刻缩回了手，然后把手掌放在对方的额头上："你发烧了！你得赶紧回床上躺着去。"

"我一直都是这样的。"瓦尔达努什回答道，然后咧开嘴，露出了一个愚蠢的微笑，瞬间破坏了她所有的美丽。苏珊娜吓坏了——她以前从来没有经历过如此突然的变化。她有一种感觉，似乎瓦尔达努什正在耍什么把戏，把一张华丽的嘉年华面具换成了丑陋面具。瓦尔达努什把围巾还给了她，自己朝墓地的出口走去。潮湿的裙边粘在她裸露的膝盖上，妨碍她行走，头巾不停地滑到她的眼睛上。她笨拙地用手背整理头巾，手里还紧紧地攥着那个深色的小玩意儿，怎么都不放。苏珊娜很想追上去看看她到底拿着什么，但又改了主意。一个对人无害的小傻瓜还能拿着什么呢！明摆着就是一个不成用的小东西罢了。

大姑姑的房间如今空了出来，苏珊娜的弟弟住了进去。尽管奶奶要求空着那个房间，等到过了哀悼期以后再住人，但是苏珊娜坚持让弟弟搬过去。她现在一点也不怕奶奶，甚至可以冲着对方大喊大叫。如今她谁也不怕，那些在咒骂和诅咒中度过的夜晚不仅没有让她变成一个意志薄弱的人，反而让她变得更强了。

　　她的第一次反抗发生在刚满8岁的时候。她担心弟弟有可能在夜里醒过来，被奶奶吓到，于是没有征求任何人的同意，把铺在门廊上的双面无绒地毯拖到了厨房里，铺上被单和羊毛毯，给弟弟搭了一个新的卧铺。姑姑们惊讶地询问她原因，她只回答说自己跟弟弟在一张床上睡不开（这的确是事实），搞得她夜里睡不着觉。奶奶从商店里回来后，被自作主张的孙女气得七窍生烟，想把地毯拖回原处。苏珊娜歇斯底里大发作起来，尖声大叫，哭成了泪人。她成功地盖住了奶奶的声音，为了吓唬人，还上演了一场逼真的晕倒大戏（多年来练就的倒头就睡的技能派上了用场），成功地"昏迷"了相当长的一段时间，直到两个姑姑七手八脚地忙活着让她"清醒"过来为止。

　　眼前发生的事情把弟弟吓坏了，他躲到厨房的桌子下面伤心地哭泣，怎么也不肯从那里爬出来。苏珊娜爬到他跟前，抱住了他，在他耳边轻声说这一切都是为了他好。"你是相信我的，对不对？"弟弟立刻平静了下来。到了夜晚，她打发弟弟去睡觉，自己则坐在弟弟旁边拉着他的手，直到他睡着。夜里她还起床好几次，确认弟弟是否安好。奶奶用沉重的眼神盯着她离开，嘴里还振振有词地骂着脏话。暗淡的月光照耀着，她那可恶的嘴唇和嘴唇上方挂着的鹰钩鼻在黑暗中显现出轮廓。当孙女又一次跑去看弟弟的时候，她对着孙女骂道："该死的，你个婊子养的玩意儿。"声音很响亮，就是故意让孙女听到的。苏珊娜不动声色，连眉毛也没挑一下。她爬到床上享受着尽情伸展的滋味，清清楚楚、一字一句地说道："我再也不怕你了，老巫婆！"没等奶奶想明白，她又补充道，"我永远都不会再怕你了！"

她确实不再害怕奶奶了。恐惧退去，随之而来的是一种说不清道不明的紧张感觉。她的身体变得有些紧，还有种不太整洁的感觉，似乎有一个新的女孩进入了她的身体，新的"她"与之前那个爱沉思的苏珊娜不同，只会生气和吵闹。不知为何，她的双腋变得有些酸痛，小腹有种下坠的感觉，左胸稍微变大了一些，疼得厉害。她的额头上还起了很多小粉刺。她甚至连汗味都变了，变成了一种像野兽一样的刺鼻麝香味。苏珊娜不明白自己到底怎么了，但她居然能够让这种状况变得对自己有利。不知为何，焦虑的愤怒给了她力量和信心。她的确是那种非凡的人，这样的人在任何情况下都能好好地生存。遗憾的是，她的弟弟与她是完全不同的两样人。苏珊娜失望地在他身上看到了那两个软弱姑姑的影子，清楚地意识到，除了她以外，他谁都指望不了。正是因为这个缘故，她才下定决心让他从奶奶的卧室里搬走。她坚定地相信，奶奶那副满口骂下流话的疯狂样子会深深地伤害到弟弟的灵魂。她试图用自己的方式尽量保护他，真的已经尽全力了。

与此同时，她身体上的疼痛并未消失，头痛和恶心搞得她不得安宁。她没忍住，向现在已是她好朋友的梅拉尼娅抱怨了。梅拉尼娅的妈妈得知她身体不好，就把她带去邻居家的内科医生那里看病。那个女医生听了听她的心肺音，没有找到什么毛病，就把一切都归结到即将到来的青春发育期上。"这会不会有点儿太早了？她才刚 9 岁！"

"南方人的血统就是这样，都早熟。我的姐姐从七岁半开始就来月经了！"

梅拉尼娅的妈妈经过一番深思熟虑，让两个女孩坐在自己对面，开始讲成长发育期的一系列变化和注意事项。两个女孩害羞地面面相觑，扑哧地笑，但都得出了自己的结论。苏珊娜知道自己身上发生的事情都是天经地义、理所当然的，于是终于松了一口气。

她的第一次例假来得比所有同龄人都早很多。苏珊娜的长高速度明显变慢了，渐渐开始有了一些早期的女人味，尽管她看起来还像半个孩子，但是这种女人味已经很明显了。15岁时，她已经完全长成了——变成了一个真正的美人。在她到了完全成熟的年纪之后，当她细细打量波提切利那幅《维也纳的诞生》时，她满心欢喜地发现，大自然仿佛就是照着这幅画塑造了她。可是现在，仍然处于少女时期的她却不是这样的：男人们对她更感兴趣了，可对此她感受到的只有惊讶和不安。她久久地看着自己在镜中的影子，左看右看，就是弄不明白自己到底有什么出众之处。无论是黄蜂蜜色的杏仁眼，还是细细的鹅蛋脸，抑或是高高的颧骨和唇边的酒窝，都无法让她生出哪怕一丝一毫的欢喜。她的头发非常浓密，微微打着卷儿，显出少见的金黄色，可就连这样美丽的头发，在她看来也不算什么。她早就想剪掉这些头发了，可是因为弟弟不断请求她不要剪，她也就打消了这个念头，每天都梳两个长辫子出门，一条辫子放在胸前，另一条甩在背后。

在苏珊娜心中，真正的美女其实是梅拉尼娅。梅拉尼娅完全是她的反面：娇小，玲珑，长着一副黑眼睛，行动灵活，性格活泼，好比一个小蝌蚪，得到了一片专属于自己的干净雨水坑。梅拉尼娅做什么都比自己的闺蜜快一步，甚至，作为一个能力并不突出的学生，她比苏珊娜的学习成绩还好一些。苏珊娜耿直朴实，她把每一堂课都当成考试，认真准备。与苏珊娜不同，机灵又伶俐的梅拉尼娅用自己的方法去学习：她只学那些自己觉得重要的内容，不去理会次要的内容；上课时，她假装自己对课程很有兴趣，总会向老师没完没了地提问，要求他们做出解释和修正，搅得老师们不得安宁。这样频繁地在老师跟前晃，很快就有了效果——她很少被叫到黑板前面去答题，就算叫到了，她也能流利地背出学会的内容。老师不等她说完，就在记分册上给了她"优秀"的评分，让她回到自己的座位上。"坐下吧，梅拉尼娅，这些内容你都知道了！"

苏珊娜每次都会惊叹："你是怎么做到的？"

梅拉尼娅故意摆出一副傲慢的样子，扬起脑袋翻着眼睛说："就是有才呗！"

然后两个女孩把头埋进肘弯里，无声地笑了起来。她们一边笑，一边还要尽量控制着不让肩膀抖动，怕引起老师的注意。

在她与梅拉尼娅亲密交往的那几年，梅拉尼娅对她而言已经超越了"朋友"的意义，代替了她的整个家庭，填补了她生命中的空白。梅拉尼娅是她的一切：是母亲，是姑姑，是父亲，甚至是她从未见过的爷爷。

曾经那个长着歪牙齿和大耳朵的同班男孩卡罗，长成了一个大懒汉。他爱上了苏珊娜，用各种笨拙的追求方法把她折磨得够呛。于是梅拉尼娅认真地向他宣了战。就在迷茫的苏珊娜阻挡着追求者的时候，梅拉尼娅则攥起小小的拳头，像个炸了毛的小麻雀一样朝他扑了过去。那个陷入恋爱的蠢货上蹿下跳，大声朝她嚷嚷："你让开！"一边嚷一边试图把她推到一边。一般情况下，梅拉尼娅除了朝他扑过去以外不会有别的行动，但是有一天，卡罗一个没忍住，朝她的后脑勺打了一下。受到侮辱的梅拉尼娅没有多想，跳起来用牙齿咬住了他的小臂。卡罗号叫起来，想要抓住梅拉尼娅的辫子，就在这时，苏珊娜从侧面跑过来，拿起闺蜜那个沉重的公文包，照着卡罗的脑袋扇了过去。卡罗的牙齿咯咯作响，像个小孩子一样抽泣起来，沿着墙壁滑了下去。

"再有下次，我们就杀了你，懂了吗？"梅拉尼娅居高临下地看着他，重重地喘息着说。卡罗斜着眼看她，目光里全是阴沉，用手摸摸脑袋上的包，疼得龇牙咧嘴。

"两个蠢女人！"

"你才是个蠢驴！"梅拉尼娅毫不相让，用鞋尖踢了施暴者一脚，然后一边拍拍校服裙边，一边朝闺蜜走去。

两个女孩放学回来的时候总是走同一条路线：先朝着一个正在建设的电影院走，然后沿着弯曲的路向上走，到那个只有巴掌大的镇中央广场去。在她们身边，屠夫和卖菜人一边推着小推车，一边夸赞自己的货物；卖报的男孩们跑来跑去；鞋匠用小锤子敲打着自己的那个小角落；"磨剪刀和刀子嘞！磨锯子和镰刀嘞！

磨剃须刀和编针嘞！"磨刀老人阿沃懒洋洋地赶着驴子，拖着长音叫唤，还总是意味深长地停顿几下。驴子恭顺地拖着车，上面放着一台用皮带捆住的脚力传动磨床。要是某个女主人需要老阿沃的服务了，她就会把老人叫到自己的家里去。老人起劲地工作着，还没忘记朝自己的磨刀石上浇水，而此时女主人会喂驴子吃一根胡萝卜或是其他好吃的。"吃吧，可怜的小东西，拖着那么重的东西，恐怕累坏了吧！"女主人对一只不会说话的动物充满了同情。"好像我就没累坏似的！"老阿沃争辩道。"这没关系的，你赚了钱可以给自己买吃的。"女主人一边拿出一些零钱来付给他，一边斩钉截铁地回答道。

"收破烂儿……收旧东西……收破烂和旧东西……"这是旧货商人在叫喊，像召唤教徒做礼拜的教士一样热情而诚挚。"马楚纳！黄油！奶酪！"卖奶制品的女人想用自己的声音盖过他的，但很快就放弃了，用自己的长柄勺敲打着小提桶。她就是用这只桶把泡在浓盐水里的羊奶干酪分送到各地的。

苏珊娜喜欢这座家乡小镇的喧闹，总是不知疲倦地欣赏它的每一个细节。她可以花上好长的时间，细细观察阳台边上那些以前从未注意过的精致雕刻；或是打量长在黏土盆里的一棵枝繁叶茂的橡皮树，它刚被搬到院子里来呼吸新鲜空气。每到这个时候，梅拉尼娅总会等上一两分钟，然后催促自己的朋友说："你又在发呆啦，快走吧！"苏珊娜笑着附和道："嗯，确实是在发呆。"然后向前迈一步。

到了歪斜的镇广场上，两个女孩互相道别，走上不同的方向：

梅拉尼娅朝左转，走到法院大楼后面，朝着自己家所在的和平路走去；而苏珊娜则经过低矮的房子栅栏，沿着花园路一直向上走。

正是在那里，在花园路起始的地方，也是在 4 月的一个晴朗的日子里，西蒙见到了她。她的眼神冷冷淡淡地从他身上扫过，用手指擦了擦手心上早已干涸的墨迹。他被她那种成熟的、完全不属于这个小镇的美貌惊呆了，傻傻地睁大眼睛站了一会儿，然后突然转过身来，急急忙忙地跟在她的身后。

他不久前放弃了建筑系二年级的学业，回到了贝尔德镇，在工地里做了一个工匠助理。他刚刚才从管理局出来——是工地主任派他去的："小子，你从城里上过学，知道怎么说礼貌的话。你到管理局去一趟，转告那些傻帽，说他们答应月初就把石头送来的，但我们到现在还没看见石头的影儿呢！"

西蒙穿着满是灰尘的衣服和脏靴子来到了建筑管理局，内心有一种坚定的打算：一定要带着胜利的好消息回到建筑工地上。然而，当他出现在领导的接待室里时，只看到一个身材魁梧、长得像老鼠的女秘书，正在用香肠一样的手指噼里啪啦地敲打字机的键盘。他有点退缩了。她用鄙视的眼神上下打量着访客，不让他们进入领导的办公室。她的背挺得像军人一样直，过大的胸部把衬衫撑到了极限，扣子随时有可能发射出去。她语带鄙视地询问他来这里有何贵干。西蒙没敢抬起头看她，用军人的口吻语速很快地汇报了来意。

"你要找谁？"她吧嗒着嘴，终于问出了这一句。

"阿沃杨茨·古尔根。"

"我们老大是吧？"

"对。"

女秘书那两条浓密的眉毛上下翻飞，松弛的脸上显现出一点同情的影子，但是立刻消失在了肥厚的皱纹里。

"你可以走了。"她一边下令，一边用手臂画了一个圈，表示他可以离开了。

西蒙怯懦地问道："您会转达我的请求的吧？"

她故意把打字机的手柄弄得咔咔作响："再说吧！"

西蒙觉得自己被吐了口唾沫。他本应该和和气气地把这只魁梧的大老鼠推到一边，走进办公室，但下不了这个决心。他就这样走出了管理局，心里骂自己是个懦夫和傻瓜，脑子里在想等自己见到工地主任的时候应该怎样解释。走到广场尽头的时候，他遇到了苏珊娜，震惊于她的美丽，他鬼使神差地跟在了她身后，为了不让她以为自己在跟踪她，他还尽量保留了一点距离。

她走在马路边上，绕过小水坑，凌乱地甩在肩后的辫子泛着琥珀金色，无论是丑陋的校裙，还是拉到膝盖上的粗陋棉袜，都没有破坏她美好的身材和细瘦的、塑造得极其完美的小腿肚，反而使她的美丽显得更加突出了。4月的太阳从满是湿气的云雾后短暂地冒出一点头来，缠在她的头发上，然后慢慢地熄灭，只来得及用一点点怯懦暗淡的光线照亮她。"要是眯起眼睛来看的话，恐怕就算没有太阳，她也会闪闪发光呢。"西蒙想。

他跟着她回到了家，但是不敢走近。第二天早上，他穿上整洁的格子棉布衬衫和仔细熨烫过的裤子，在无名氏家的栅栏旁边等苏珊娜。当她走到他身边时，他打了声招呼，然后立刻做了自我介绍，请求她允许自己陪她去上学。她本想拒绝的，但因为太过不知所措，鬼使神差地把摇头换成了点头。他不慌不忙地接过她手中的书包，搭在了自己的肩上。

"我们走吧？"

"我其实是想拒绝的！"苏珊娜从呆滞中回过神来。

"晚了。"他笑了起来。他的笑很有感染力，使她也不由自主地微笑起来，同意了——就这样吧。

在广场上，她朝和平路的方向挥了挥手："得等个人。"

"那就等吧。"

看到闺蜜在跟一个不认识的年轻人聊天以后，梅拉尼娅扬起了眉毛，放慢了脚步。她想，也许这是苏珊娜的一个亲戚，只不过她从前没听说罢了。但是，走近以后，她立刻认出那个青年就是多年前保护苏珊娜不被同学欺负的人。梅拉尼娅那时候因为害怕，站在地上一动也不动，没法像其他孩子一样跑掉。回过神来以后，她撒谎说自己是来求其他孩子不要欺负苏珊娜的。苏珊娜没有把她供出去，还做证说她确实保护了自己。这就是她们二人突然结下友谊的原因——梅拉尼娅感激苏珊娜没有揭露自己的谎言，而苏珊娜只是很高兴自己能有机会交个朋友。

就在那一天夜里，苏珊娜母亲的病情突然加重。在救护车到来之前，她几乎都已经没气了。人们没法把她放到担架上去——只要躺着，她就会不断地呕吐。人们把她扶进车里，不知用了什么方法，让她坐了进去。苏珊娜坐在旁边，用手臂搂住她，嘴唇贴在她苍白的、满是冷汗的额头上。医生不让苏珊娜进入重症监护病房，但她拒绝离开，留在候诊室里等待。过了一会儿，父亲也加入了她的行列。她抓起他的手——那只手很沉重，散发着潮湿的泥土味和马粪味，是一只吃苦受累的手——放在自己的手里，翻过来，抚摸上面的每一条皱纹和每一个老茧，轻轻地拉着两处骨折、长得有些歪的小指头。他亲了亲她，沉重地叹了口气。两个人都没有说一句话，但苏珊娜很确定，他们此前从未如此亲近，如此坦诚。

快到早上的时候，他们获得了进入病房的许可，以便跟苏珊娜的母亲告别。母亲已经清醒了过来，吐了很多血，胃里的疼痛难以忍受。她没有认出自己的女儿，但是冲着丈夫露出了微笑，那是一抹微弱的、转瞬即逝的微笑。她甚至想要伸出手去触碰他，但是动弹不了。苏珊娜没有发现她已经性命垂危，也没有发现她呼吸不畅，只能用苍白的嘴唇吸气，更没有发现她还在用自己的脚后跟敲打洗过的床单。苏珊娜只看见，那抹惊人而明亮的微笑，短暂地点亮了母亲那张因痛苦而扭曲的脸，而丈夫朝她俯下身去，把她的微笑当作一种祝福。

在后来的很长一段时间里她都无法原谅自己：她那样细致又勤奋地观察身边那个残缺而痛苦的世界，却忽略了这种强烈的爱意——那是两个不幸的人，透过艰苦的人生所展现出来的。正是在那个时候，她看着饱受折磨行将去世的母亲不肯将目光从丈夫身上移开，甚至想要用自己的微笑鼓励他。她惊恐地意识到，自己的父母为爱情付出了巨大的代价，甚至可以说，他们牺牲了一切，包括自己的孩子。

　　苏珊娜没有去参加葬礼，也没到祭桌前去祭拜。当全家人都去坟墓前送行的时候，她却在小储藏室里收拾东西。她把母亲留下的所有东西整理好，放在那张木床上，再盖上寥寥几床被单，发现母亲的东西实在是太少了：一双穿破了的鞋，一条打过补丁的羊毛裙，一件被虫蛀了的夹克衫，一身只剩一颗骨制纽扣的长袍——其余的扣子都渐渐坏掉了，妈妈就把那些纽扣都换成了普通的衣钩。苏珊娜小心地剪下了唯一的一颗骨制纽扣，它几乎被磨成了透明的质地，上面还有小缺口。她仔仔细细地清洗了父亲的衣服，洗去了上面腐朽和死亡的气味，再把它们挂在院子里晾干。她用石棉瓦钉子封住了小储藏室的门，又把阳台上的沙发床（奶奶喜欢躺在上面消磨傍晚的时光）搬到弟弟的房间，在那里铺了一张床。蛀木虫啃坏了沙发床的床脚和床背，但这没什么，最重要的是先让爸爸有地方过夜，过后他们再想点别的主意。

　　苏珊娜没有去参加葬礼过后的酬客宴，甚至一点饭都没有吃，只帮着姑姑洗了餐具。坐在餐桌后的人们像躺在棺材里一样安静，就连只要逮到机会就抱怨命苦的奶奶都没有说话，只有父亲一直在哭，丝毫不感到愧疚，也不去藏住自己的眼泪。儿子有时候会抚摸他的肩膀，数落着说："爸爸，好了！"父亲则会回答一句："哎！"然后继续哭下去，用又大又平的手掌揉着眼睛。他哭得筋疲力尽，顺从地躺在了那张沙发床上，但第二天早上，在出门去上班之前，他拿上铁钎和锤子把小储藏室门上所有的钉子都起了出来，小心地把钉子依次弄直。然后他又把自己所有的简单家什都搬了过去。苏珊娜被噪声吵醒，委屈地问父亲为何要这样做。

"女儿啊，我压根见不得我那个妈。"他回答说。

"就好像我能受得了她似的。"苏珊娜虽然心里是这样想的，但是嘴上却什么也没说，只请求父亲起码跟她和弟弟一起吃个早饭。

"奶奶醒得晚，所以你不会碰到她的。"

"就按你说的办吧。"

从那天开始，他们养成了一起吃早饭的习惯。很快，小姑姑也加入了他们的行列，静静地坐在餐桌后面，没有试图加入谈话，但是听得很认真，有时候说话的人如果是她的哥哥，她还会点点头表示同意。苏珊娜猜想她是有话要问他，但迟迟开不了口，所以并没有催促什么，更没有试图提出一些引导性的问题来吸引她开口。所有多余的手势或者无关的话都有可能吓到她，所以必须让她足够安心，这样她才有可能鼓足勇气，把心里的话问出口。

这一天终于来临了。小姑姑红着脸，把桌布的边缘缠在手指上，不敢抬头看向自己的哥哥，用细如蚊蝇的声音说道："你想不想让我给你做点特别的东西吃？"

"请给我烤一个巴加芝吧。"父亲回答道，一点也不觉得这个问题有多么令人惊讶。苏珊娜甚至觉得，他知道小姑姑会问他什么，所以提前准备好了答案。

"放酸奶油吗？"小姑姑的声音明显变得勇敢了起来。

"家里有酸奶油吗？"

"有的，我留了一点儿。正好够烤一个巴加芝的量。"

"谢谢。"

"不客气！"

小姑姑从餐桌后站了起来，用一种对她来说快得不可思议的速度朝门边走去。但是，到了门口她又突然转身走回来，喃喃地说："我干吗这么着急，等你们离开了我再和面就行呀。"

苏珊娜努力降低自己的存在感，谨慎地跟坐在右手边的弟弟交换了目光。弟弟挑了挑眉，耸了耸肩。这是他们第一次从小姑姑嘴里听到那么长的一段话。一般她只会说一些简单到只有一个词语的句子，或者根本不说话，现在她不仅说了一整段对话，还在经过哥哥身边时，抚摸了他的头发。这是他们从出生以来，吃过的最幸福的一顿早饭。

小姑姑总是那个收拾餐桌的人。苏珊娜以洗碗的借口把家里的男人送出了门，自己等了几分钟以后才离开家。她不希望父亲和弟弟太早见到她和西蒙在一起，等她上完了高中，她一定会介绍西蒙跟家人认识的。

西蒙在无名氏的房子后面忠诚地等待着她。她一见到自己心爱的人，立刻容光焕发起来，把书包交到他手上，幸福地问道："想我了吗？"

"很想。"他总是这样回答。

所有人都知道他们已经开始为未来做计划了：苏珊娜要考入师范学院的学前教育系；在进城以前的 8 月，他们会订婚；等西蒙赚了一些钱以后，他会回到建筑系继续学业；如果一切顺利，他们会在第二年的夏天举办婚礼，作为一个小家庭，他们可以在学校的家庭宿舍里得到一个房间；等他们完成了学业，就回到贝尔德镇。他们要生三个孩子，两个男孩，一个女孩。苏珊娜会给男孩们起名，而女孩的名字将会是"泰明"，用来纪念西蒙的母亲。他们要在一起生活一百年，然后一定会在同年同月同日离开人世。

苏珊娜有了未婚夫的传言迅速不胫而走，传遍了整个学校。顽固的卡罗被心中的妒忌煎熬着，想把竞争对手叫出来打架，但是被一句宽宏大量的"拉上你的裤拉链吧，英雄"击退了。他不再纠缠苏珊娜，但是一直用沉重的目光盯着她，而且每当走到她身旁的时候，都会故意碰她一下。她嫌恶地躲开了，但是仍然忍受着这一切——不需要等太久了，这一切很快就会结束。梅拉尼娅劝她向西蒙告状，但是她挥了挥手说："他闹够了就会走开的，干吗跟一个傻瓜一般见识呢。"

两个女孩都在毕业考试中获得了优异的成绩。6 月 20 日的上午，苏珊娜要去学校里拿毕业证书，因为学生们集合的时间定在了上午 11 点，所以西蒙没有陪她去——这时候他已经在工地上干了很久的活儿了。走到花园路的时候，她立刻注意到了马路对面停靠着一辆崭新的浅蓝色"莫斯科人"小汽车。在贝尔德镇，小汽车是特别稀罕的东西，所以她放慢了脚步，想要好好看看。

坐在驾驶位上抽烟的那个年轻男人，苏珊娜觉得隐隐约约有些眼熟，但不管怎么努力都回想不起自己是在哪里见过他。走到与汽车平齐的位置时，她稍微探了一下身子，想要好好看看汽车内部的样子。就在那一秒，"莫斯科人"小汽车突然启动了马达，猛地冲向前方，斜着插过来挡住了她的去路。后门"砰"的一下打开了，从上面冲下来两个男人——在电光石火之间，苏珊娜居然还感到了惊讶：他们又没有躲在汽车的后座上，为何自己没有注意到这两个人？他们朝她扑了过来，抓住她就要往车里拉。她试图挣脱出来，而且差点就做到了，但是其中有个人用手肘朝她的肋骨猛击了一下，她痛得叫了一声，瘫软下来。几乎就在同一时间，她缓醒过来，但已经错过了时机——她已经被拉进了车里，车门关闭之后，"嗖"地蹿了出去。苏珊娜吓得大叫，从扭着她手臂的两个男人之中挣脱了出去，猛地扑向前面，用牙齿咬住了司机的肩膀。

"把她控制住！"司机大声喊道。她立刻认出了他——他就是卡罗的堂哥。不久前他到学校里来了一趟，说是要看望堂弟，但看来实际上是来看看她长什么样子的，想要记住她的长相。"放开我！"她用一种可怕的声音喊道，听起来已经完全不像她本人了。然后其中一个绑架犯抓住了她的辫子，强迫她背靠着汽车坐垫，恶狠狠地对她说："我们把你送到该去的地方，然后就放了你。"

她被送到了埃格巴尔村郊区的一幢房子里，那群人把她关进了空地窖。她试图逃出去，但窗户实在太窄小，她又没有足够的力气砸开地窖门。到了晚上，卡罗出现了——她后来才知道，他没有立刻到这幢房子里来的原因是不想让大家怀疑到他头上。他来到了学校，看到参加庆祝仪式的梅拉尼娅着急担心，替闺蜜领了毕业证以后就跑到了对方家里，想打听一下她为何没有去参加毕业证分发仪式。

卡罗走进地窖里，刚踏入地窖门就宣布说，现在她再也逃不出他的手掌心了，因为他已经绑架了她。苏珊娜把自己从架子上找出来的唯一一样东西——黏土罐上的盖子——扔向了他。后来她才想到，自己本应该把这个盖子摔碎，用碎片弄伤那个绑架犯，或者还有更好的方式——割开自己的静脉，这样到了傍晚的时候，自己的鲜血正好可以流光，然后她就可以顺利地死去了。但是被关在地窖里的时候，她根本没有想到死亡，只一心想着西蒙。她毫不怀疑，他一定能找到她，拯救她。又或者——后来她经过周全的思考，责怪自己没尽全力自救，也许她应该装作完全不介意成为卡罗妻子的样子，抱住他，让他亲吻自己，降低他的警惕性，然后趁机跑掉？可以冲进院子里，然后跑到离那里最近的一户人家里去求救。还可以用一件重物砸他……她无数次地回想那个恐怖的地窖，狭窄的木架子空荡荡的，小窗户只有两个小孩的手掌那么大，泥土地凹凸不平，还有一个孤零零的黏土盖子，被忘在了角落里——很明显，他们预先把所有东西都搬走了，这样她就不可能从那里逃走，甚至无法保护自己……

"我们到屋里去吧，我铺了干净的床单。"他抓住她的手，说道。她朝他的胸膛使劲推了一下，他则挑起眉毛，不怀好意地笑了起来。她又用手指甲去挠他的脸，但他把苏珊娜压在了寒冷的土地上，不管她怎样挣扎扑打，都敌不过他。

夜晚的时候，西蒙终于带着几个小伙子来了，闯进了那座房子。

她朝着西蒙走了出来，颧骨破了，嘴唇也被咬伤了。她看都不看他，轻声说："你迟到了。"西蒙把卡罗掀翻在地，用脚踹他，卡罗一开始还会反抗，后来只会像虫子一样滚来滚去，用双手抱着头，咬牙忍耐着，没有叫出声来。然后西蒙被拉开了，无力的愤怒让他喘不过气来，只能沉声命令苏珊娜收拾一下跟着一起离开，但她却摇了摇头，用更响亮的声音重复说了一遍："你迟到了！"

"我不在乎这里发生过什么，我们走吧，我会娶你的。"西蒙掷地有声地说。她听着这些话，却仍然固执地不看他，逼着他弯下腰来凝视她的双眼。就在他弯下腰来的那短暂的一瞬间，她用女人那种准确无误的第六感，在他的声音中捕捉到了游移不定和恐惧的音调，这是她一直痛苦地等待着的东西。她猜到了：这种负担远不是他能承受的。他处理不了那些逃不掉的流言蜚语，人们会在背后说他要娶一个被别的男人毁了清白的女人。

"你迟到了！"她用了那样大的力气喊出这句话，给人一种感觉，似乎喊的人不是她，而是整片天空破裂开来，释放出了上千种可怕的叫喊。"你迟到了！"她一边喊，一边意识到，她再也不可能给他生下两个男孩和一个女孩，他们也绝无可能一起幸福地生活一百年然后在同一天死去……她还是没有看他，但用眼角的余光瞟到，他带走了自己的朋友们，顺从地带头离开了这座房子，而最后一个离开房子的人还小心地关上了房门，弄出"咔嗒"的响声。她不停地尖叫着，暗无天日的痛苦让她喘不过气来，直到卡罗摇着她的肩膀，恳求"不要这样，不要喊"的时候，她才终于沉默下来。

她当天夜里就离开了。卡罗没有拦着她走，因为他坚信现在的苏珊娜再也逃不开他的身边。快天亮的时候她回到了家中，本想到父亲的小储藏室里去看看，又改了主意——把他叫醒又有什么意思呢，等到了早上，人们就会把这件事传开的。也是因为同样的缘故，她没有叫醒弟弟和小姑姑。她在浴室里生起火来，仔仔细细地洗了个澡，毫不留情地用擦子和焦油皂把自己的身体磨得生疼。

　　奶奶在阳台上等着她，水肿的双腿岔开，手肘支在膝盖上，大肚子像一个沉重又不定型的袋子一样挂在双腿之间，双眼漆黑而无情，一眨不眨地盯着前方。

　　"你为什么回来？"她用一种嘶哑但平淡得让人意外的声音说道。

　　"我为什么要跟不爱的人生活在一起？"苏珊娜拧着厚厚的头发，用另一个问题回应了奶奶的问题。

　　奶奶背靠在沙发椅上，叹了一口气，为她的头脑迟钝感到生气："你根本没为自己的父亲和弟弟着想。他们现在遭受这样的奇耻大辱，还怎么活下去？你弟弟就是个年轻傻瓜，整天带着刀子在镇上晃悠。等他找到了那个人杀掉以后，接下来会怎么样呢？你希望你弟去坐监狱吗？这能给你带来什么好处呢？"

　　苏珊娜的心顷刻间被漆黑的绝望所淹没。她想把自己的头磕在门边上，但奶奶就像看出了她的意图似的，转身朝向门口，哑着嘴看着她，用嘶哑的声音说道："事情已经发生，就无法再挽回了。

你回到绑架你的那个人身边吧，现在除了他，谁也不会要你了。"

"你应该很高兴吧。"苏珊娜抑制着嗓音里的颤抖，小声地说。

"我有什么可高兴的？"

"因为你所有的诅咒都应验了。这不就是你想要的吗？"

奶奶向前倾着身子，又将两个手肘搁在了膝盖上，低沉地笑了起来："去睡觉吧。"

"你为什么那么恨我们？"苏珊娜走近她，没等对方回答就恶狠狠地低声说道，"就该趁你睡觉的时候用枕头闷死你。真可惜，我以前没想到这一招。"

奶奶又低声笑了起来："睡觉去吧，疯子。"

早上的时候，苏珊娜告诉全家人说她是自愿跑去那个地方的。因为父亲积攒的所有钱都花在母亲的墓碑上了，所以她不想再让他有新的花销。现在他们可以避免办那些结婚的麻烦事了。她告诉所有人说自己非常幸福，什么都不需要担心，然后开始收拾自己的东西。下午，卡罗带着自己的母亲、哥哥和那个胡子细软的堂哥（就是他开车抓走了苏珊娜）一起来接走了她。他们摆了简单的酒席，人们坐在席上为两个年轻人的幸福而干杯。奶奶没来参加，也没有来跟孙女道别。三天后，奶奶去世了。苏珊娜同样没有参加她的葬礼，把办葬礼酬客宴的工作揽了过来。后来她才知道，在她离开以后，奶奶没再回到自己的房间，晚上就睡在被蛀木虫咬坏了的沙发床上。就在那上面，她心脏病发作去世了，周围是魔鬼和折磨了她一辈子的魂灵——它们终于彻底地取走了她的性命。

在六年的婚姻中，苏珊娜柔软而敏感的心灵日渐粗糙，变成了一块石头。她从来没原谅过丈夫对她的所作所为，在这些年里，她很有计划地把他的人生变成了地狱。可她完全没想到的是，在作弄他的同时，她自己的心肠也变得愈发冷酷起来。她带着无穷无尽的力量和愉悦，把所有折磨人的手段都用遍了：编出很多屈辱的外号，常常出言顶撞，不放过任何吹毛求疵责骂丈夫的机会，然后生好几周的闷气。她不想生孩子，所以小心地向邻居打听了避孕的方法，瞒着卡罗喝熬得浓浓的香菜汤，还会喷醋水。

苏珊娜还像以前那样，睡得又少又浅，只要一有风吹草动就醒。半睡半醒的时候，她仿佛能看到正在喃喃咒骂的奶奶，然后她就会长时间地在床上翻来覆去，嘴里咒骂那个老太婆，说奶奶就算死了也不肯放过她。

苏珊娜和梅拉尼娅迅速断了联系。梅拉尼娅考上了大学，很少回家，而且启程去上学之前，她也不怎么着急见自己的朋友，每次苏珊娜叫她来家里做客，她都会想出各种各样的借口拒绝。过了一段时间，苏珊娜从给她避孕药方的那个邻居口中听说，梅拉尼娅打算嫁给西蒙。

"这段时间以来，她一直围着西蒙转，好像是在安慰他似的，但其实是在欺骗他。"邻居丝毫没有考虑到苏珊娜的感受，起劲地传着闲话。苏珊娜听着这些让她的心充满沉默的话，耸了耸肩说："让她见鬼去吧。"

她离开了自己的丈夫——这是受够了折磨的卡罗亲口提出来

的要求。那时候父亲已经跟一个孤独的寡妇好上了，于是搬去跟她一起生活。不久前，弟弟被应征入伍，家里只剩下小姑姑一个人。侄女回家的事情让她高兴得说不出话来，在苏珊娜回家之前收拾出了奶奶从前的房间，但是苏珊娜拒绝住进去，所以小姑姑搬到了奶奶的房间，把自己的房间让给了苏珊娜。就这样定了下来。

苏珊娜回家后做的第一件事，就是去父母的小储藏室看了看。母亲的东西还整整齐齐地码在木床上。苏珊娜把那些衣服埋进了花园里。她请来工人，让他们拆掉那个小储藏室，面对小姑姑无声的询问，她详细地回答说："我不想回忆起痛苦的过去，所以任何与那有关的东西，我都不想留下。"

苏珊娜在一家托儿所里找到了一份保姆的工作，整天跟孩子们在一起，在与他们的交流中得到心灵的休息。她朝无名氏的家里看了好几次，自己也不知道为何要这样做，在确认她确实疯了之后，遗憾地离开了。她并没有试着跟隐居的那对兄妹谈话，怕吓到他们。但是有时候，她会像很久以前的小时候那样，跟那对兄妹的房子玩对视的游戏，等待某种迹象的出现，可最终还是没有等到。她叹了口气，移开了眼睛。她所居住的世界，又一次缩成了只有巴掌大的一块小地方，似乎光明永远不会来到这里。她越来越常思考一件事：她所做的一切提前离开这里的努力，都注定是要失败的。在一个从一开始就得不到神佑的地方祈求神的救赎，是没有意义的。

弟弟去世的消息传到了苏珊娜的工作单位。电报员玛露丝没把电报留到第二天，亲自给苏珊娜送了过来。苏珊娜把那份用官样文体写成的消息翻来覆去读了好几遍：一辆重型卡车落入深渊，整个摩托化步兵班全部英勇牺牲。

"人要怎么样才能在落入深渊的重型卡车里'英勇'牺牲？"她问道。在这段时间里，玛露丝一直站在她身边，眼睛一眨不眨地看着她，抢走了电报，又递给她一杯水，关切地说："喝吧。"苏珊娜顺从地喝了水，把空杯子还回去，直接穿着身上的工作服（白色的保姆长袍，光脚穿着轻便的鞋子）回到了家中。有人追上了她，往她的肩上披了一件大衣，还把靴子递给了她。她把靴子抱在胸前继续行走，丝毫没注意到飞到脸上来的雪糁子。

春天的时候，他们收到了一个密封得死死的铅制棺材。苏珊娜想象着，一群士兵从"轰"的一声落入深渊、烧得精光的重型卡车中，挖出了那些遇难士兵烧焦了的遗骸，大致分成13个部分，分送到遇难士兵的家中。她用脸颊贴着棺材盖子试图感受弟弟的存在，痛苦地笑了笑——何必纠结遗骸属于谁呢？这没有任何意义。

在集体葬礼上，年老而瘦削的父亲悲痛地大哭，佝偻的双肩颤抖着，用湿漉漉的手帕擦着脸。苏珊娜站在旁边，连一滴眼泪都挤不出来。当他们离开坟墓的时候，西蒙见到了她。他想靠近，但她伸出一只手来做出反对的姿势，没有给他靠近的机会。

第二天他来了，畅通无阻地走进沉浸在哀悼气氛里的房子，找到了苏珊娜的房间，没敲门就走了进去，而她正面朝墙壁躺在那里。在得知弟弟去世的当天，她把华丽的金色头发剪短了。西蒙躺在她身边，抱住她，把脸埋进无情剪短了的柔软卷发里，痛苦地哭了起来。她朝他转过身来，用手掌抹去了他的眼泪，不解地问："你干吗呀?！"

西蒙亲了亲她那又干又热的眼睛，而苏珊娜则吻了他的嘴唇。这是他们的初吻。

8月初，像闷热的云层一样笼罩着亚拉腊山谷的沙尘暴终于平静下来，退却了，留下了被风吹得褪色的小沙丘，像农场边上的一圈式样奇异的花边。在雨季来临之前，公共服务部门挨家挨户地检查了排水槽和屋顶上的瓦片，清理掉了上面的沙子和堵塞的垃圾。这座城市渐渐地从死气沉沉的昏睡中清醒过来，回归了正常。在圣母升天节①这天，城中再次充满了前来参加礼拜和葡萄祝圣仪式②的游客和信徒。

这天的早晨始于一场大闹。苏珊娜到一家纪念品小店里去看了看，发现这家店没有提前通知她，就把丝巾的价格翻了一倍。她愿意用便宜价给这家店供货，条件就是要尽快把丝巾卖出去——她不指望着能有机会等到愿意花大价钱买丝巾的顾客。商店的女主人是个毫无礼貌、喜欢大喊大叫的女人，她试图把生气的苏珊娜从闷热的小前厅里带到附属房间里，离那些朝玻璃橱窗里看纪念品的波兰游客远一些。但是苏珊娜不肯走，当着一群呆呆的欧

---

① 译者注：亚美尼亚人庆祝圣母升天的日子，大约在每年的8月15日前后。

② 译者注：葡萄祝圣仪式是亚美尼亚的传统仪式，人们会在圣母升天节这天，将葡萄供奉在圣母像前，使葡萄"圣化"。

洲人指责女主人商业欺诈——那群人立刻迅速地离开了商店。眼前的变化让女主人很是失望，她朝苏珊娜扑过来，说她是个不知感恩的傻子。苏珊娜也毫不相让，吵了回去。使劲儿闹了一场以后，她要求拿回已经卖出去的丝巾的钱。

"再把没卖出去的丝巾还给我！"她一边愤怒地数钞票，一边命令道。

"凭什么？"

"我去找别人卖。你只卖这些破烂儿就行了。"面前是摆得整整齐齐的几排链子、石质的小"哈奇卡尔"和贴身佩戴银质十字架，她鄙视地朝这些玩意儿点了点头。

商店女主人的脸一下子拉得老长。厉声道："你不怕上帝惩罚你吗?！"

苏珊娜把丝巾装进包里，生气地拉上了拉链，走出了店门，连回答都不屑于给。谁爱怕谁怕，一个搞欺诈的小商贩居然拿上帝来数落她，哪来的道理！

她把丝巾留在了一家小珠宝店里。店主是个身材高大、胡子银白、眉毛很黑的珠宝匠人，看起来特别像苏珊娜很喜欢的演员肖恩·康纳利[①]。他送她出门的时候露出了惊艳的眼神，看起来，他也对她很有意思。苏珊娜曾经谨慎地打听过他的情况，得知他

[①] 译者注：肖恩·康纳利（1930—2020），出生于英国苏格兰爱丁堡，英国演员、制片人。

已经结婚了，有两个儿子。大儿子已经搬到了俄罗斯，在那里组建了家庭，不久前把他妈妈接了过去，让她帮忙照顾新生儿，而他和小儿子被留在了这里。当然了，他们两个人单独相处的时间并不会很长——他妻子打算等秋末的时候回来。他能制作出极为美丽的银饰品，小儿子给他帮忙，还能代替柜台售货员卖货，因为售货员一天要短暂离开好几次，去照顾她那个卧床不起的母亲。这个售货员的故事让苏珊娜很是感动，而珠宝匠人似乎是个心善又正派的人。换作是别人，肯定会选择雇用一个新售货员，而他却不肯辞退现在这位。苏珊娜确信，如果她是店主，做的事情肯定与他正好相反。多年前，她禁止自己受情感支配，当需要在清醒的算计和怜悯中做选择时，她永远不会有任何动摇。她的冷血近似于公然的蔑视，而她的疏远，则近似于全然的冷漠。丈夫有时候会开玩笑说她能成为一个非常优秀的特工："你会毁掉自己的主管部门，因为这个部门必须一直不停地给你颁发模范服务奖！"他的笑话并没有伤到苏珊娜，因为她是一个非常诚实的人，能够承认自己的缺点。她也足够冷漠，不会受到良心的折磨。

夏初的时候苏珊娜就去找过那个珠宝商人。她的两个女儿翻箱倒柜，在她那个装着过时小饰品的小盒子里找到了一些塑料珠串和手镯，并在盒子最底部找到了一个带有缺口的骨制纽扣。幸运的是，她们没有扔掉这颗纽扣，而是把它交给了妈妈。苏珊娜把纽扣收进了手提包的小口袋里，第二天，又在回家的路上走进了珠宝制作室。

"这是我母亲给我留下的唯一的念想。我想把它变成一个饰品。"她对珠宝匠人说。他小心地用两根手指从她手心里拿起了那颗扣子。

"您希望我把它做成什么？"

"指环或者吊坠都行，您看着办吧。我完全相信您的品位。"她微笑着回答说。

微笑的表情很适合她，强调了她的每一根皱纹，脸上的每个褶子，但惊人的是，这并没有让她的年纪显得更大，而是让她看起来显得更小了。苏珊娜很清楚自己的微笑有多大的杀伤力，总是在讨男人欢心的时候把这种笑容释放出来。不过，她不费多少力气就能让男人喜欢上她：她就像从前一样美丽，虽然已经48岁，但是她看起来比实际年龄小很多。年复一年，她的美丽渐渐变得温和，有了沉思的味道。从前闪闪发光的眼睛仿佛会说话一般，现在却暗淡了下去；脸型变得更尖细，头发的颜色也变深了；太阳穴附近的头发变成了白色，但奇怪的是，就连这些白发也能让她看起来显得更年轻。似乎她与时间之神签订了某种合同，得到了他的同情，让这股不可逆转的洪流放慢了速度。

在约定取货的那天，店主并没有出现在商店里。苏珊娜的心里有点不痛快，但是并没有表现出来。售货员郑重地取出一个天鹅绒的盒子，但没有把它打开，而是把盒子放在了柜台上，做出了一个邀请的手势："请您亲自打开看看吧。"苏珊娜打开小盒子，抑制不住惊叹的声音：珠宝匠人完成了一项不可能完成的任务，把一颗旧骨制扣子变成了真正的艺术品。他在纽扣上涂了一层清漆，装饰了几乎看不清的银色纹路。纽扣上从前有一些几乎磨损到透明的洞，现在上面却有了三颗巴洛克珍珠，固定在轻盈的边框上。扣子的边缘上环绕着黑银的不平整镶边，让这个设计有了一种克制的高贵之美。

苏珊娜戴上这枚戒指，把手拿到远处去欣赏。尽管它的体积很大，但是重量却轻得不可思议，戴在手指上时完全感受不到它的存在。

"我仿佛是戴着这枚戒指出生的。"她惊叹地说。

面前的女孩开心地跳了起来："哎哟，太好了！您根本想象不到他有多受罪。他想破了脑袋，才确定了最终的设计版本。一共有 8 个呢！"

"什么东西一共有8个？"苏珊娜的眼睛终于从戒指上移开了。

"设计版本呀！他自己搞得精疲力尽的，也把我们折磨得够呛，一直叫我们挑来挑去的。他真的很想让您满意！"

售货员可爱的脸上闪烁着真实的喜悦之情，脸颊上蒙了一层温柔的桃粉色。苏珊娜想象她一天要跑回家好几趟，给动弹不得的母亲穿衣服，揉搓、擦洗母亲的身体防止生褥疮，给母亲喂饭，在母亲发出难受的呻吟时，耐心地安抚，把脏床单泡上，等傍晚回家的时候再洗了挂起来，然后又喘着粗气去上班。

"您结婚了吗？"苏珊娜问道。

女孩摇了摇头："没呢。"

"我希望我弟弟的妻子像您一样。"

还没等苏珊娜醒悟过来，这句话就已经脱口而出。她匆匆忙忙地摘掉戒指，把它藏进小盒子里，没有道别就冲出了商店。

那天早上，跟商店女主人吵完架后，苏珊娜刚离开纪念品小店就朝商场走去，一边走一边想着要把收回来的丝巾留在谁那里卖。珠宝匠人抽着烟，肩膀靠在工作室的门框上，小口啜饮着已经凉掉了的咖啡。她伸出手，晃动着自己的手指，骄傲地展示手上的戒指。他笑了起来，把咖啡杯举过头顶，像是要为她的健康干杯。

"也给我倒一杯吧？"她请求道。

"当然可以！"

苏珊娜走进工作间，环视了一番，发现这是一个摆满了不同设备的小房间，散发着柠檬酸、硫黄和烧蜡油的味道。她不由得打了几个喷嚏。

"很遗憾，这里的味道总是消散不了。"珠宝匠人用歉疚的口味解释说。他从桌子下面拉出一把木头椅子，上面包着有些掉毛的天鹅绒垫子。

"这是过敏了。"她叹了口气，坐在了椅子上。在他煮咖啡的时候，她把所有的事情都对他和盘托出：早上闹了一场；她必须努力工作才能养活全家人；婆婆永远都是一副不满意的样子；丈夫的脊椎痛得厉害。她的坦白把她自己都吓了一跳。

"医生怎么说？"

"他的情况很复杂，医生不肯给他做手术，让他去莫斯科看病。花销太大了，我们连想都不敢想。"

"能想象得到！"

302

苏珊娜偷偷地欣赏着珠宝匠人干活的样子：慢慢地从细颈长柄咖啡壶里往外倒咖啡，尽量一滴都不洒出来；打开一个盛着酥饼干的罐子；把工具都摆在桌子上的小角落里，用湿纸巾擦拭。

苏珊娜拿到了自己那杯咖啡，道了句谢，保证自己喝完了就会离开，不会打扰他工作。珠宝匠人表达了反对："您别着急，我跟您一起休息一下。您还是给我展示一下您的作品吧。"

苏珊娜把手提包交给了珠宝匠人。他取出几条丝巾展开来，用挑剔的眼光一边看，一边不住口地夸赞。

"这些图案是您自己想出来的吗？"

"不是。我得到了一些图样模板……作为纪念。"

"是谁给您的呢？不过，这不重要。您不如把丝巾留在我们这里吧，我觉得，我们很快就能把它们卖掉的。"

苏珊娜想要拒绝，但是珠宝匠人打断了她的话："这是一个能让我经常见到您的理由。"

她害羞了。本想再喝一口咖啡，却被一口咖啡渣噎住了，咳嗽起来。珠宝匠人给她倒了一杯水，敲了敲她的背，使她发出"哎哟"一声——他没算好力度，敲背的力气比预计的大了些。

"我这是吓成这样的！"珠宝匠人为自己辩解道。苏珊娜则安抚地挥了挥手，表示没有关系。

离家里还有很长的一段路，但苏珊娜决定好好散个步。她尽量在阴凉地里走，心里想着，她生命中得到的爱真的太少了。妈妈的身边有爸爸，爸爸的身边有妈妈，后来他又有了一个新的女人，两人幸福地生活在一起，一直到他去世。就连小姑姑的身边也有奶奶。

小姑姑只比奶奶多活了几年而已，死因是普通到不值一提的感冒。医生怎么也理解不了为何会发生这种事情，但是苏珊娜知道，她并不是因病离开人世的，而是因为失去了自己存在的意义。她生命中的两个最重要的人——妈妈和大姐，都已经长眠于地下，于是她只要一有机会，就赶紧追随着妈妈和大姐离开了。

弟弟是唯一一个真正爱着苏珊娜的人，但他却不是为了"活着"而出生的。她很清楚这一点，竭尽所能地保护他，可还是没能救下他。

她曾有过朋友，但那个女孩背叛了她。她也曾有过爱人，他们本来计划一起生活一百年，死在同一天，但他却抛弃了她。苏珊娜从来没有原谅过他，但也没多么恨他。她倒不是相信命运，但她毫不怀疑，写在一个人额头上的命数是无法改变的。也许她注定要与西蒙分开，等过了六年以后，两人再次走到一起。接着，与他在同一个屋檐下生活了一年之后，她会跑掉，从此永永远远地离开他。

她真的很爱他，是那种遍体鳞伤的狂妄的爱。她开足马力从工作的地方回到家中，只为在他到来前摆好餐桌。她总是寸步不离地守着他，抱着他，拉着他的双手，又摸又亲。他们甚至会在一起洗澡——她特别喜欢他的裸体，美丽的肩膀，有力而结实的双手，宽阔又可靠的双脚。

他们曾是一对完美的恋人，像设计得无比精确的两个设备零件一样，结合得严丝合缝。他于她呼气的地方吸气，在她觉得闷热的地方，他只会不停打寒战。"共存"是他们唯一的状态，只要分开，他们就会觉得窒息。

在弟弟的葬礼过后，西蒙不久就搬到了苏珊娜身边。梅拉尼娅号啕大哭，大吵大闹，不让他收拾东西。当她意识到已经无法留住他的时候，她躺在了门槛上。他则从她身上跨了过去，离开了。他们结婚四年，没有生下孩子，也没有结出什么爱情。西蒙已经偷偷地在外面搞出了几次短暂的外遇，让妻子绝望至极。他一点也不在乎她的感受。娶她只是因为两人睡过——深爱着西蒙的梅拉尼娅为了把他留在自己身边，什么招数都用上了。严格算来，他并没有承诺会爱她，也不觉得自己对她负有什么责任。她努力成为一个好妻子，但从来没能打动他的心。如果他们有孩子的话，那么孩子很有可能会让两个人的关系变得更加紧密，但她一直没能怀孕。苏珊娜相信，这一切的原因都在于梅拉尼娅自己。她并不是在诅咒自己从前的朋友，也从来不希望梅拉尼娅遇到什么不幸，但她坚信，每个人都必须为自己的行为付出相应的代价。梅拉尼娅背叛了她，这种背叛的代价就是过上一种没有孩子、没有幸福的家庭生活。

几年后，苏珊娜回想那段和西蒙一起度过的幸福时光，越来越相信，他用自己的回归拯救了她，所以她才没有陷入疯狂——留在父亲的家里，她会不可避免地成为一个疯子。在弟弟去世后，她几乎失去了睡觉的能力，只要听到一点点响声都会哆嗦。每天夜里，她用尽了方法入睡，哪怕只是打个盹儿也好，但都失败了。

任何声音都有可能把她吵醒：敲打窗台的雨滴，猫头鹰的鸣叫，还有蟋蟀那些安抚的歌声也会让她无法入睡——可是，就连那些夜间动物也会在蟋蟀的歌声中昏昏入睡。苏珊娜给自己制作了棉花耳塞，但是没有多少用处。她养成了朝左躺着睡觉的习惯，面对着墙壁。这是因为，如果朝着窗户睡觉，那她会在窗帘的褶皱中发现奶奶的剪影，听到那无穷无尽的恶心低语。在处于梦境和现实之间的时候，她常常会发现自己又被关进了那个地窖，每当清醒过来的时候，她都会生气地号啕大哭，把那件已经发生的事情重新经历一遍。她不明白，要如何才能从这场命运制造的困境中逃脱出去。

西蒙成了她真正的救赎——跟他在一起，她学会了如何入睡。起初，她只能徒劳地在床上翻来覆去，为了不吵醒他，她会起身离开卧室。但是只要她离开，西蒙很快就会下床，到处寻找她。她煮好薄荷茶，两人一起靠在沙发床上喝茶。她在他的怀里缩成一团，而他则抚摸着她的头发，慢慢地聊一些不相干的话题转移她的注意力。

有一天，她向他坦白说自己从来不会画画，但一直很想学。第二天，他买了一些铅笔、颜料和画册，于是在她睡不着觉的时候，两个人就一起画画。更确切地说，是他在画画——她试图学着西蒙的样子，用歪歪扭扭的笔触描画出图案，但是很快就把铅笔扔到了一边，紧张地看着他如何画出那些厨房用具，描绘出每一个凹槽和缺口、每一个看似微小的细节，准确得令人吃惊。他向她讲解了绘画的技巧，但她摇摇头说："你也看到了，我没这份才能。"

于是他画出物品的轮廓，让她来用铅笔和水彩颜料来上色。她努力地挥舞着刷子，让那些尚未定型的石榴籽和半颗杏子有了属于自己的生命。过了几年，在她不得不担起赡养家庭的责任时，她又找出了那些专为她画的静物图，把图案转绘在丝织品上。第一批作品非常差劲，就好像是小孩子画出来的一样。但是她想到了西蒙的那些绘画课，非常努力地工作，渐渐有了技巧。丝巾卖得特别快，快得让人觉得不可思议，这是因为她是那种不仅能感知色彩，还能传达色彩的人。在画画的时候，她的手经常在空中飞舞。在旁人眼里，她就像一个编织地毯的女工，抽取出不同颜色的纱线，按照唯一正确的顺序在丝巾上绣出图案。

西蒙绝不仅是温暖了她的灵魂。他拥有一项少见的品质：安抚人心的能力，这是只有孩子和老人才能做到的。在他的陪伴下，过去的阴影神奇地退却了，有时候只需要他的一次触碰，对方的心灵就会平静，焦虑就会消退。

"也许你会成为一个好医生。你没去学医真是太遗憾了。"苏珊娜小声地对西蒙说道。

他耸了耸肩说："从某种程度上来说，我确实成了一名医生，只不过我治的不是人，而是房子。"他皱了皱眉头，心想这句话听起来也太激昂了些！

那时他已经掌握了石匠的手艺，开始渐渐地接订单了。他做得很慢，但很用心也很有良心，挣了很多钱。所以他计划再过一两年，等自己更有经验一些以后，就把自己在建筑管理局的工作时长缩减为原来的一半，正儿八经地接一些私活。

"最先要做的就是把你的房子重建一遍。"他向苏珊娜承诺说。她表示反对："我们最先要做的，是建起另一座房子，并且离开这个地方。"他们又开始计划自己的未来了，而且毫不犹豫地把从前那些梦想找了回来：三个孩子，又大又舒适的房子，一起幸福地生活一百年。"这一次，一切肯定都会不一样了。"他信心满满地说。她没有争论，但并没有急着怀孩子——要先等到他离婚了才行，但梅拉尼娅一直不肯离。

　　她们是在商店里遇到的。苏珊娜一开始没认出梅拉尼娅——她瘦得厉害，样子也变得难看了很多，犹豫不决地打了个招呼。苏珊娜扬起了眉毛，但是并没有屈尊回应什么，只从梅拉尼娅身边走过去，心想焦虑的表情真的很不适合她。痛苦会让某些人身上散发出温柔的光芒，让他们看起来有一种平静的忧伤和牺牲感，但对于另一些人，痛苦只会发出公然的嘲笑，让他们渐渐变得憔悴无神。梅拉尼娅正好就是第二种：曾经那张生动活泼、闪着快乐的脸变得尖细，眼睛里的光芒熄灭了，嘴唇紧紧地抿着，留下两条像括号一样、显得满是忧虑的皱纹。连身材都变了——她本来就不高，现在好像变得更矮了，身体歪向一边，走路的时候左肩在前，低垂着头，看起来不像是一个被抛弃的妻子，倒更像一个死了老公的寡妇。她不敢当着大家的面跟苏珊娜说话，但是一直跟在后面，尽量保持一段距离，直到苏珊娜从花园路上转身朝自己家走去的时候，她才敢走上前来。就在那里，她追上苏珊娜，抓住对方包上的带子，朝自己身边拽。

"亲爱的苏苏！"

苏珊娜转过身来。

"听我说，"梅拉尼娅担心对方不让自己把话说完，所以语速很快，"你可能觉得我背叛了你，如果我是你，我也会这样想的。但是我真的没有这样做，我爱你，一直都很爱你……"

苏珊娜正要阻止她，但突然看到无名氏家的门开了，无名氏从门内走了出来，手上拿着一个卷在又脏又破的布里的东西。她的表情一般都是散漫而冷漠的，现在却显出一种很专心的样子，仿佛她在经过深思熟虑之后终于做出了一个重要的决定，现在急着要去完成这件事。

"你能不能长话短说？"苏珊娜粗鲁地打断了梅拉尼娅。

梅拉尼娅被打断了一下，有点犯糊涂，抽噎着叹了口气。她还是没有放开苏珊娜的包带，站在原地，紧紧地把包带抓在手里，甚至没注意到自己的指甲已经插进了手掌心。

"你也许不会相信，不相信也是对的……"她才刚开始说话，就又打断了自己，"不，不是这样的。等一下，我会说得很快。你还记得吗，在学校里的时候，有一个高年级的男生曾经保护过你？我们把你逼到了栅栏旁边，他冲了出来……"

"记得。然后呢？"

无名氏沿着已经被推倒的围墙行走，用几乎听不见的声音哼着一首凄凉的歌谣。苏珊娜发现她走路的样子很奇怪，仔细看了看才知道，无名氏走路的时候，尽量让自己不要踩到开了花的苦苣菜丛和乱长在整个院子里的荠菜。梅拉尼娅顺着苏珊娜的目光看去，也发现了无名氏的存在，于是挡在了无名氏和苏珊娜之间。梅拉尼娅自己也不知道为什么要这样做。

"是这样的，"她继续从被打断的地方开始讲，"那个救了你的男孩就是西蒙。你跟他都不知道这件事，而我知道。我似乎从那一天起就爱上了他，可能一直都爱着他。我永远都不愿意伤害你，因为他真的非常宠爱你。我爱他所爱的一切，也只愿意做那些让他幸福的事情。如果那个……绑架……的事情没有发生的话，我永远都不会……如果那件事没有发生，我会一直陪在你身边，帮助你，因你们两人而感到温暖。也许我会嫁给某个人，也许不会。但我永远都不会……"

"你让自己嫁给了他！"苏珊娜尖叫起来，仿佛在做出反击。

梅拉尼娅瑟缩了。

"就算不是我，也会有别人的。请你放开他吧，你看，你那么美丽，只要勾勾手指头，他就会是你的。你把西蒙留给我吧，没有他，我是活不下去的。没有他，我会死的。"

苏珊娜想把梅拉尼娅的手指头掰开，让对方放开她的包带，但梅拉尼娅怎么也不松手。于是苏珊娜凑近梅拉尼娅，像吐唾沫那样对准她的脸，说道："既然你没了他就活不下去，那你就去死吧！"

就在那一刻，无名氏走到了与她们并排的位置，使劲地挥了挥手，朝她们扔出了布包。无名氏的身体看起来很是羸弱，但力气却出奇的大——布包从被推倒的围墙上空飞过，打在了梅拉尼娅的后背上，然后掉落在地，扬起一阵灰尘。布包翻开了，露出里面的一个铁铸熨斗。梅拉尼娅骤然弯下腰来，跪在了地上，终于松开了抓住包带的手。她的脸变得极度苍白，重重地喘着气，本能地发出了呻吟——很显然，她痛得厉害。

苏珊娜跑到花园路上，想要拦住一辆过路的车。她向司机解释了发生的事情，然后赶紧跑回来，想把梅拉尼娅带过去——他们的小胡同实在太窄了，车开不进来。苏珊娜回来的时候，梅拉尼娅正躺在地上，无名氏举起熨斗站在她旁边，脸上的表情坚定而无情，就像是要把梅拉尼娅的头砸碎似的。

"你敢！"苏珊娜喊道，"离她远点儿！听见了吗，疯子！快走开！"

无名氏迷茫地眨了眨眼，朝苏珊娜转过身来，低下了头。她从自己的受害者身上跨了过去，把熨斗抱在胸前，不慌不忙地朝家里走去。苏珊娜从路肩上捡起一块石头，生气地朝无名氏扔了过去，但是没有打中。石头撞在了一堵墙上，弹了回来，落在满是野草的园子里，消失不见了。

"我们走，有辆车在等我们。"她对梅拉尼娅说。她没有帮她站起来，一方面是怕把她弄痛，另一方面是因为厌恶。奇怪的是，刚刚发生的事情不仅没有让她对从前的朋友产生同情，反而使她与梅拉尼娅永远断绝了关系。她终于毫不留情地意识到，她不愿意跟这一切——梅拉尼娅、自己那些疯子邻居、充满了苦涩回忆和死者阴影的房子，以及这座小镇——再有任何的关系。她在这座小镇里出生、长大，但怎么也无法与它亲近起来。她在这里不会有未来，也不可能有。没有人能拯救她，也没有人能保护她。

还是跑掉吧，赶紧逃离这个地方！

她刚卖掉房子和所有的家具（因为不想把任何东西带走），就立刻头也不回地离开了。西蒙感到非常难受，他无法原谅她做出的决定，甚至不愿意与她告别。她保留了他的一些画作，当作纪念。西蒙的画作和母亲的旧骨制纽扣——这就是她从过往的生活中带走的所有物件。

苏珊娜过上了另一种生活，可这种生活其实也不是很容易。她安慰自己说，现在经历的这些已经不再是命运编织出来的故事，而是她自己的选择。她与一个已婚男人保持了多年的恋爱关系，和他分开后，又与一个代售商店的店主（在苏联解体之后，亚美尼亚出现了好多这样的代售商店）好上了。她很晚才结婚，当时几乎已经快 40 岁。她的丈夫是一个非常好的人，对她十分宠爱，但是病得很重——少年时期的严重创伤给了他致命一击。

苏珊娜一边在包里寻找钥匙，一边想"也许该跟那个珠宝匠人谈一段恋爱"。她仍然充满精力，也不亏欠任何人，而且一个人支撑着整个家庭……她还有多少年的日子可以活？想要把生命都浪费在奉献和服从上吗？她想要让自己做一个完整而敏感的女人，而不是一个"半残疾人"的保姆——对她的丈夫来说，每一个动作都意味着疼痛。她理应得到另一种幸福，即便这幸福是转瞬即逝的，她也不愿意放弃！

她终于找到了钥匙，打开门，走进门廊里。

丈夫躺在地板上，胳膊很不得劲儿地拧在身下。他的脸色苍白至极，痛苦扭曲了他的脸庞，使它呈现出一种受苦受难的怪相。他紧攥成拳的双手已经变成了青色，额头上，大滴大滴的汗水闪着光。

苏珊娜扑向电话，想要叫救护车。她害怕丈夫昏过去，想让他恢复意识，但他呻吟了一声后睁开了眼睛。她吓坏了，因为怎么也分辨不清他的瞳孔在哪——他的瞳孔黑得不可思议，就好像是一个无底洞。

"你忍一忍，亲爱的，等一下。"她哭喊道。

丈夫费力地张开嘴，小声说："没事的，亲爱的苏珊娜，没有那么疼。"然后他微笑了一下——那是一个闪闪发光、极度轻盈的短暂微笑。

她又想起了另一种类似的微笑，然后号啕大哭起来。那是沉重又清晰的眼泪。

她没能骗过命运，想要躲开它，但同样没成功。"过去"从未消失，它一直陪在她身边，而且会永远陪伴下去。

她在丈夫身边躺下来，把脸贴到他的肩上。她小声地发出"嘘、嘘、嘘"的声音，像是要哄疼痛睡个觉。听到救护车靠近的声音之后，她松了一口气，但就连救护车大声尖叫着开进院子里的时候，她也没有动弹，就那样躺在旁边，脸埋在丈夫的肩膀上，不停地念叨："嘘、嘘、嘘。"

大
海

西蒙非常不喜欢自己的葬礼，觉得它太忙乱，太吵闹，还有很多没头没脑的哀悼。儿媳妇们快要把眼睛哭坏了，好像有谁求她们这样哭了似的。

樟脑油的气味阴魂不散，熏得他头昏脑胀的，如果可以的话，他真想把自己的脑袋塞到水龙头底下去，再把卡廷卡老太的脊柱拔出来，谁让她精力那么充沛呢，而且还老是提一些馊主意。她活到了100多岁，可一直没怎么长脑子，自己一直不死，也不让别人安安静静地死！

还有这副耳机，值很多钱呢。真想问问他们为什么要从孩子（忘记他叫什么了）那里抢走耳机呢？看哪，孩子正在那儿转着圈地走路呢，还用仇恨的眼神盯着他的爷爷。可是爷爷又有什么错呢？要是他早知道这副蓝耳朵会侮辱到全家人的审美，那他肯定会换种方式呈现在大家面前的！看来他们讨厌蓝耳朵，那就去看自己的耳朵吧，又能好到哪里去呢？

梅拉尼娅又搞这一套：办了一个安娜·舍勒①的沙龙，把他所有的情妇都聚到了一起，还办了个葡萄酒品鉴会。她倒是没吝啬，把去年剩的红酒都拿出来了，又浓又黏，好像水果甜羹。去年夏天热得恰到好处，雨不多，但是下得很大，所以麝香葡萄长得特别好，让人不愿意把它们摘下来。最后酿出来的简直不是葡萄酒，而是长生不老药。他们尽可能地省着喝，但是看起来，千方百计地剩这点酒，只是为了让这群女人们有机会闲扯淡，或者更不如说，是为了让她们在棺材周围坐下来，举办这四个婚礼和一个葬礼。

　　除非她们说尽了他的坏话，否则是不可能停下来的。西蒙不知道自己该哭还是该笑。听听她们说的话吧——居然说他拯救了每一个人。他拯救谁了？只能说自己在尽力自救罢了。如果不是她们，还有其他数十段短暂的、没什么意义的情人关系，他恐怕会疯个彻底的。多亏了这群女人们，他才活了下来。他从一个女人换到另一个女人，就好像从这个码头游荡到另一个码头，短暂停泊，休息一会儿，往肺里吸更多的新鲜空气，然后继续前行。

　　最小的儿媳妇端上了最后一瓶葡萄酒和炸奶酪。她是按照他最喜欢的方式炸的奶酪：滚上面包屑，放在油里炸，必须要用小火炸，这样奶酪就不会化开。然后再撒上薄荷，再单独倒一碗香辣酱。西蒙知道，小儿媳是为了他才这样用心，这是对他的纪念。梅拉尼娅做得很棒，把小儿媳的用意都解释得清清楚楚，还摸着

---

① 译者注：安娜·舍勒是《战争与和平》里的人物，在这本书中，很多故事都在安娜·舍勒的沙龙里展开。

她的脸颊感谢了她。小儿媳对待西蒙的态度总是很特别，她是在没有父亲的情况下长大的，所以一直对西蒙非常好，而他也像亲生父亲那样温柔地对待她，一直叫她"好女儿，亲爱的"。她身上有些地方让他想起伊莉莎：她们都一样胆小而忠诚，还都长着心形的脸，尖下巴，圆脸蛋。令人震惊的是，她们还都有同样的习惯：把一缕头发缠在手指头上，若有所思地拉着。西蒙有次想请她唱一首歌，希望她的声音也同伊莉莎的一样，可是小儿媳断然拒绝了："我不会唱歌，不想在您面前丢脸。"西蒙没再坚持，但小心谨慎地开展了查询工作——万一她和伊莉莎有亲戚关系呢。最后他发现还真有关系，伊莉莎是小儿媳母亲那边的亲戚，所以两人才那么相似。也就是说，他的小儿子按照父亲的口味找了一个老婆。上帝，你可真神奇。

　　这一个发现大大鼓舞了西蒙，他开始观察自己其他两个儿媳——万一她们也跟自己的情妇们有相似之处呢。对于二儿媳，他没找到她与情妇们的任何共同点，只非常失望地发现她有一个很不雅观的习惯：打喷嚏、打呵欠的时候不捂嘴。大儿媳非常像梅拉尼娅，也那么有活力，爱说话，使人不得安宁，似乎只要给她连上电线，她就能像灯泡一样发光。也就是说，大儿子不假思索地选了一个很像妈妈的女人。小儿子不愧是怀孕七个月就出生的孩子。人们说，早产的孩子比普通孩子更敏感，所以他才选了父亲这一边。在所有的情妇（西蒙皱起了眉头：这个词语选得太糟糕了！然后他把"情妇"改成了"爱人"）中，伊莉莎是唯一一个让他想要离开家庭，与她长相厮守的人。但她没有给他这样做的机会，因为不想让梅拉尼娅感到痛苦。"不想让梅拉尼娅感到痛苦"，呵，她怎么可能痛苦。梅拉尼娅想让谁痛苦，谁就会痛苦，还要劈头盖脸地给你来一下，生怕你不够难受呢！

伊莉莎出现在西蒙生命中的时候，他正打算结束自己的外遇生涯：上了年纪了，而且也该恢复理智了——已经有了孙子，大孙子不久前满了3岁，二孙子也快要出生了。他甚至举办了一个象征性的"告别放肆人生"集会，和朋友们一起大肆喝酒，一群人都喝得酩酊大醉，甚至没法靠自己回到家中。不是很清醒的酒馆老板（他是唯一一个没有跟大家一起说着祝酒词干杯的人，说他在工作的地方不会喝太多，不然会在员工的眼里失去威信）把他们分三批送回了家。

"你管那群人叫员工？两个跛脚老婆子，和一个不能把托盘完好无损地端到桌子上的服务员？"西蒙好奇地问道。

"你还没说那个瞎了眼的烤串师傅呢。"其他人大笑着提醒他。

第二天清晨，西蒙感觉自己仿佛在受刑：不知为何，他的尾骨酸痛，头也像是被无情地劈开了似的。除此之外，梅拉尼娅还大发了一通脾气，不停地说他花了很多钱："家里的房子该修了，也得换新家具了，但你却在那群酒鬼朋友身上浪费了那么多钱！"

西蒙在妻子那片无穷无尽的语言洪流中找到了一点点停顿，立刻插了句嘴："头疼就算了，尾骨为什么还酸疼呢？"

梅拉尼娅无助地沉默起来。当有人打断她的时候，她就不知道怎么把话接下去了。西蒙总会利用这一点，经常提出一个出人意料的问题，把她搞糊涂，然后带着无法掩饰的快乐，观察她如何努力从一个话题切换到另一个话题。

"你的脑袋转不动了？"他赶紧对她这种困惑的状态做出了评论，因为知道她这种状态不会持续太久。梅拉尼娅迅速地陷入了呆滞之中，但又以同样的速度恢复了过来，充满了无所不能的力量，脑子里有取之不尽、用之不竭的理由和论据。她的回答让西蒙后悔问出一个这样的问题。梅拉尼娅朝他俯下身来，两手叉腰，幸灾乐祸地说："你想知道你的尾骨为什么会疼，是吧？你的那群好朋友们送你回家的时候，把你给摔了！"

"'摔了'是什么意思？"

"就是它本来的那个意思！他们把你从车里拖了出来，扔进小水潭里又捞了出来，"梅拉尼娅边说边表演，曲着腿，弯着腰，搬着一个看不见的东西，全身都紧张到绷住了，一边蹒跚着行走，一边甩动着细瘦的屁股。"他们把你搬到了前门，然后……"这时她直起身来，双手举过头顶，又突然把手放了下来，胜利地宣布说："你的尾骨就这样撞在了门槛上，正好撞在突出来的那个边上！"

西蒙不由自主地眯了眯眼睛。他不打算回答什么，也没什么好回答的。他绷紧肩膀和背部，小心地坐在那里，尽量不去扭脖子，以免吐出一些热乎乎的呕吐物。他做的第一件事是一边痛得撇嘴，一边一瘸一拐地走到放着酒精饮料的小柜子那里，喝了一小杯桑葚酒，压一压宿醉的感觉。接下来，他成功地在妻子像蜜蜂一样嗡嗡叫的时候插了一句嘴（问治伤口的药膏在哪），又让她呆住了，获得了几秒钟的快乐。就在他自己给自己涂药膏的时候（梅拉尼娅断然拒绝帮他涂），他想道，发生的这件事是一种信号，它说明是时候结束酗酒和搞外遇的生活了。身体已经大不如从前，骨头也不好了：从前他可以用自己的尾骨钉钉子，现在撞到门槛上都得留点后遗症。他的脑子也不好了，不像年轻那会儿，能喝下一桶啤酒，睡醒以后觉得自己好像回炉重造了似的。

伊莉莎出现在西蒙最痛苦的时候，那时，理智命令他换一种方式去生活，但是灵魂知道那是一种禁欲苦修的生活，所以不打算妥协。伊莉莎把他的心放在了自己的手里，用耀眼而温暖的光照亮了他……然后就离开了，只给他留下了足以温暖余生的回忆。

西蒙怎么也不肯接受这样的现实：再也不可能拥抱她了。他绝望地想念着她，寻找她身体的香味———一种有些苦涩的蜂蜜味道，曼陀罗花的味道。在某次谈话的时候，他向特尔·马特奥斯神父坦白说，爱一个人其实是爱他的气味。神父点点头表示同意，然后害羞地微笑着，补充说："当然了，您更清楚这一点。"西蒙坚持让神父去听伊莉莎唱歌，而且绝不透露自己如何发现了她那美妙的声音。特尔·马特奥斯神父听了伊莉莎的歌声，很欣赏她的天赋。在后来的许多年里，趁她的嗓子还没有倒掉之前，他们在星期日礼拜后总会给教区的居民办小型演唱会。生活中的伊莉莎总是扮演次一等的角色，在歌唱时她也一样不做主唱：先是敏感地倾听几小节特尔·马特奥斯神父的歌声，然后婉转地插进去，用自己那温柔的、有磨砂质感的声音，衬托神父那种深沉的天鹅绒嗓音。西蒙去听过好多次演唱会，忧愁地注意到她渐渐上了年纪，而且又变成了那个丰满肥胖的女人，穿着又肥又大的开襟绒线衫，头发留长，梳成了长长的马尾，表演的时候就把头发缠在手指上，掩饰内心的紧张。他根本无法不爱她。

在特尔·马特奥斯神父还是个少年的时候，西蒙就已经认识他了。他是西蒙和索菲亚的女儿瓦西里萨的同班同学，和她一起考入了音乐学校。瓦西里萨进入了指挥与合唱系，他则考进了流行爵士乐系，但在毕业考试的前几周，他放弃学业做了见习修道士。人们本来预言说他会有光明的未来，但这"未来"一笔勾销了。

有传言说，康斯坦丁·奥尔别良①曾经劝说他不要做这样的决定，还请他去自己的乐队工作，但是失败了。西蒙没有问他太多问题，但是猜测他去做神职人员是因为遇到了一些强烈的不安和焦虑，而他自己无法解决。有一天，特尔·马特奥斯神父自己间接地证实了这一点，他提到，音乐就像数学一样，被誉为"科学之王"，是艺术的最高形式："这是上帝的声音，您明白吗？他就是通过音乐来跟人们交流的。所以让自己难听的声音盖过他的声音，有意义吗？与神争高下，有意义吗？难道直接侍奉神不是更好吗？"

西蒙本想反对说侍奉神的方法也有很多种，但最终没有说出口。他坚信，正是伊莉莎的声音将他吸引到她身边，如果在她的声音中存在上帝的旨意，那么他们注定会在天堂重逢。

---

① 译者注：康斯坦丁·奥尔别良，亚美尼亚兼美籍钢琴家、作曲家、指挥家。他是亚美尼亚国家交响乐团负责人。

男人们阴沉着脸抽烟，互相说着一些简短的话。伊利亚来到后院，确认旁边没有人以后，悲哀又痛苦地号啕大哭起来，像孩子一样把泪水抹得满脸都是。

"你从前可是警察，怎么可以哭呢？"西蒙在他耳边轻声说道。

伊利亚抽噎地叹了口气，从口袋里掏出一条皱皱巴巴的格子手帕，擤了擤鼻涕。他站了一会儿，额头靠在凉爽的墙壁上。他又慢慢地叹了几口气，平复了心跳，在舌头下面放了一颗伐力多①药片，回到了那群男人的身边。那群人装作没有看到伊利亚哭红的眼睛和迷茫的表情，七嘴八舌地说着一些无关紧要的杂事。伊利亚挥了挥手，表示："不用了，伙计们，你们何必要这样做呢？"然后他又哭了起来，现在既不会藏起自己的眼泪，也不会因流泪而羞耻了。

"你是不是傻了？"西蒙很生他的气。

伊利亚就像是听到了他说的话似的，哭着说："还好他比我死得早，不然他就会说很多笑话，毁了我的葬礼。"男人们哈哈大笑起来，而西蒙的心中也感到一阵松快。

在贝尼亚明入狱那件事之后，伊利亚（在西蒙与贝尼亚明被关进两间牢房的那天夜里，值班的人正是伊利亚）与西蒙成了朋友。15 天的牢狱生活让西蒙反复思量了很多。他虽然摆出一副神气十足的样子，跟贝尼亚明隔墙对骂，但也得出了自己的教训，发誓

---

① 译者注：即戊酸薄荷脑酯，是苏联从 20 世纪 70 年代开始合成的一种治疗心脏病的药物。

从今往后再也不与已婚女人搞外遇。在贝尼亚明回到哈萨克斯坦，然后跟索菲亚破镜重圆之后，他并没有试图与贝尼亚明见一面、谈一谈——有什么好谈的呢，他又不会去道歉！但是，在贝尼亚明中风发作之后，他去医院探病来着，坐在病人身边不发一言。梅拉尼娅收拾了一些要转交给贝尼亚明的东西，而西蒙把装东西的袋子放在自己膝头上，不知道要把它放在哪里才好。

"你要带着这个袋子走，是吧？"阿贝打破了长久的沉默。

西蒙不记得他那天都说了些什么，但是离开医院的时候他有一种感觉，仿佛这些年来一直拴在他腿上的重锤终于脱落了。

西蒙与索菲亚短暂而耀眼的爱情故事，给他留下了宝贵的遗产——女儿瓦西里萨。她是西蒙家里唯一一个女孩，也是唯一一个生下女儿的孩子，除此之外家里没再有女儿出生，就连孙子辈也都只有男孩。多年后，西蒙与瓦西里萨建立了亲戚关系，这让他们两人都感到非常高兴。

伊利亚也是宝贵的遗产之一——他和伊利亚建立了真正的男性友谊，忠诚而天然，就像是牢不可破的誓言。这份友谊只遇到过一次荒谬的小考验，并且因为它经受住了考验，所以变得更加可靠而坚实。

这件事发生在假期里，朋友们终于决定不带老婆和孩子，一起出游。他们费力地搞到了通行证，前往皮聪大①。伊利亚虽然长着一副高加索的外表，看起来很像一个放纵不羁的花花公子，但

---

① 译者注：皮聪大，格鲁吉亚城镇。

他却是一个对家庭非常忠实的人。西蒙本来会理解伊利亚的，但他这位朋友的妻子实在太丑了，他这辈子还没见过比她更丑的女人，简直是天昏地暗、日月无光。只有疯子才会娶这样的女人。西蒙琢磨了半天，决定给朋友送一个礼物。他在皮聪大找到了一个美得不可思议的女人，丰满有趣，两颊上有酒窝，挺着一对 E 罩杯的傲人双峰，紧紧地裹在窄小的胸衣里。就像伊利亚形容的那样——这不是一个女人，而是一只鸭绒枕头。当然了，他一直没下定决心跟她睡觉，因为有些害臊；但是把度假用的钱都花在了她的身上。送了毫无意义的花束，带她去餐厅吃饭，还给她买了昂贵的裙子和捷克产的厚底凉鞋。

西蒙想要逼他清醒过来，但是没有成功，所以只好摆摆手，自己跑去跟那个女人上床了——有机会就别错过嘛。上了床，他发现这女人也没什么特别的。当他把她翻过身来，脸朝上的时候，她感到自己受到了侮辱，从他身下爬了出去，别看她长得肥肥大大的，倒像个游蛇一样灵活。"您在用狂妄的行为侮辱一位正派的苏联妇女！""什么狂妄行为？"西蒙有些慌乱。原来她指的是体位——背朝上的体位没有侮辱到苏联的尊严，可脸朝上的体位却侮辱到了她。

西蒙没把自己跟那女人上床的事情告诉伊利亚，但是伊利亚自己猜到了。他生了一段时间的闷气，然后呢，谢天谢地，他又恢复了常态。

现在，西蒙看着自己那哭泣的朋友，看着他不可避免地衰老下去，而且除了自己那位可怕的老婆艾尔米娜（她就像是没有星星的夜晚那样漆黑一片）以外，再也没有见识过其他任何一个女人。他心里只想着一件事：伊利亚真的该跟那个皮聪大的女人睡一觉。

西蒙悄声对朋友说道："要是睡了，她肯定会让你很快乐的，伊利亚。"随后他腾空而起，飞走了。

西蒙几乎不记得自己的母亲，尽管他本应该记得的——她去世的时候，西蒙已经满5岁了。当时她着了凉，然后染上了肺炎。多年的战争与贫穷，使得医院里连普通的药物都没有，更别说稀缺的青霉素了。最终母亲没有被救下来。西蒙脑海中留下的唯一一个记忆，就是她那柔软的、引人入睡的声音。她给他讲了很多故事，但令他懊丧的是，他忘记了这些故事的内容，只有病重的时候才能模模糊糊想起一些。在高烧呓语的时候，他觉得自己仿佛被一群奇怪的生物包围了——长着狮子鬃毛的鹰、带爪子的鱼，牙齿又大又尖的鹿，长着翅膀的瞎眼老妇人……它们紧紧地抱着他，把他带到凉爽的海洋里去。他清楚地听到了母亲的声音，听起来像海浪的沙沙声，但不管他怎么努力，都看不到母亲的影子。

除了声音以外，他还记起了母亲熬的山羊奶酪的味道。打开陶罐的盖子，从盐水里取出一小块像苹果那样大的柔软奶酪，撕成两半吃掉——就这样直接吃，不做任何处理，无论是那些小面包块，还是被太阳晒热了的、散发着园中绿叶菜味道的西红柿，都无法引起他的注意。他固执地把这两样东西都推开，津津有味地吃奶酪，而且最先要做的就是把柔软黏稠的奶酪心吃掉，随后再吃富有弹性和光泽的外壳。海浪的呼啸，没讲完的故事，还有山羊奶酪的奶油味道——这就是西蒙对于母亲的所有记忆。

　　他是由叔叔——玛丽娜的父亲——养大的。他自己的爸爸参加完战争回来以后，娶了另一个女人。父亲的新妻子非常讨厌自己的继子西蒙，这种讨厌是发自内心的。再婚后，父亲又生下了两个儿子，但是他们的妈妈竭尽所能地不让两个儿子与西蒙交流。他们也没来参加西蒙的葬礼，尽管西蒙一直在等待他们。他想："这太不人道了，简直不是人干的事儿。"他一边在送行的人群中寻找那两个同父异母的弟弟，一边感到失望——不是为自己感到失望，而是为他们。

　　大外孙陪着西尔维娅一起参加了葬礼。男孩长得很好，聪明、帅气，还继承了外祖父的名字——这名字可不是白继承的，他长得和外祖父一模一样。西尔维娅非常疼爱这个外孙，每次他回家，她都会心花怒放。现在的孩子们完全不一样了，你根本弄不清楚他们靠什么活着，更不知道他们喜欢什么。这群孩子都有自己的小玩意儿，他们总会一头扎进那些小玩意儿里，一句话也不说。西尔维娅的外孙子也是这样：戴着耳机，看着一些稀奇古怪的东西，看起来什么都不在乎。

　　不过这也真是够让人震惊的，他居然没撇下自己的姥姥，而是跟着她一起参加了葬礼。看来他长成了一个正直的人，有心也有灵魂。西蒙在他们上空飘过，摸了摸他俩的头发。西尔维娅似乎感受到了他的触摸，抬起头，漫不经心地笑了起来。她是唯一一个用他喜欢的方式为他送行的人，那就是怀着一颗轻松的、充满快乐的心送走他。她也是唯——个猜到他现在有多愉快的人。

苏珊娜站在一旁，嘴唇紧闭，双手交叠放在胸前。西蒙知道，她一直没有原谅他。他自己也从来都没有原谅过自己，一直忘不了她的样子——又瘦又无助，嘴唇上流着血，脸色越来越苍白，就好像被榨干了所有的光芒。他本该把她带走的，可他没有经受住考验，害怕了，最终错过了她。他可真是一个小人。

当她宣布要离开的决定时，他不仅没有选择跟着她离开，还懦弱地生起气来。她冲动之下说出来的话伤到了他："在这里，没有人能拯救得了我，也没有人能保护我。"她是对的，她谁也指望不上，更指望不上他。他放弃过她两次，第二次的放弃，就是让她一个人去往那庞大的世界。

在她离开以后，他一个人生活了一段时间，整天没日没夜地酗酒，直到把身体喝坏为止。是梅拉尼娅把他从这种日子里拉出来的，她每天都去看望他，既不责骂他，也不把那些酒藏起来，洗洗涮涮，还给他做饭擦身——他断然拒绝洗澡。他接受了梅拉尼娅的照顾，两个人又走到了一起，而她立刻怀上了孩子。西蒙猜测，之所以会发生这样的事情，是因为苏珊娜放开了他。既然放了手，那就是说，她不再爱他了。每当他想象有另外一个人拥抱她、抚爱她的时候，他的心都会疼痛不已。跟她在一起的感觉实在太好，除却巫山不是云。

西蒙花了很大的力气才又降落下去，用嘴唇亲了亲她的额头。她感受到了这个触碰，从脸上拿下一朵蒲公英球，吹了一口气，把它重新还给了风。她早就变成了一个老妇人，肤色黝黑，满是皱纹，身体也坏透了——心脏有毛病，双手也总是疼痛。但西蒙眼里的苏珊娜还是半个世纪前的那副样子，是一个留着琥珀色发辫、耀眼夺目的美人，她为了躲避炎热，用发夹把辫子在头上盘成一座高高的王冠。

西蒙始终不知道，她还是按照约定的那样，给自己的一个女儿起名叫"泰明"。这是西蒙母亲的名字。

斜眼瓦尔达努什的坟墓上长满了高高的苔草，几乎被炎热的阳光晒到透明，在午间的风中发出低沉的沙沙声。西蒙感到非常难过——他还是没能抽出时间来瓦尔达努什的墓地上割草，可他原本是想来割的呀！为什么会忘了呢？

瓦尔达努什的死讯让所有人都吃了一惊。世上有一些对人无害的傻子，随着时间的流逝，对于任何一座小城镇和那里的居民而言，这些傻子会逐渐变成不可分割的一部分。在大家眼里，瓦尔达努什就像季节的更替或蒙蒙细雨：她是一种客观的存在，除了接受她以外没有别的办法。

瓦尔达努什的死亡成了大家街谈巷议的材料。人们怎么也想不通，她为何会跑到奇利湖边上去——即便是在天气好的情况下乘车到湖边，也要花上整整一个小时。当时，索菲亚按照惯例去探望自己的邻居，却发现瓦尔达努什家里一片寂静，卧室的窗户大敞着，床头板上蹲着一只挠挲着羽毛的脏鸽子，于是开始四处寻找瓦尔达努什。索菲亚迷信地交叉起手指头，走出房间，紧紧地关上身后的门——"鸽子飞进房子里"一直预示着坏消息的来临。

她不敢叫瓦尔达努什的名字，只默默地到所有的房间里看了看，用自己的眼睛寻找她的身影。到处都没有找到瓦尔达努什，索菲亚只好又回到卧室里。此时那只鸽子已经飞走了，只在毯子上留下了一小片羽毛。

床尾上放着一摞叠得整整齐齐的寿衣和一个皱皱巴巴的信封，不是很引人注意，索菲亚用了好一会儿才找到这些东西。她朝信封里面看了一眼，惊叫了一声：找到了一张早已不通用的面值为50卢布的苏联钞票和一张纸条，瓦尔达努什的妈妈用细小的笔迹在纸条上写着："请把我的女儿葬在我的身边。"

人们外出搜寻却一无所获，不过有一个贝尔德镇人回忆说，他看到瓦尔达努什朝着某个方向离开了小镇；而有个牧人说，他曾在田野边碰到过她，她坐在阴凉地里，脱下鞋子吃着草莓。牧人问她要到哪里去，她回答说要去湖边。人们在奇利湖边找到了她，更确切地说，不是找到了她，而是找到了她的衣服。她把衣服脱下来叠好，压在了石头下面。搜寻没有结果，也不可能有结果——湖水深不见底，水流湍急，把瓦尔达努什困在了某个旋涡里，没有人知道，它什么时候才愿意把她可怜的身体还给这个世界。人们把寿衣和装着钱的信封埋在了她母亲的墓碑下面，又在墓碑上刻出了瓦尔达努什的名字，然后立刻把她抛在了脑后。只有西蒙还记得她，有时候会到她的坟墓边上去割一割苔草，在香炉里烧一点黄香。只可惜这一次他没来得及。

当送葬队伍到达坟墓边上的时候，西蒙已经在哈里卡尔山的山头上飞翔了。他从高处俯瞰孩子和孙子们与他告别的情景，而伊利亚仍在一旁哭泣，肩膀微微抖动。

索菲亚把他赠送的那串珍珠项链放进棺材里。伊莉莎放下了一瓶香水，西尔维娅则放下了一枚吊坠，苏珊娜放下的是几幅卷起来的画作。梅拉尼娅从手指头上摘下一枚磨损了的结婚戒指，戴在他的小指上，向西蒙保证说，自己很快就会下去陪伴他了。

"你还是先离我远点儿，让我休息一下吧。"西蒙低声发着牢骚。

当特尔·马特奥斯神父在爵士音律的扰乱下，念起让灵魂安息的祷文时，大海来了。它迅速地从峡谷的底部升起来，淹没了整个世界和天空。它散发着尖锐的咸味——在太阳底下烧热了的沙滩，海草的气味，鱼儿无声的沉默，还有黏稠的泥沼……

"所以大海是真的存在。"西蒙兴高采烈地想。他任由海浪抓住自己，甚至试图随着水流游动，但是没能做到——有什么东西拴住了他的腿。他惊讶地看到一根金色的细线，一端绕成一个结实的圈，拴住了他的脚踝，另一端伸向下面的某个地方，靠近坟墓的边缘。那根线最终消失在墓碑的后面。西蒙吸了满满一口空气，一个猛子扎下去，想要解开那根绳子，却突然发现自己是个 10 岁的男孩。他站在篱笆旁边，看到一个只有 3 岁的小女孩。她把自己那只细瘦的小胳膊伸出栅栏，请求道："请把这个东西给我。"西蒙手中有个木质的椭圆形的小玩意儿，是他在灌木丛中找到的，此刻他正把这个东西拿在手里转着玩儿。"我不给。"他调皮地说，尽管这个小玩意儿对他来说没有一点用处。她皱着眉头，用一种非常成熟的眼神看着西蒙，叹了口气说："给我吧。"他潜往更深处，想要看看手中拿的到底是什么。他很快就明白了——那是一枚被时间染成黑色的木质纺锤。"这是无名氏的纺锤。"他猜到了，尽管他对那段故事一无所知。他把纺锤递给小女孩，而她接过纺锤后微微地笑了。他立刻认出了这个女孩。

"你准备好了吗？"她问。

母亲的声音清楚地在他脑海响起，讲述了一个关于大海的故事：人在一生中会遇见两次海洋，一次是他来到这个世上的时候，一次则是他离开这个世界的时候。

"你准备好了吗？"小女孩又把问题重复了一遍。

"是的。"他想。

她轻轻地拉了拉纺锤。那根连在他脚踝上的线断了，溅射出无数明亮耀眼的火花。那些火花被渐渐减弱的海浪捕捉到，闪了一会儿，紧接着消失在一去不复返的深海中——不过，西蒙已经看不到这一切了。

译后记

《西蒙》是一部关于痛苦与爱情、死亡与救赎的小说。与作者奈琳·阿布加良的其他作品不同，这本小说的基调是悲凉的，但正是这样的悲凉，才更衬托出人性的温暖。

　　本书作者奈琳·阿布加良，亚美尼亚裔俄罗斯作家，1971年1月14日出生于亚美尼亚塔武什地区的贝尔德镇。她的父亲是医生，母亲是教师。她的祖父是来自西亚美尼亚（现属土耳其）的难民，祖母出生在亚美尼亚东部（一个半多世纪以来，亚美尼亚的东部一直是俄罗斯帝国和苏联的一部分，现在则是一个独立的国家，即亚美尼亚共和国）；外祖父是来自卡拉巴赫地区的亚美尼亚人，而外祖母是出生于俄罗斯阿尔汉格尔斯克省的俄罗斯人。这些复杂的民族历史与她的家族历史相互交融，也成为她书中的一个永恒主题。

　　《西蒙》的故事始于西蒙本人的死亡和葬礼，也终于他的死亡和葬礼。尽管这本书以他的名字命名，但他并不是故事的主角，而是几个故事之间的桥梁。真正的主角是在他生命中留下深刻印记的四个女人——美丽聪慧却遇人不淑的寡妇西尔维娅；善良怯懦、大半生都活在自卑中的伊莉莎；有些自私任性却也有太多苦衷的索菲亚；还有用尽一生治愈惊悚童年的苏珊娜，尽管她脆弱的生命中遇到了太多难以承受的苦难，但凭借着一种似乎独属于女性的隐忍和坚韧，她从来没有停止过自我救赎。在西蒙漫长而外遇不断的一生中，这四个女人都曾经短暂地与他互相救赎、互相温暖，正如他自己所说的那样，她们不能被简单地定义为"情妇"，而是他的"四个爱人"。

当然也不得不提他生命中的另一个女人——梅拉尼娅。西蒙与梅拉尼娅可谓怨侣中的怨侣，剪不断，理还乱。诚然，所有人都知道，再不幸的家庭生活也不是西蒙放肆出轨的借口，只是不知为何，人们总是想不起梅拉尼娅，想不起她同样也被自己爱的人伤害着，而且终其一生得不到治愈。

奈琳·阿布加良刻画的这些女性形象性格迥异，人生轨迹也各有不同，但奇怪的是，她们更像是全世界女性的一个缩影，你可以在她们身上找到身边人的影子。聪慧多思、无私地爱着孩子的西尔维娅，也许会让你想起自己的母亲；勤劳善良、谦卑驯良的伊莉莎，也许很像身边常常被遗忘的奶奶或婆婆……"女性"，多么沉重又悲哀的一个字眼！又是多么美好而伟大！

书中还演绎了许许多多的离合悲欢，诠释了一个个平凡又奇异的生命，还有或温暖治愈、或狡诈凉薄的人性。每个人的生命都是传奇，在你我的解读下，呈现出不一样的精彩。

崔舒琪

2023.3.21